苦命上班皆同族，
天下社畜是一家。

太白金星有點煩

馬伯庸——著

高寶書版集團

目錄
contents

第一章

李長庚最近有點煩。

他此刻騎在一隻老鶴身上，在雲霧裡穿梭，想入了神。眼看快飛到啟明殿，老鶴許是糊塗了，非但不減速，反而直直地撞了過去。李長庚回過神來，連連揮動拂塵，牠才急急一拍雙翅，歪歪斜斜地落在殿旁台階上。

李長庚從鶴背上跳下來，貓腰檢查了一下。台階倒沒壞，只是仙鶴的右翅蹭掉了幾根長羽。他有點心疼，這鶴太老了，再想長出新羽可不容易。

老鶴委屈地發出一聲沙啞的鶴唳，李長庚拍拍牠的頭，嘆了口氣。這鶴自打他飛升時就跟著他，如今壽元將盡，早沒了當初的靈動高邁。同期飛升的神仙早換成了更威風的神獸坐騎，只有李長庚念舊，一直騎著這隻老鶴四處奔波。

李長庚喚來一個仙童，把仙鶴牽回禽舍，吩咐好生餵養，然後提著袍角，噔噔噔一口氣跑進啟明殿。他推門進殿，看到織女坐在桌子對面，正津津有味地盯著一面寶鑑，手裡正忙著半件無縫天衣，眼看一截袖子織成形了。

「您回來啦？」織女頭也沒抬，專心看著寶鑑。

「嗯，回來了。」

李長庚端起童子早早泡好的茶，咕咚咕咚灌了半杯，直到茶水進入肚子裡，他才品出來是仙露茶，頓時一陣心疼。仙露茶是上屆蟠桃會西王母送的，三千年一採摘，三千年一炒青，他一直捨不得喝。沒想到該死的童子居然拿這等好茶出來解渴，平白被自己的牛飲糟蹋了。

李長庚悻悻地坐下，把一疊玉簡文書從懷裡取出來。織女忽然湊過來：「您看見玄奘了？」

「我這不剛從雙叉嶺回來嗎，就是去送他了。」

織女又問：「俊俏不？」

「咳，你都結婚了，還惦記一個和尚俊不俊俏幹啥？」李長庚把臉一沉。織女撇撇嘴：「結婚了怎麼了？結婚了還不能欣賞俊俏後生了？」她突然神祕兮兮道：「哎，他真的是佛祖的二弟子金蟬子轉世嗎？」

李長庚面孔一板：「你這是聽誰說的？」

織女不屑道：「太上老君啊。天庭早傳遍了，就您還當個事兒似的藏著掖著。」

「老君那個人，就喜歡傳八卦消息！」

「那就是有嘍？」

李長庚不置可否：「甭管人家什麼出身，畢竟是有真本事的。這一世是大唐數得著的高僧，主持過長安水陸大會，大唐皇帝親封的御弟。往前九世轉生，每一世都是大善人，至今一點元陽未洩。」

聽到「一點元陽未洩」六個字，織女噗哧一笑：「這也算優點啊？」

「怎麼不算？說明人家一心在弘法大業上，要不西天取經怎麼就選中了他呢？」

「那直接接引成佛不好嗎？何必非要從大唐走一趟？」

「將帥必起於卒伍，宰相必起於州部。不在紅塵洗禮一番，就算成佛了也不能服眾——佛祖這是用心良苦啊！」李長庚語重心長，見織女還沒明白，不由得輕嘆了一聲。

織女這姑娘性格倒不壞，就是從小生活太優渥了，有點不諳世事。她是西王母最小的女兒，先前跟牛郎跑了，還生了倆娃。她媽好說歹說把她勸回來，掛在啟明殿做個閒職。李長庚從來不安排什麼具體工作給她，還特意把她的座位放在自己對面。

李長庚覺得這是教育的好機會，遂從玉簡堆裡抽出一枚玉簡遞給她看。這篇文書洋洋灑灑一大段，說佛祖在靈山盂蘭盆會上敷演大法，指示源流，講完之後頒下法旨，號召東土的善信們前來西天取回三藏真經，渡化眾生。

「這不是常見的套話嗎？」織女還是糊塗。

李長庚伸出指頭一挑那落款：「你看看從哪兒發出來的——鷲峰，明白了嗎？」

他在啟明殿幹了幾千年，迎送各路神仙，早磨練出一對火眼金睛。靈山的文書一般都由大雷音寺發出，這次卻是發自佛祖的居所鷲峰，其中用意可就深了。

這份文書沒指名道姓，只說號召所有東土大德去西天取經，但兩地相距十萬八千里，尋常一個凡胎怎麼可能走下來？光這一個條件，就刷下來九成九的大德，其實最後符合條件的，只可能是玄奘一個人。他西天取經走上這麼一趟，履歷裡增添一筆弘法功績，將來成佛就能名正言順。

聽了李長庚的解說，織女嘖嘖了兩聲：「那也是十萬八千里呢，走下來也不容易了！你看我老公，每次讓他在鵲橋上朝我這邊多挪兩步，他都嫌累……」李長庚乾咳一聲，表示不必分享這種隱私。織女又問：「我聽來聽去，這都是靈山的事，怎麼還輪到您下界張羅？」

靈山是釋門所在，天庭是道門正統，一個東土和尚取經，卻讓啟明殿的老神仙張羅，連織女都看出來有點古怪。

一提起這事，李長庚就氣不打一處來，他用力地把茶杯往桌上放，開始向織女大倒起苦水來。

此事得從兩天前說起。靈霄殿收到一封靈山文書，說今有東土大德一位，前往西天拜佛求經，要途經凡間諸國，請天庭幫忙照拂，還附了佛祖法旨在後面。

玉帝在文書下面畫了一個先天太極，未置一詞，直接轉發給了啟明殿。

李長庚端著文書揣摩了半天，那太極圖熠熠生出紫氣，確是玉帝親筆批閱。只是陰、陽二魚循環往復，忽上忽下，很難判斷玉帝是同意還是不同意。還沒等李長庚琢磨明白，觀音大士已經找上門來了，說取經這件事，由她跟啟明殿溝通。

觀音手裡托著一個晶瑩剔透的玉淨瓶，滿臉笑容，法相莊嚴。李長庚一見負責的是她，就覺得哪裡不太對，但他還沒顧上細琢磨，大士已經熱情地講了起來。

她說自己剛從長安回來，送了錦襴袈裟一領、九環錫杖一把給玄奘，造足了聲勢，現在四大部洲都在熱議有位聖僧要萬里迢迢去取真經。這次來啟明殿，是要跟李仙師討論下一步的安排。

李長庚頓時不高興了——你都啟動了才通知我，真把我當成下級啦？他打了個官腔：「您看玉帝剛剛有批示，啟明殿正在參悟其中玄機。」觀音大士說：「如是我聞。這件事佛祖已經跟玉帝講過，兩位都很重視。」

觀音這句話講得頗含機鋒。「重視」這個詞很含糊，同意也是重視，不同意也是重視，偏偏李長庚還不能去找玉帝討個明確指示。他瞥了那陰陽兩魚一眼，它們依舊曖昧地追著彼此的尾巴。他嘆了口氣，只好先應承下來。

「聽說玄奘法師是佛祖的二弟子金蟬子轉世？」他問。

觀音拈柳微笑，沒有回答。李長庚看明白了，佛祖不希望把這一層身分擺在明面上。他遂改口道：「大士希望啟明殿怎麼配合？」觀音道：「如是我聞。佛祖說：法不可輕傳，玄奘這一路上須經歷磨難，彰顯真經取之不易，反證向佛之心堅貞。至於具體如何渡劫，李仙師您是老手，護法肯定比我們在行。」

觀音一口一個「如是我聞」，李長庚分不出來哪些是佛祖的法旨，哪些是她的私貨。不過他還是能抓住重點的，靈山希望啟明殿為玄奘安排一場劫難，以備日後揄揚之用。

須知，天道有常，只要你想攀登上境，都逃不過幾場劫難的考驗。比如玉帝，就是苦歷一千七百五十劫，方才享受無極大道。但每個人造化不同，渡什麼劫，如何渡劫，何時渡劫，變數極多，就算是大羅金仙也難以推算完全。所以啟明殿有一項職責，為有根腳的神仙或凡人專門安排一場可控的劫難，謂之「護法」，確保其平穩渡劫，避免出現身死道消的情況。

李長庚長年幹這個事，懷裡揣著幾十個護法錦囊，每一個錦囊裡，都備有一套渡劫方略。什麼悟道飛升、斬妖除魔、顯聖點化、轉世應厄等等，一應俱全。劫主選好錦囊，就不用操心其他事了，啟明殿會安排好一切，保證劫渡得既安全又方便，比渡野劫妥當多了。

這次靈山指名找太白金星李長庚為玄奘護法，自然也是這個目的。

李長庚不高興的是，開場長安城的風光讓你們享受了，一踏上取經路要開始幹髒活累活，才來找我。觀音似乎沒覺察到他的不快，笑眯眯道：「如是我聞。能者多勞嘛。」李長庚打了個哈哈，說回去參悟一下。觀音大士催促說得盡快啊，玄奘很快便會離開長安，天上一日，人間一年，轉眼的事。

李長庚點點頭，轉身就走。觀音忽然又把他叫住：「李仙師，我忘了說了。玄奘這些年精研佛法，於鬥戰一道不太在行，您安排的時候多考慮一下，別讓他親自打打殺殺，不體面。」

李長庚皺皺眉頭，這求人幹活，要求還這麼多！不過他多年護法，什麼奇怪要求沒見過，也不爭辯，匆匆下凡忙了起來。

護法這活他經驗豐富，難度不大，就是瑣碎。妖怪是僱當地的還是從天庭借調？渡劫場地是租一個還是臨時搭建？傳話給凡人是託夢還是派個化身？渡劫時要不要加祥雲、華光的效果？如果要調用神霄五雷，還得去跟玉清府雷部預訂……一場劫難的護法，往往牽涉十幾處仙衙的配合，也只有啟明殿協調得了。

這次考慮到玄奘不想鬥戰，李長庚選了個「逢凶化吉」的錦囊。這錦囊的方略很簡單：妖怪把劫主抓回洞中，百般威脅；劫主堅貞不屈，感化了高人，高人聞訊趕到，解救劫主。

這個錦囊方略有一些單調，但優點是簡單，劫主大部分的時間安穩待著就行。李長庚這麼多年做下來，深知護法工作不需要搞什麼新鮮創意，穩妥才是第一。

他選擇的應劫之地，是河州衛福原寺附近的山中，這裡是取經必經之地。為此李長庚招募了熊山君、特處士、寅將軍三個當地妖怪，面授機宜，按照劇本排練了一陣，各自就位。

李長庚算算日子，玄奘也該到福原寺了，便騎著仙鶴去相迎，沒想到一看取經隊伍，不由得眼前一黑。

觀音明明說玄奘一人一馬，但他身邊明明跟著兩個凡人隨從。這也就罷了，此刻在玄奘頭頂十丈的半空中，烏泱烏泱簇擁著一大堆神祇，計有四值功曹、五方揭諦，六丁六甲、十八位護教伽藍，足足三十九尊大神，黑壓壓的一片。

李長庚趕緊飛過去，問他們怎麼回事，這些神轉過臉去，不回答。李長庚趕緊傳了飛符詢問觀音，半天觀音才回了八個字：「如是我聞。大雷音寺。」

觀音沒多解釋，但李長庚聽懂了。取經是鷲峰安排的活動，大雷音寺作為靈山正廟，自然要派人員全程監督；天庭既然也參與進來，勢必也要安排自家的對等人員。

李長庚可以想像整個過程：靈山開始只讓觀音前來，沒想到天庭派了四值功曹；靈山一看，不行，必須在數量上壓天庭一頭，便找了五方揭諦；天庭本著平衡原則，又調來了六丁六甲，然後靈山一口氣添加了十八位護教伽藍……就這麼你追加兩個，我增調一雙，膨脹成一支超出現有取經人員幾十倍的隨行監督隊伍。

他看了看那三十幾號神仙，心想算了，只要他們不干涉渡劫，就一併招待了吧。問題是，這次護法得持續一個晝夜，總得管這三十九位神仙的住宿。四值功曹和六丁六甲是天庭出身，每天得打坐修行，打坐的洞府每人一個，附近須有甘泉、古樹、藤蘿，古樹不得少於千年、藤蘿不得短於十丈；五方揭諦和護教伽藍是靈山的，不追求俗尚，但每日要受香火，脂油蠟燭還不成，得是素燭。

光是安排這些後勤，李長庚便忙得暈頭轉向。好不容易安頓好，又出問題了。

那三個野妖怪看見玄奘出現，正要按方略動手，一抬頭看到幾十個神仙浮在半空，人手一個小本本，往下面盯著，嚇得就地一滾，現出原形，渾身不停發抖，死活不肯起身。

李長庚駕雲過去問怎麼回事，神祇說要全程記錄劫難過程，這是佛祖和玉帝交代的。他沒辦法，轉頭好說歹說，說服三個妖怪重新變成人形，戰戰兢兢把玄奘給請進了虎穴。只是這三個妖怪嚇得六神無主，演技僵硬尷尬，還得靠李長庚全程隱身提詞。

玄奘全程面無表情，光頭上的青筋微微突起，顯然很是不滿。

李長庚一看不對，匆匆讓他們演完，拉著玄奘出了坑坎，走上大路。玄奘勉強擺了個姿勢，讓半空的護教伽藍照影留痕，然後一言不發，跨上馬揚長而去，連那兩個凡人隨從都不要了。李長庚在後頭雲端跟著，一直到確認玄奘在雙叉嶺跟劉伯欽接上頭，才趕回天庭。

「你說說，這都叫什麼事！」

李長庚把事情的來龍去脈講了一遍，一抬頭，發現對面桌子旁早沒人了。再一看時間，未時已過。

織女當初私奔之後，生了一對龍鳳胎。後來她被西王母抓回來，孩子是男方在帶。如今牛郎與丈母娘關係緩和，西王母就用資助乞巧節的名義，特批了幾十萬隻喜鵲，讓他們每年聚一次。天上一日，凡間一年，織女每天都準時下班，去和老公、孩子相會，小日子過得美滿充實。

啟明殿裡變得靜悄悄的，就剩下他一個人。李長庚把剩下的仙露茶一飲而盡，織女能準時下班，他可不能。

三個野妖怪的酬勞、虎穴的租賃錢，都得盡快提交報銷。天庭對這方面管得很嚴格，過了人間的一年就不給報了。每次往財神那裡送單子稍微晚一點，趙公明的臉比他胯下的黑虎還黑。

那三十九位神祇的接待費用就沒法報了。人家不承認是護送玄奘的，師出無名。幸虧李長庚有經驗，預支了一筆備用金，回頭想辦法找個名目補上。正好他的仙鶴今天也受了傷，說不定能順便弄點慰問費出來。

除了報銷，他還得為今天這場劫難寫一張揭帖。這揭帖將來要傳諸四方三界，以作揄揚宣廣之用。

其實靈霄殿有專門的筆桿子，不過魁星、文曲那些人懶得出奇，只會不停地找啟明殿要東西。與其讓他們弄，還不如自己先寫好方便。

李長庚順了一遍今天加班要做的事，覺得頭腦昏沉。他吞下一粒醒神丹，麻木地翻動著筐裡厚厚的玉簡，忽然殿外傳來一陣隱隱的轟鳴聲，晃得整個大殿都有些不穩，那疊玉簡「哐啷」砸在地板上。

李長庚一驚，這轟鳴聲似乎是從東方下界傳來的，但什麼樣的動靜，才能讓靈霄殿這邊都晃動不止啊？難道又有大妖出世？

不過這種事自有千里眼、順風耳負責。他為仙這麼久，知道不該問的事別瞎打聽，便勉強按下好奇心，俯身把散落了一地的玉簡撿起來。他撿著撿著，忽然發現一枚剛寫了一半的籀文奏表，心中不由得一漾。

李長庚的修仙之途蹉跎很久了，啟明殿主聽著風光，其實工作瑣碎至極，全是迎來送往的雜事閒事，實在勞心勞神，根本沒什麼時間修持。他一心想再進步一下，修成金仙，但不知為何，心神裡始終有一息滯澀，怎麼也化不掉，境界始終上不去。

其實他原本已不抱什麼希望，打算到了年限便去做個散仙，朝遊蒼梧暮遊北海，不失為美事。可五百年前天庭生過一場大亂，空出幾個大羅金仙的編制。李長庚發現自己資歷早夠了，只要境界上去，便可以爭上一爭。

說不定這次做好了，便可以飛升成金仙。一想到這裡，一股淡淡的熱意湧上李長庚的心頭，讓他精神振作起來，重新把注意力放在眼前的揭帖上。

揭帖的寫法頗有講究。首先要對整場劫難做一個回顧，但這個回顧絕不可提護法之事，一定要按照劇本設計那麼講——大家都明白怎麼回事，但必須這麼說——然後還要提煉出這場劫難的意義所在：體現出了劫主的何種求道品性？感悟出了何種玄妙天道？對後來修道者有什麼啟發？

其中的微妙用心，換一個沒點境界的神仙來寫，根本寫不到點子上。

李長庚凝神，唰唰唰把揭帖一口氣寫完，思索再三，提筆在揭帖上方擬了一個標題：「大德輪迴不息，求真不止」。

李長庚看了看，把「輪迴不息」四個字刪了，太被動——改成「修行不息」；再看了一遍，又給「大德」加了個定語——東土大德，這樣能同時體現出天庭和靈山的作用；第三遍審視，李長庚又添加了「歷劫」二字。但他怎麼讀，怎麼覺得心裡不踏實，拿出那封鷲峰的通報細細一琢磨，發現自己果然犯錯了。

佛祖云：「法不可輕傳」——不是「不傳」，而是「不可輕傳」。也就是說，核心不是劫難，而是如何克服劫難，這才是弘法之真意。他勾勾抹抹，把「歷劫」改成了「克劫」，想起那三十九位神祇的關心，又添了「孤身上路」。

但他改完再通讀一遍，發現整個標題實在太冗長了。李長庚冥思苦想了半宿，索性統統刪掉，另外寫下六個字：「敢問路在何方」。

這回差不多了。李長庚左看看，右看看，頗為自得。這標題文采不見得好，但勝在四平八穩，訊息量大，方方面面都照顧到了。他相信即使是魁星、文曲那一班人，也挑不出毛病。

接著李長庚又熟練地在開頭結尾加了「山大的福緣、海深的善慶」之類的套話，調了一遍格式，這才算完成，傳給觀音。

忙完這些，李長庚長長地打了個哈欠，覺得疲憊不堪。凡夫俗子總覺得神仙不會犯睏，這是愚見。神仙忙的都是仙家事務，一樣會消耗心神。他本來想再幹一會兒，但腦子實在太昏沉，得回洞府打坐一陣才能恢復。

李長庚收拾好東西，離開啟明殿，剛要跨上老鶴，看門的王靈官忽然走過來：「老李，南天門外有人找你。」

「誰呀？」李長庚一怔。

王靈官聳聳肩：「還能有誰？告御狀的唄。」

人間常有些散仙野妖，受了冤屈無處申訴，要來天庭擊鼓鳴冤。玉帝有惻隱之心，不好統統拒之門外，索性多加了個職責給啟明殿，接待這些散仙野妖。李長庚原本還一個一個細心詢問，後來接待得太多，覺得許多訴求也屬實荒唐，此後便一律轉回事主原界處理。

他一聽說是告御狀的，頭也不抬：「我要去打坐，讓他明天再來吧。」王靈官苦笑道：「尋常的我早打發了，這個在這裡待了快一個月，就是不肯走，特別能熬——而且，這個有點特別。」他眨眨眼睛，李長庚起了好奇心。

兩人出了南天門，只見一個瘦小的身影從大門柱旁跳出來。李長庚一看那猴子的身影，心跳先停了半拍。

孫悟空？那傢伙不是被壓在五行山下了嗎？

再仔細一看，相貌有細微的差異。這一隻有六隻耳朵，像花環一樣圍了腦子一圈，而且神情畏畏縮縮的，全不似花果山那隻猴子氣焰囂張。他見了李長庚，趕緊打躬作揖。李長庚懶得再開啟明殿，索性就站在南天門前問：「你叫什麼名字？所訴何事？」

「小妖叫六耳獼猴，為替名篡命事請天庭主持公道。」

小猴子總算等到了一位管事的人，哪敢怠慢，快嘴快舌把自己的事情一發說了。

原來這個六耳獼猴本是個野猴精，一直在山中潛心修行，一心想走飛升的正途。要知道，妖、怪、精、靈這四種身分，不在六合之內，想位列仙班難度極高。首先得拜一位正道仙師，有了修行出身，才有機會飛升。

六耳獼猴要投的仙師，乃是靈台方寸山斜月三星洞的菩提祖師。資質、悟性、根骨、緣法都驗過了，卻等了良久也不見有消息。六耳以為菩提祖師終究瞧不上妖屬，灰心喪氣之下，便轉修了妖法。這些年來倒也過得逍遙自在，只是仙途就此斷絕，心中未免耿耿於懷。

有一日，他偶遇一個道人，自稱是菩提祖師門下弟子。兩人攀談一番，六耳才知道菩提祖師曾經收了一隻靈明石猴，那石猴頗得青睞，還得了個法名叫「悟空」。師兄弟之間盛傳祖師曾半夜授法，讓悟空得到真傳。只是離開的時候，祖師不許他在外面說出師承，頗為古怪。

六耳大惑，又去查探了一番，發現這悟空後來闖入陰曹地府，把猴屬的生死簿子全給勾了，這就更古怪了。悟空這一鬧，連陽壽都算不清，更別說查證是哪年去投菩提祖師了。

六耳疑心自己當年是被這靈明石猴頂替了身分，做了菩提祖師的弟子，事後這石猴還去地府毀滅證據。他心中不忿，這才決心上天庭來告御狀。

講完以後，他還從耳朵裡掏出一卷紙，上頭密密麻麻寫著好多字。李長庚看完這一篇長長的訴狀，心中暗暗納罕。孫悟空那猴子他熟悉得很，兩次做官都是他引薦的，沒想到還有這等隱情。他呵呵一笑，對六耳道：「孫悟空犯了事，已經被壓到五行山下了，這你知道吧？」

六耳點頭：「我也不要他如何，只想自家重新拜入菩提祖師門下，化去橫骨，從頭修行，把這幾百年平白丟了的光陰補回來。求仙師給個公道，求仙師給個公道！」說到最後，猴子雙目含淚，連連作揖。

其實就算天庭批准，他從修妖法再轉為修仙，也是千難萬難。不過李長庚見他面容枯槁，不忍說破，只含糊道：「待我查實之後，會盡快通知你。你不要在這裡熬著了。」六耳千恩萬謝，高高興興地離了南天門。

李長庚揣起六耳的訴狀，辭別了王靈官，駕起仙鶴朝著自家洞府飛去。飛到一半，突然一封傳信送過來，是天庭的內部通報，說下界大唐與韃靼邊境的兩界山有震動。

李長庚嚇了一大跳，那兩界山又叫五行山，山下鎮壓的可不是一般人，剛才那震動，莫非是妖猴越獄？

李長庚正琢磨著要不要回轉啟明殿，提前準備一下，忽然接到觀音飛符傳信，說：「跟你同步一下最新情況，玄奘剛收了個徒弟。」

李長庚打開，一看到名字是孫悟空，不由得脫口喊了一聲：「無量天尊！」

第二章

孫悟空這個名字，別人不熟，他李長庚可太熟了。

當年那一隻石猴出世，從弼馬溫到齊天大聖，全都是他一手運作出來的。眼看一樁招安的大功即將到手，誰知那猴子不識趣，攪得整個天庭都亂了套，最後被佛祖壓在五行山下，算來已經有五百年了。

如今佛祖要把這傢伙放出來，到底是什麼用意？就不怕那猴子脾氣上來，一棒子把玄奘打死？更何況這麼大的事，觀音為什麼之前不跟自己說？

李長庚惱怒了一陣，忽然想通了。這是西天的事，自己就是幫一下忙，如今工作已經完成，他們愛收誰當徒弟就收誰，和啟明殿沒什麼關係。他忽然想起那隻瘦小的六耳獼猴的背影，摸摸懷裡這張訴狀，不由得輕輕嘆了一聲。一個時辰之前，六耳這個訴求也許還有解決的可能，但現在孫悟空被玄奘收為弟子，形勢就變了。

「算了，他一隻修習了妖法的猴子，就算拜在菩提祖師門下，也不會有什麼成就。拖一拖，他就該知趣回洞府了。」李長庚心想。

這時他腰間笏板響動，原來是觀音傳音過來。李長庚把訴狀隨手放回袖中，收回心思。觀音一開口就表揚：「李仙師，揭帖我看完了，寫得很精彩，到底是老手，周到嚴謹，咱們再接再厲。」

李長庚眉頭一皺，覺得話題不對，觀音又主動說：「忘了跟你詳細說了，佛祖覺得玄奘這次取經意義重大，所以給的劫難定量是九九八十一難，咱們接下來還得多多努力。」

李長庚眼前一黑，啥玩意兒？還得搞八十次，瘋了吧？

觀音趕緊寬慰：「這個定量標準，還是有彈性的。咱們可以從玄奘出生——不對，從金蟬子被貶開始算起。我幫你數數啊，金蟬遭貶第一難，出胎幾殺第二難，滿月拋江第三難，尋親報冤第四難。然後老李你安排的那一難，可以拆成『出城逢虎』和『折從落坑』兩難——你瞧，一下子六難就有了不是？」

李長庚聽了，心情稍微好了些，再一琢磨，不對啊——取經明明是靈山的事，自己就是幫忙協調而已，怎麼聽起來接下來的活全是我幹？他還沒開口質問，觀音已搶先說：「佛祖對那篇揭帖很是欣賞，已傳抄諸天佛陀、菩薩、羅漢、比丘、比丘尼等，無不歡喜讚嘆，齊頌殊勝。」

李長庚一聽這句，心中登時一沉。糟糕！著了她的道兒了。

觀音肯定早知道佛祖定的量是八十一難，卻只跟李長庚透露一難。他本以為是臨時幫一個小忙，但揭帖一發，所有人都知道這一劫由你太白金星護法，接下來的事自然還是你負責。

回想剛才觀音還推心置腹地幫著計算劫難數量，李長庚一陣氣惱。合著你是幫我解決了一個本不存在的困難，送了一個本來不需要的人情——怪不得滿天神佛個個清靜無為、不昧諸緣。只有不主動做事，才不會沾染因果啊！

觀音見李長庚久久不回話，知道他心裡憤憤，主動道：「李仙師，您這護法精彩至極，可見道法精深，將來得證金仙，可別忘了請我吃杯素酒。」這句話恰好搔到了李長庚的癢處，事已至此，只能好好表現，做出點成績來，爭取把金仙境界修上去，於是他矜持地回了一句「哦」。

觀音趕緊順著說下去：「你放心，這是咱倆的事，不會讓你一個人扛。老李你趕緊回去歇著吧，後頭幾難我來負責。」她這麼殷勤地主動攬活，連稱呼都從「李仙師」變成「老李」了，李長庚一時倒不好意思說什麼了，只得默默收好笏板，騎鶴逕自回了九剎山。

九剎山是天庭分配的洞天福地，周回不算太大，好在險峰幽壑、珠樹瓊林一樣不缺。唯一的瑕疵是年頭長了點，不是瀑布偶爾斷流，就是岩洞偶有塌方，小毛病不斷。

李長庚進了洞府，先為白鶴洗刷了一下羽毛，脫下道袍撚了個去塵咒。無意中一抬頭，發現穹頂稍微有些水珠，想必是岩間靈泉滲漏下來的。他跟山神提了幾次，對方只是敷衍地弄了個避水珠掛在上頭，至今還沒派力士來修。

忙完這些事，李長庚撕開靈芝吃了幾口，盤膝趺坐在蒲團上。誰知一個小周天還沒搬運完，頭上閃光，這是有訊息過來了。

飛符化成一團光不停盤旋，就是不凝實降下。李長庚嘆了口氣，他這個洞府在諸峰林壑的最深處，固然幽靜，但飛符卻不易感應，只有攀到山頂才能凝實。

他有心明天再收，但腦子裡總惦記著，索性搥搥腿下了蒲團，吭哧吭哧爬到九剎山頂。登頂的一瞬間，團團光華閃耀不休，仙意宛然，他把觀音傳來的飛符一口氣全收下了。

第一則：「老李，雙叉嶺上玄奘遇見劉伯欽之前，遇到過一隻老虎，我登記成第七難了。」

第二則：「老李，兩界山玄奘收孫悟空當弟子的事，我登記成第八難了。附件是揭帖，你看看。」

第三則：「西海龍王說他們家三太子主動要求鍛鍊，我安排他去了鷹愁澗，先吃了玄奘的白馬，這樣咱們第九難也有了，再罰他去頂替玄奘的坐騎。」

第四則：「累死了，先沐浴。第十難看老李你發揮了，跟第九難的間隔別太遠了。」

第五則：「對了，孫悟空鬥戰不錯，咱們接下來的護法方略，可以再大膽一些。」

李長庚鬆了口氣，這一轉眼就推進到第九難，速度還頗快，他回了一句「保重仙體」，然後遛達回洞府，盤膝坐下讀五行山的揭帖。

觀音這篇揭帖寫得花團錦簇，主旨大讚佛法無邊、浪子回頭。揭帖還配了一張圖：只見一隻猴子頭戴金箍，跪在玄奘面前，玄奘合十誦經，表情虔誠。

李長庚看了幾眼，用詞浮誇了點，但沒什麼大問題，便擱在一旁，繼續修煉。搬運了三個周天之後，李長庚靈台清澈，心上彷彿有一層輕塵被拂開，突然思索出不一樣的味道。

瞧瞧觀音張羅的這些事：先去長安送玄奘袈裟、錫杖，然後讓劉伯欽提供接待，接著安排孫悟空當徒弟，又牽線讓龍王三太子當坐騎——好嘛！她經手的事情，名義上是劫難，其實全是給玄奘送好處的。

光是搶功也就算了，關鍵她還藏著掖著，不提前溝通，讓李長庚很是被動。

要知道，護法錦囊的設計，與人數有很大關係。一個人的小錦囊和四個人的錦囊大不相同；四人以上的大錦囊，思路迥異。原本李長庚精心挑選的，都是適用於玄奘一人的錦囊，現在觀音不打招呼就加了一隻妖猴、一條龍進去，等於之前擬的方略全數作廢了，要重新調整！

怪不得她鼓勵自己要大膽一點，合著又是一堆額外的工作。

李長庚想到這裡，登時連搬運都沒心情了——所有便宜人情都是她的，所有吃力不討好的差事倒讓我來。她居然還好意思傳飛符過來表功，說得好像在照顧我一樣。

他差點就要再爬上山頭去傳飛符罵人，但一轉念，能罵什麼呢？這些事冠冕堂皇，就算鬧到佛祖和玉帝面前，也挑不出錯，反而顯得自己修為不夠。這是真正的高手，讓你吃個啞巴虧，你還得受著人情。

但李長庚知道，這事不能就這麼算了。仙界講究「道法自然」。什麼叫自然？天壓著地，高壓著低，你忍讓了一次，人家就會順勢蹬鼻子上臉，次次忍氣吞聲，你就會被欺負。

他回到洞府取出輿圖，在唐僧預定的路線上搜來尋去，觀瞧片刻，突然眼睛一亮，計上心來，當即喚來白鶴徑直下凡而去。

老仙師駕鶴先到了西番哈泌國境內，很快看到玄奘與孫悟空站在一戶人家的院子裡，旁邊是白龍馬，一個老者手捧著一套寶光星閃的鞍韉、轡頭、韁籠等物，正作勢送出。玄奘微微點頭，神情矜持，一副理所當然的樣子，悟空在一旁抱臂冷笑。

別人瞧不出，李長庚可是一眼看破，哪個凡人家裡會有這等寶物？那老頭明明就是落伽山的山神所變。落伽山是觀音的道場，不用問，這事自然又是出自她的安排。她今晚沒跟李長庚提過，說明這不算作八十一難之一，只是私下裡的照顧。

那三十九位緊隨著玄奘的神祇，這會兒可都不在附近。

李長庚微微皺眉，若不是他心血來潮提前趕來，這一樁隱祕的安排都沒人知道。他再看過去，孫悟空伸手挖了挖耳朵，彷彿對這一套厭倦得很。

自從孫悟空被壓在五行山下，這還是李長庚第一次再見他。這猴子不復當年狂放囂張的姿態，只是眉宇間多了一股冷意，彷彿斷絕了一切世間因果，不在三界之中。李長庚只見過一次類似的眼神，那填在北海眼裡的申公豹，就是這樣的眼神。

孫悟空似乎感應到了什麼，抬頭朝半空看去，李長庚趕緊躲入雲中。猴子重新把視線收回，但聚焦處依舊是虛空。

那邊老頭見玄奘把裝備都裝到白龍馬身上了，忽然浮到半空，現出真身：「聖僧，多簡慢你。我是落伽山山神、土地，蒙菩薩差送鞍轡與汝等的。汝等可努力西行，卻莫一時怠慢。」

李長庚氣得鼻子都歪了，你既然要送個明白人情，那前頭何必裝什麼凡人呢？他實在懶得往下看了，直接駕鶴離開，按照原來的計畫朝西邊飛去。

風呼呼地在李長庚耳邊吹著，他腦海中怎麼也忘不掉孫悟空剛才那虛空的一瞥。整個天庭，他算是跟孫悟空最熟的幾個人之一。李長庚很好奇，孫悟空性格桀驁不馴，原來讓他在玉帝前叩個頭都難，這次猴子怎麼如此乖順地成了取經人？觀音到底是如何說服他的？

想了半天，李長庚也沒想出個子丑寅卯。這時白鶴一聲清唳，把他的思緒拉了回來。李長庚往下方一看，和輿圖顯示的一樣，下方山中坐落著一處禪院，名叫觀音禪院。

「你既然讓我負責第十難，那麼玄奘遇到什麼樣的劫難，可就怪不得我了。」李長庚嘿嘿一笑，施展神通，以禪院為中心，開始掃視方圓百里。掃來掃去，真讓他找到一隻妖精。這是一隻黑熊精，正在自家洞府裡閉目修煉。李長庚懶得搞化身那一套，直接飄進了洞府之內。

這隻黑熊精皮毛乾澀，形銷骨立，可見修煉得十分辛苦。他忽然看到一位仙人出現在眼前，嚇得趕緊下拜。李長庚親切地把他攙起來，隨口詢問。黑熊精略帶羞澀地說他已成精四百五十多年，如今正努力化去橫骨，再熬個五十年就夠成仙的資格了。

黑熊精一臉憧憬的神情，讓李長庚突然想起了六耳獼猴。他咳了一聲，說：「位列仙班可沒那麼容易，但若你能配合我的工作，位列仙班還是有機會的。」

黑熊精大喜過望，撲翻身便拜。李長庚微微一笑，讓他附耳過來，然後細細交代了一通。黑熊精聽得十分仔細，連連稱是。

安頓完之後，李長庚拂塵一擺，又去了觀音禪院，仔細安排了一番，眼見著玄奘他們進了禪院休息，這才駕鶴回了九剎山。次日一早，他剛到啟明殿，觀音已經氣急敗壞找上門來。

「老李，你這第十難怎麼回事？」

李長庚裝糊塗道：「就是按錦囊方略來的呀。我這次選的叫『自作自受』，安排了金池長老覬覦袈裟，縱火燒禪院，孫悟空借了廣目天王的闢火罩……」

觀音板著臉道：「你這一難的設計，幹嘛要用那件錦襴袈裟？袈裟乃是佛祖親賜，萬一有個閃失可怎麼辦？」李長庚知道她是存心找碴，一拍胸脯：「大士放心，錦襴袈裟只是假丟，我派專人看著呢，不會出問題。」觀音一計不成，又挑一刺：「還有啊，你為什麼安排孫悟空去找廣目天王借闢火罩？簡直是畫蛇添足！齊天大聖那麼大能耐，至於連一把火都解決不了？別人會說我們這一劫渡得太假了，到時候影響了玄奘不說，連佛祖也會尷尬。」

李長庚淡淡道：「靈山和天庭對取經大業都很重視，都要體現出關心，這不是您說的嗎？」

兩邊都重視，說明靈山能做主，天庭也有資格插手。廣目天王供職在南天門，李長庚這一手安排看似多餘，其實是向觀音點明了一下立場——我啟明殿是天庭的衙署，可不是你落伽山的跟班。

偏偏觀音無法在這上面糾纏，總不能說天庭沒資格吧？她還想再挑鬧火罩的毛病，但轉念一想，廣目天王雖說在天庭供職，出身卻是釋門，她如果繼續質疑，就是打自家耳光了——看來這老神仙絕對是處心積慮，要不天庭那麼多有防火法寶的神祇，怎麼獨獨去找廣目天王借呢？

觀音咬了咬嘴唇，一跺腳，終於說了實話：「李仙師，你這一難安排在哪兒不好，幹嘛選一個叫觀音禪院的地方？起貪心的還是禪院長老，這不是抹黑我嗎？」

李長庚心裡樂開了花，面上卻一臉無辜：「您看看輿圖，玄奘一過西番哈咇國，下一站可不就在觀音禪院？可是您交代的，說第九難第十難間隔不要太遠。」

觀音被這一席話噎得啞口無言，生生憋出了青頸法相。李長庚見她啞口無言，笑道：「沒啥事我就去殿裡了，這一劫的揭帖還得寫呢。」觀音大驚，趕緊攔住他：「老李，緩一緩，緩一緩，這揭帖暫時不能發，真的有損我的名譽啊！」

李長庚故作驚訝：「怎麼會？這是觀音禪院出的事，又不是觀音大士您。」觀音急道：「哎呀，仙界什麼樣你還能不知道？萬一被兜率宮的老君掐頭去尾、加油添醋一傳，就成了我觀音指使偷竊袈裟了！」

「咳，實在不行，再出個澄清聲明嘛。」李長庚說。觀音差點摔了玉淨瓶：「誰會看那玩意兒！西王母當年發了多少聲明說猴子在蟠桃園只偷過桃，有用嗎？老李，你這篇揭帖必須撤下來，不然我去靈霄寶殿說個分明！」

見她開始口不擇言了，李長庚不慌不忙亮出一份文書：「不勞您去靈霄殿，陛下早有批示。」觀音盯著末尾那先天太極看了一陣，氣呼呼道：「我是釋門中人，不懂你們玄門的暗語。」李長庚說：「您看這個太極，陰陽二魚首尾相銜，周轉不休。什麼意思呢？這是陛下教誨我等，咱們做事啊，不能顧頭不顧尾。」

觀音這才意識到，能在啟明殿幹這麼多年的，怎麼可能是個任人欺負的老實人。

她迅速調整了一下法相，換成合掌觀音，賠著笑臉說：「之前事情多，沒顧上溝通，是我不好。接下來的護法方略，大家群策群力，一起商量著來。不過這篇揭帖真的影響太壞了，還請老李多幫幫忙。」

李長庚見火候差不多了，慢條斯理道：「其實嘛，倒也不是沒辦法補救。」觀音一聽，趕緊請教。李長庚道：「前頭觀音禪院的事都演完了，改不得，不過我認識附近一隻黑熊精，他願意背這個鍋。咱們可以說袈裟是他去偷走的，這樣就跟觀音禪院沒關係了。再讓孫悟空跟黑熊精鬥一鬥，最後玄奘出面把他收服做個弟子，如此一來，既有了劫難經歷，又顯出慈悲為懷，皆大歡喜。」

觀音大驚：「這使不得，使不得，怎麼能讓玄奘收妖精做徒弟呢？」李長庚不解道：「孫悟空不也收了嗎？猴子和黑熊，能有多大區別？」觀音頭搖得像一個轉經筒：「玄奘取經，收多少徒弟皆有定數。黑熊精造化夠了，可惜緣分未至。」

李長庚冷笑起來。三千大道，只這兩個詞最為縹緲玄妙，說你造化上本來可以，其實是沒緣分；說你造化上本不可以，反倒是緣分到了。所以滿天神佛都愛用這詞來推搪敷衍。

他也不言語，端起茶碗，笑瞇瞇看著觀音。觀音臉色變了變，一咬牙，說：「靈山我做不了主，落伽山的差事行不行？」李長庚咳了一聲，說黑熊精一心向佛，在哪裡做事都是修行。

「那這揭帖……」觀音試探著問。

「我還有別的事忙，要不您受累給寫了吧。」

觀音這才大大地鬆了一口氣，轉身登雲離開。李長庚心頭大暢，喚來仙童為自己沏上一杯玉露茶，細細地品了一口。念頭通達了，連茶味都感覺更加醇厚靈澈。

過不多時，觀音自己把擬好的揭帖發了過來。李長庚盤腿在蒲團上坐下，先不慌不忙地冥想了一陣，這才啜著茶，欣賞起這篇揭帖。內容和他猜的差不多：金池長老覬覦袈裟，縱火燒禪院，黑熊精趁亂竊走袈裟，觀音化身凌虛子，收服黑熊精，為此還捨了一個金箍去。

觀音還不忘拔高一下，說之所以收這妖，是因為他誠心皈依，頑性早消，還附了幾句詩：「普濟世人垂憫恤，遍觀法界現金蓮。今來多為傳經意，此去原無落點瑕。」算是把觀音禪院的負面影響勉強遮過去了。

李長庚品評了一下這首詩，覺得有了個新思路。他也是個業餘詩人，沒事愛寫兩句，這次看到觀音如此，一時技癢，決定下次在揭帖裡也替自己留點創作空間。

最後他看到處理通報這一段，不由得大為感佩。觀音真是個巧立名目的高手，居然把山神的差事一拆為二，把黑熊精安排成落伽山後山的山神。既不必額外增加一個仙門名額，也解決了安置問題。他再翻後面，那一場劫難，也是被觀音分拆成了「夜被火燒」和「失卻袈裟」兩難，進度又推進了一小截。

揭帖寫得全無破綻，但越是如此，越證明觀音吃了個啞巴虧，暗傷估計不少。一想到她脖子都氣青的模樣，老李心裡舒服多了。他抿著玉露茶，忽又回想起觀音剛才的話「玄奘取經，收多少徒弟皆有定數」，不由得沉吟起來。

看來上頭對玄奘取經這事，還有後續安排啊。

玄奘將來注定是要成佛的，那麼作為隨行人員，起碼一個羅漢果位是有的。西海龍王那個三太子，觀音只能把他以「坐騎」名義塞進隊伍，做不得正選弟子，足見這名額之貴重。

眼下取經隊伍裡只有一個徒弟，那麼玄奘接下來還收不收？收幾個？

參悟著這一番因果，李長庚突然怔了怔，當即趺坐閉目。只見一團團五彩祥雲紛湧浮現，翻捲繚繞，霞光明滅不休。童子們知道，這是老神仙突感天機，潛心悟道，都不敢打擾，紛紛退出啟明殿。

不過短短一炷香的光景，李長庚緩緩睜開雙眼，發出一聲清朗長笑，起身大袖一捲，滿屋雲靄頓時收入身中。玄奘取經這事，他原本只有滿腹怨氣，至此方有明悟：「你做初一，我做十五，你可以賺盡好處，為何我不能從中分一杯羹？天予不取，反受其咎，時至不行，反受其殃！」

他從蒲團上起身，抬手傳了張飛符給觀音：「玄奘既得了高徒，後續揭帖裡，是否要多體現一下攜手共進之精神？」

觀音很快回覆：「好。」

「錦囊還按原來的標準？」他又問。

觀音回了個拈花的手勢。

看得出，觀音對這個話題很謹慎，一個字都不肯多說。不過對李長庚來說，足夠了。

觀音八成是在沐浴。一個人在洗澡時，最容易放鬆警惕，哪怕是一個「哦」，都會透露出很多不該透露的訊息。

仙界的揭帖用詞，向來講究嚴謹。師徒尊卑有別，絕不能用「攜手共進」來形容，這詞只用於形容身分相當的合作。觀音說可用，說明玄奘除了悟空，肯定還要收別的弟子。只有兩個以上的弟子，才能說「攜手共進」。

而根據李長庚的經驗，錦囊分作大、中、小三種。小錦囊只做單人歷劫之用，中錦囊用作二至四位劫主，大錦囊則是四人之上的場合，只有八仙過海那次動用過。

觀音既然說錦囊用原來的標準，顯然不適用大錦囊。而玄奘已收了孫悟空為徒，小錦囊也不合適。由此可見，玄奘的正選弟子名額最多三個，與玄奘湊成四人隊伍，卡在中錦囊的使用上限。

參悟透了這個玄機，李長庚心中大概想通了。

觀音說「玄奘取經，收多少徒弟皆有定數」，卻沒用「如是我聞」當開頭。說明除悟空之外，其他名額佛祖並沒指定，而是靈山的其他大能各顯神通，至於緣落誰家就不知道了，大雷音寺還沒公示。

沒公示最好，這樣大家就都有機會爭上一爭！

老神仙感覺自己卡在關隘的心境，終於久違地鬆動了幾分，隱隱觸到了金仙的境界。一念及此，他當即從蒲團上爬起來，一擺拂塵，興沖沖去了兜率宮。

第三章

兜率宮裡，太上老君正坐在煉丹爐旁，一邊盤著金鋼琢，一邊跟金、銀兩個童子和青牛聊著八卦新聞。李長庚一腳邁進去，問：「你們聊什麼呢？」太上老君一見是他，大喜過望，拉他過去壓低聲音：「哎，你聽說了嗎？二十八星宿裡那個奎木狼，跟披香殿的一個侍香的玉女勾搭上了，在殿內做了許多苟且之事，嘖嘖，那叫一個香豔。」旁邊金、銀二童子你一言我一語，補充細節，說得活靈活現，好似現場看到了一樣。

李長庚微微瞇眼：「連兜率宮都知道了，那豈不是整個天庭都傳遍了？後來呢？」太上老君拿袍袖假意一擋，卻擋不住雙眼放光：「這事我只跟你講，你可別告訴別人。」不待李長庚答應，太上老君迫不及待道：「我聽南天門傳來的消息說，奎木郎一見姦情敗露，生怕玉帝責罰，直接挾了玉女下凡私奔去了，這個沒確認，別瞎傳啊。」

李長庚陪著笑了幾句，裝作不經意道：「也怪不得他們要跑，上一次類似的事你們還記得吧——廣寒宮那次。」太上老君連連點頭：「記得記得，天蓬元帥嘛，酒醉騷擾人家嫦娥，在廣寒宮內做了許多不堪……」李長庚見他嘴有點大，趕緊攔住：「老君你別瞎講，未遂，那是未遂，別壞了人家廣寒仙子的名節。」

太上老君道：「都這麼傳的嘛，反正天蓬最後被玉帝送上斬仙台，差點砍了腦袋，說明這事肯定不小，不然何至於死刑——我記得，還是太白金星你出面求情，才改判打落凡間吧？你倆這麼好的交情？」

李長庚道：「咳，我那也是惜才嘛！對了，順便多問一句，天蓬被打落凡間之後，那把上寶遜金鈀，在老君你這兒吧？」老君一怔：「沒有啊，怎麼了？」李長庚奇道：「當初這釘鈀是老君你親自鍛造，按規矩天蓬下凡，這鈀子應該歸還兜率宮吧？」老君把臉一沉：「天蓬他下界時根本沒來交接，也沒人查問，不信你自己查。」

他讓金、銀二童子把兜率宮的寶庫簿子取來，李長庚隨便翻了幾頁，確實沒有，心裡有數了，便起身告辭。太上老君還想扯著他打聽兩句玄奘的事，結果他跨上仙鶴，直接飛走了。

老君悻悻轉身，一臉不滿足地把簿子闔上，叮囑兩個童子道：「你們再去檢查一次寶庫，咱們兜率宮的寶貝多，別糊裡糊塗被人順走幾件。」金、銀二童子和青牛都笑：「老君太小心了，這裡的寶貝，哪裡是外人能盜走的。」

老君一想也是，他把金鋼琢又盤了幾圈之後，隨手掛在青牛角上，繼續去煉丹了。

且說李長庚離開兜率宮，先去清吏司裡查了下界名冊，然後直奔人間，到了一處叫浮屠山的地界。這裡有個洞府，他拿符紙化出一個黃巾力士上前砸門。沒砸幾下，洞內突然傳來一聲嘶吼，只見一頭面相凶惡的野豬精跳了出來，手握一把金燦燦的九齒釘鈀，只輕輕一築，便把黃巾力士砸了個粉碎。

李長庚眼前一亮，這釘鈀威力不凡，應該就是那把上寶遜金鈀無疑。他上前亮出本相，拱手笑道：「天蓬，別來無恙？」那野豬精一見是太白金星，連忙收起兵器，唱了個大喏，語氣居然多了幾分靦腆：「如今轉世投胎啦，天蓬之名休要提起，恩公喚我作豬剛鬣便是。」

他把李長庚迎進洞府，奉了一杯野茶。李長庚喝著茶，閒聊了幾句近況，眼睛卻一直盯著那把上寶遜金鈀。

這鈀子的來歷可不一般。當年玉帝請來了五方五帝、六丁六甲一起出力，熒惑真君添炭吹火，太上老君親自鍛打，才鑄出這麼一柄神器，重量約有一藏之數，被玉帝拿去鎮壓丹闕。後來天蓬受任天河水軍元帥，玉帝親自取出這把上寶遜金鈀，賜給他做旌節。滿天皆驚，誰都沒想到這個水軍元帥能得到這麼大的恩寵，風頭一時無兩。

廣寒宮事發之後，天蓬被押上斬仙台，天庭上上下下都覺得這個驕橫新貴死定了。唯獨李長庚經驗豐富，判斷玉帝並不想真殺天蓬，便主動為其求情。果然玉帝順水推舟，改判了他黜落凡間。所以豬剛鬣適才見了李長庚，口稱恩公，李長庚也承下這份人情。

按說天蓬被貶之前，這上寶遜金鈀應該被繳入兜率宮，但他如今居然還帶在身邊，說明什麼？說明玉帝對天蓬聖眷未衰，下界只為避避風頭。反正轉過一次世後，過往的因果直接清空，只要尋個契機，便能重新讓豬剛鬣回歸仙班。

「陛下既有起復之心，這人情正好讓我來做。」李長庚暗暗計較了一番，轉向豬剛鬣：「剛鬣啊，最近有個起復的機會，你有沒有興趣？」豬剛鬣一怔，旋即大喜：「有，有，這破地方老子早憋壞了，那些凡間女子沒一個……」李長庚咳了一聲，豬剛鬣這才意識到不妥，改口道：「呃，老……老豬是說，那些凡間女子助我磨礪過道心，如今我伐毛洗髓，洗心革面，可以挑更重的擔子了。」

「你真要挑擔子？」

「那是自然！多重都行。」

李長庚隨即將計畫說了一遍，豬剛鬣一聽，驚疑不定，喃喃說：「這是陛下的意思？」李長庚一指那鈀子：「你自家努力修行上去，他老人家不是更高興嗎？」豬剛鬣心領神會，連連點頭。

李長庚心想，就他這猥瑣脾性，嫦娥尚且要被騷擾，附近的凡間女子只怕更是不堪其擾，這次如果能將其弄走，也算是一樁順手善事。於是他拿出輿圖，伸手一指：「頭一樁要緊事，你趕緊搬家，就去福陵山雲棧洞，那裡是取經人必經之地，住著一隻叫卯二姐的妖怪。你搬過去以後，洞裡做得舊一點，別人問起，就說你是卯二姐的相公。其他的，等我指示。」豬剛鬣忙不迭地答應下來，反身就走。

交代完這邊的一切，李長庚又匆匆回到啟明殿，正趕上織女還沒走。他從袖子裡掏出一枚玉簡，對她說：「幫我送道文書給文昌帝君，加急啊！」

織女一看，喲，居然是青詞。

青詞和揭帖內容差不多，都是記錄九天十界諸般變化的。不過揭帖是寫給大眾看的，青詞則只有三清四帝、羅天諸宰才有資格看，內容上會有差異。按照流程，所有上青詞的稿件，要先在文昌帝君這裡整理匯總，然後再向上報送。

織女挺納悶，平時啟明殿都是讓值殿的道童去送青詞，怎麼今天李殿主指明讓她去送？李長庚沒解釋，說：「這是急事，你去跑一趟，然後可以提前下班了。」織女很高興，抱著文書喜孜孜去了梓潼殿。

文昌帝君一看西王母的小女兒親自來送，自然不敢怠慢。他接過青詞一看，裡面是講五行山玄奘收徒的事，基本上是把觀音的揭帖抄了一遍，並無什麼離奇之處，帝君便順手擱到一疊待發青詞的最上頭，安排分發。

織女離開梓潼殿，高高興興去鵲橋了。李長庚卻馬不停蹄，徑直找到觀音，掏出玉簡，說：「我把第十二難的護法方略調整完了。」

這第十二難用的錦囊，叫「除暴安良」，講玄奘師徒路過高老莊，遇到一頭野豬精霸占村中女子。玄奘憐憫百姓之苦，派出悟空大戰野豬精，將女子解救出來，在百姓千恩萬謝中繼續西行。

觀音這次看得很細緻，從頭到尾仔細看了兩遍，嘖嘖稱讚，說這一難設計得好啊，既顯出玄奘慈悲之意，也兼顧孫悟空鬥戰之能。而且鬥戰點到為止，不會喧賓奪主，分寸感極好。

李長庚輕輕點了下頭：「那我就照這個去安排了？」觀音攔住他：「這個野豬精，是當地的妖怪嗎？」李長庚說：「對，洞府就在高老莊隔壁，住了好多年了。」觀音還是有點不放心：「我怎麼沒看見野豬精的結局？你打算讓他被悟空一棒子打死，還是放生？我們落伽山可再沒有多餘的編制了。」

看得出來，她這是被黑熊精坑怕了。李長庚笑道：「自然是放歸山林，許他一點丹藥就成了。」觀音這才放下心來，讓他著手去安排。

李長庚辭別觀音，下凡到了福陵山，見豬剛鬣已經把洞府安頓好了，便在附近找了片開闊地，起了個高老莊，僱了幾十個凡人填充其中，偽裝成定居多年的樣子。一直到玄奘和悟空遠遠走過來，他才騎鶴遠去，回到啟明殿，盤坐繼續修持起來。

也就一炷香的工夫，李長庚忽有感應，緩緩睜開眼睛，只見一張帶著火花的飛符「唰」地飛入殿內。

他嘿嘿一笑，來了。

飛符是觀音所發，言辭頗為急切：「老李，你怎麼搞的？那野豬精怎麼給自己加戲，主動要拜玄奘為師？」李長庚還沒回覆，只見啟明殿口突現霞光，原來觀音已經氣急敗壞找上門來了。她臉色鐵青，現出了千手本相，迴旋舞動，可見氣得不輕。

李長庚不待她質問，先迎上去問怎麼回事，觀音臉上浮現怒容：「那頭野豬精一見玄奘，立刻跪下來磕頭，說是我安排的取經弟子，等師父等了許多年。玄奘聯繫我問有沒有這事，我才知道出了這麼大的婁子——老李，這可和說好的不一樣啊！」

李長庚一攤手：「方略你也是審過的，根本沒這麼一段。恐怕是那頭野豬精聽人說了取經的好處，自作主張吧？」

「不是老李你教的嗎？」觀音不信，千手一起指過來。

李長庚臉色不悅：「你讓玄奘直接拒了這頭孽畜便是，我絕無二話。」觀音長長嘆了口氣：「現在這情況，不太好拒啊。」

「有什麼不好拒的？這野豬精連大士你都敢編派，直接雷劈都不多！」老李說得義憤填膺。

觀音「嘖」了一聲，一臉無奈：「老李你忘了？玄奘身邊還跟著三十九尊神仙呢。」李長庚道：「那不正好做個見證嗎？」

觀音不知道這老神仙是真糊塗還是怎麼，壓低聲音道：「如果我現在去高老莊，當面宣布那野豬精所言不實，那幾個護教伽藍、四值功曹會怎麼想？哦，他豬膽包天，是該死——但高老莊這一場劫難的方略，是觀音審的，太白金星具體安排的，現在出了事故，是不是說明你們兩位沒有嚴格把關？對取經之事不夠上心？你還不了解那些傢伙，自己正事不幹，挑起別人錯處可是具足了神通。」

李長庚心中微微冷笑。都這時候了，觀音還不忘記把黑鍋朝啟明殿挪一挪，指望自己跟她捆綁在一起。他一捋鬍鬚，穩穩道：「大士莫急，來，來，坐下我們商量一下，總會有兩全之策的。」

觀音說：「哪有心思坐下聊啊，咱倆趕緊去高老莊吧！」她正要催促，忽然手裡的玉淨瓶微微顫動。她瞥了眼瓶裡的水面漣漪，臉色微變，一手端起水瓶，一手拔下柳枝，另外兩手對李長庚做了個「稍等」的手勢，同時一手捂耳，一手推門出去了。

李長庚也不急，回到几案前，慢悠悠做著前面幾難的報銷。過不多時，觀音回來了，臉色要多古怪有多古怪。她疾走幾步到李長庚近前，幾隻手同時拍在几案上：「老李，你是不是早知道豬剛鬣是天蓬轉世？」

李長庚微訝：「那豬精是天蓬？不可能吧？天蓬當年在仙界帥氣得很，怎麼會轉生成這麼個醜東西？」

「你真不知道？」

觀音盯著他的臉看了半天，李長庚鬍鬚一根不抖，坦然道：「貧道以道心發誓，今日才知道這一層關係。」觀音不知李長庚是在誓詞上玩了個花招，悻悻地把大部分手臂都收了回去。李長庚問：「大士又是從哪裡知道的？」

「這事已經驚動鷲峰了！阿儺代表佛祖傳來法旨，說玉帝送了一尾龍門錦鯉給靈山，說這水物與佛有緣，特送法駕前聽奉。」

李長庚裝糊塗：「這事跟天蓬有什麼關係？」觀音有點抓狂：「沒關係啊！但這麼一件沒關係的事，佛祖特意讓人轉告我，這不就有關係了嗎？」

「啊？」

觀音氣呼呼說道：「剛才我又聯繫了玄奘，他確實看見那豬精手裡有一把九齒釘鈀，隱隱有金光，可不就是天蓬那把上寶遜金鈀！」李長庚驚道：「這麼說，這天蓬竟是玉帝跟佛祖……」

「豬剛鬣雖無造化，但緣分到了。」觀音狠狠道。

這種涉及高層的博弈，不必點破。玉帝只是送了一尾錦鯉，佛祖也只是轉達給觀音。兩位大能均未置一詞，全靠底下人默會。以觀音之聰睿，自然明白上頭已經談妥了，但這種交換不能宣諸紙面。所以得由她出面，認下這個既成的事實，慧眼識豬，成全豬剛鬣。

萬一哪天豬剛鬣出了事，追究起責任來，那自然也是觀音決策失誤，兩位大能可沒指名道姓讓她安排豬剛鬣。她自然也深知此情，所以拚命把李長庚扯進來，是想有人一起承擔風險。

李長庚看了眼觀音。她的臉色奇差無比，不只是因為這個意外變故，甚至不是因為這道法旨本身，而是因為這道法旨不是佛祖直接說的，是阿儺轉達的，這本身就隱含了不滿。

「阿儺還說了什麼？」李長庚問。

「說我辦事周全，事事想在了佛祖前頭，把玄奘弟子先一步都準備妥當了。」觀音面無表情地回答。李長庚暗暗吐了吐舌頭，阿儺這話說得真毒，分明是在指責觀音妄為，看來靈山內部也蠻複雜的。

「對了，老李你當初怎麼想到找豬剛鬣的？」觀音仍不死心，一定要挖出這事的根源來。

「這您可冤枉我了，最初我可沒選他。」李長庚叫起屈來，「我當初定下雲棧洞時，接活的是當地一個叫卵二姐的妖怪。哪知道方略做到一半，卵二姐意外死了。但你知道的，整個劫難錦囊都設計好了，總不能因為死了一個妖怪就推翻重來，這才把她老公緊急調過來。誰能想到這麼巧，她招的夫婿居然是天蓬轉世。」

「那……你有沒有跟別人洩露過高老莊這一難的安排？」

李長庚大聲道：「我連豬剛鬣的根腳都不知道，能去跟誰講啊？」他怒氣不減，拉著觀音到書架前，拿出一疊玉簡：「所有與取經有關的往來文字，皆在這裡，大士可以盡查，但凡有一字提及天蓬，我願自損五百年道行，捐給落伽山做燈油！」

觀音表面上說不必，暗中運起法力，轉瞬間把所有文書掃了一遍。她用的是「他心通」，可以知悉十方沙界他人之種種心相。倘若這堆文書裡藏有與高老莊有關的心思，神通必有感應。但掃視下來，確如李長庚所言，文書裡無一字涉豬，唯有一枚玉簡隱隱牽出一條因果絲線。

觀音心念一動，攝過玉簡一看，發現裡面是一篇青詞的底稿，是講五行山收徒的事，而且正文基本上是引用她自己寫的揭帖。李長庚慚愧道：「大士這篇文字甚好，我一時虛榮心作祟，不告而取，拿去給自己表了個功，大士恕罪則個。」

觀音大士左看右看，也看不出和高老莊有什麼關聯，只得悻悻地放下玉簡：「老李多包涵，我這也是關心則亂。」李長庚面上訕訕，心中卻樂開了花。

他交出去的那篇青詞，前面是照抄揭帖，只在結尾多了幾句評論。評論說孫悟空在天庭犯下大錯，遇到玄奘之後竟能改邪歸正，可見如果趕上取經盛舉，罪人亦能迷途知返，將來前途光明，善莫大焉云云。

這篇青詞透過文昌帝君，第一時間送到了玉帝面前。玉帝何等神通，不難從這幾句話裡產生聯想——天蓬和孫悟空一樣，也在天庭犯過錯，後者能加入取經隊伍，前者也可以啊。他只要向六丁六甲稍一諮詢，便會查知李長庚一切已安排到位，只欠順水推一下舟。

只是李長庚沒想到，玉帝的手法更加高明，只是送了條錦鯉給佛祖，說是與佛有緣。錦鯉乃是水物，又趕上這個時機，佛祖自然明白是怎麼回事。兩位大能隔空推手，不立文字，微笑間一樁交換便成了，如羚羊掛角，無跡可尋。

至於李長庚，他從頭到尾只是提交了一篇收服悟空的青詞，安排了當地的卵二姐及其夫君參與護法。這等曲折微妙的發心，別說觀音大士的他心通，就算請來地藏菩薩座下的諦聽，也看不出背後的玄機。

「那咱們接下來怎麼辦？」李長庚故意問觀音。

觀音面帶沮喪：「阿儺已經差人把錦鯉送到落伽山，擱到我的蓮花池裡了，說是象徵道釋兩家的友誼。我還能怎麼辦？這事我只能認下，先讓玄奘把他收了——不過老李，揭帖裡得把天蓬改個法名。不是我搶功啊，這一劫，如果再不多體現一點皈依我佛之意，實在交代不過去。」

李長庚已經占了個大便宜，這點小事並不在意，點頭應允。

於是觀音又拿起玉淨瓶，出去跟玄奘聯繫了片刻，回來時臉色有點怪。李長庚問她辦妥沒，觀音說辦妥了，玄奘剛剛正式收豬剛鬣為二徒弟了，賜法名「悟能」，然後遞過一張度牒，讓李長庚備案。李長庚一看那度牒，上面除了法號「豬悟能」，還有個別名叫「八戒」，後頭備註說是玄奘所起。

李長庚白眉一抖，喲，這可有意思了。

觀音起的這個法名非常貼切，「悟能」可以和「悟空」湊一個系列。但「八戒」是什麼？孫悟空法號也不叫「七寶」啊？何況人家菩薩剛賜完法號，你就急急忙忙地又起了個別名，這嫌棄的態度簡直不加掩飾。

難道是玄奘對這次被迫收徒不爽，就用這種方式表達不滿？但你一介凡胎大德，居然對觀音大士使臉色，就算是金蟬子轉世，也委實大膽了點啊！

但李長庚轉頭再一看，觀音有氣無力地在啟明殿裡趺坐，與其說是惱怒，更似是無可奈何，心中突地一動。

他起初接手這件事時，曾感應到一絲不協調的氣息，只是說不出為何。如今見到觀音這模樣，李長庚一下想到了哪裡不對勁。

這次取經盛事是佛祖發起，為了扶持他的二弟子金蟬子。但出面護法的既不是佛祖的十大弟子，也不是文殊、普賢兩位脅侍，反而是從另外一尊阿彌陀佛麾下調來的觀音大士，這屬實有點耐人尋味。

怪不得觀音在這件事裡咄咄逼人，積極爭功，再聯想觀音剛才對幾位護教伽藍的提防態度，以及阿儺的譏諷，只怕靈山那邊也是暗流湧動。

李長庚心裡微微有點不忍，大家都是苦命神仙。他示意童子去泡一杯玉露茶，親自端給觀音。觀音接過茶杯，苦笑道：「謝謝老李。我現在有點亂，實在沒心思分拆高老莊的劫難，要不就統共算作一難得了，後頭咱們再想辦法。」

「好說好說，合該是一難罷了。」李長庚拿起筆來，替觀音在玉簡上記下「收降八戒第十二難」幾個字。觀音捧著茶杯正要入口，突然玉淨瓶一顫，茶水也潑灑出來，立時化為靈霧彌散。觀音一看瓶口，脫口而出：「不好！」

「怎麼了？」

觀音道：「被豬剛鬣——呃，被豬悟能這一攪，我都忘了。本來後頭還有個正選弟子等著呢，這下可麻煩了！」李長庚急忙問是誰，觀音顧不得隱瞞，如數講了出來。

原來靈山安排的取經二弟子人選，是一隻靈山山腳下得道的黃毛貂鼠，偷吃了琉璃盞裡的清油，罰下界來，叫作黃風怪。他就駐紮在距離高老莊不遠的黃風嶺黃風洞，專等玄奘抵達，便可以加入隊伍。

不用說，這貂鼠一定是靈山某位大德的靈寵，才爭取到了這番造化。只是妖算不如天算，造化不如緣法，被天庭硬塞了一個豬悟能，所有的計畫都被打亂了。佛祖無所謂，觀音卻必須設法去安撫。

李長庚寬慰道：「反正玄奘還能收一個弟子，那黃風怪做個老三，也不算虧了。」觀音怔了一下，突然轉過臉來，目光銳利：「老李，你怎麼知道玄奘可以收三個弟子？我好像沒講過吧？」

李長庚登時語塞。他適才大勝了一場，精神上有些鬆懈，一不留神竟露出了破綻。他支吾了片刻，含糊說是靈霄殿給的指示，觀音卻不肯放過，追問怎麼指示的，李長庚只好拿出玉帝批的那個先天太極圖：「您看這陰陽魚，陰陽和合，一生二，二生三，三生萬物。可見陛下早有開示：玄奘要收三個弟子。」

「你上次可不是這麼解讀的。」

「聖人一字蘊千法，不同時候寓意各異，所以我們才要時刻揣摩參悟。」

觀音覺得李長庚的解釋十分牽強，但她是釋門弟子，總不好對道家理論說三道四，就一直狐疑地盯著李長庚。

直到織女回到啟明殿拿東西，才算打破這尷尬。觀音收回眼光，語氣森森：「好了，我去勸慰一下黃風怪，就讓他後延至第三位好了。李仙師你護法辛苦，佛祖也是深為體諒的。」說完她端著玉淨瓶離開了。

李長庚暗暗嘆息，恐怕觀音已猜到了答案。修到這個境界的沒有傻子，有時只需要一絲破綻，就足以推演出真相。不過話說回來，這也並非壞事。對方明知是你搞的事，偏偏一點把柄也抓不住，這才是無形的威懾。

觀音剛才威脅說會稟明佛祖，聽著嚇人，其實也就那麼回事。佛祖是厲害不假，但靈山與天庭又不在一起開伙，他還能隔著玉帝一個雷劈下來不成？李長庚辦這件事不是徇私，是為玉帝辦事，她如果真撕破臉……那，就只能祝她好造化了。

「剛才觀音大士好像不太高興啊。」織女一邊把寶鑑擱進包裡一邊問。

「她擔子重、事情多，偶有情緒在所難免。幹我們這行的，哪有痛快的時候？」李長庚感慨道。織女「哦」了一聲，一甩包高高興興地走了，她對這些事從來是不關心的。

啟明殿內，又只剩下太白金星一個人。這一場反擊雖說收穫喜人，卻也著實耗費心神，需要溫養一陣神意才行。於是他趺坐在蒲團上，決定好好調息一下。

隨著真氣在體內流動，李長庚煩躁的心情逐漸平復，神意也緩緩凝實，沉入丹田，內視到一團霧濛濛的晦暗，其形如石丸，橫封在關竅之處。他知道，正是此物阻滯了念頭通達，是心存疑惑的具象表現——更準確地說，是有些事情沒有想通。

李長庚向觀音解釋過兩次先天太極的意思，但那些說法都是自己揣摩的，敷衍觀音罷了。那麼玉帝為何不置一詞，只圈了一個太極圖在文書上？他的真正用意到底是什麼？自從接到那個批示之後，李長庚便一直在參悟，卻始終沒有頭緒。

還有，佛祖為何選了孫悟空這個前科累累又無根腳的罪人加入取經團隊？這些真佛金仙的舉止，無不具有深意，暗合天道。李長庚不勘破這一層玄機，便無法洞明上級本心，將來做起事來很難把握真正的重點，難免事倍功半。

「難難難，道最玄，莫把金丹當等閒。」老神仙喃喃念著，他緩緩睜開雙眼，看向案頭那太極陷入冥思。不知不覺間，那陰陽雙魚躍出玉簡，游入其體內。李長庚連忙凝神返觀，只見那先天太極在內景裡紫光湛湛，窈冥常住，與那團疑惑同步旋轉起來……

突然一張飛符從殿外飛來，把李長庚難得的頓悟生生打斷了。

「老李，不好了，黃風怪打傷了孫悟空，把玄奘抓走了！」

第四章

李長庚黑著一張臉，站在豬剛鬣——不，豬八戒旁邊。眼前孫悟空躺倒在一張草席上，雙眼紅腫，流淚不止。

大致情況他剛才已經了解了：觀音去安撫黃風怪，沒想到黃風怪直接翻了臉，大罵觀音辦事不力，竟轉身走了，直接衝到剛抵達黃風嶺的取經隊伍面前。

孫悟空、豬八戒以為這是事先安排好的劫難，只需要象徵性地打一打。誰想到黃風怪一上來就動了真格，先祭出一口黃風，吹傷了孫悟空的眼睛，然後趁機攝走了玄奘。

李長庚低頭去看孫悟空。只見這位昔日的齊天大聖緊閉雙眼，那冷然空洞的眼神，被兩片紅腫的眼皮遮掩，整個人看上去疲憊不堪。李長庚想起那隻南天門外的六耳小猴子，兩隻猴子長得頗像，怪不得會有冒名學藝之說。

這些無關的思緒，只在腦中一閃。李長庚拂塵一擺，俯身喚道：「大聖，大聖？」悟空微抬右手，算作回應。李長庚說：「觀音去尋你師父了，不必著急。我先幫你尋個醫生，治好眼病。」

「她尋不尋著，也是無用；我治與不治，都是瞎子。」悟空聲音虛弱，但冷意猶在。

李長庚微微皺眉，這話聽著蹊蹺，還欲再問，猴子卻翻過身去了。豬八戒雙手一攤：「他就這德行，誰都不愛搭理。我還以為是個高手，誰知道一招就被人家幹翻了。」

「黃風怪有這麼大能耐？」李長庚有點驚訝。

豬八戒聳聳鼻子：「那廝仗著佛祖嬌縱，不知有多少法寶哩。」李長庚趕緊咳了一聲，別人可以這麼說，你豬八戒講這種話，不是烏鴉落在你身上嗎？

教訓完八戒，李長庚抬起頭來，環顧四周，遠遠半空的雲端裡，站著一圈護教伽藍、六丁六甲、五方揭諦、四值功曹，眾神站成四個小群，小聲交頭接耳。這個意外事故，顯然也出乎他們的預料，大概在討論要不要上報。

李長庚想拉觀音商量，可她已經去追黃風怪了，至今未回。這很奇怪——觀音法力高強，要抓那隻貂鼠只是轉瞬間的事，這麼久沒消息，說明出了大變故。

李長庚垂下拂塵，輕輕嘆了一聲。劫主丟了，首徒傷了，肇事凶徒跑了，負責人抓不回來，所有的環節都出了婁子，偏偏全程還被監察的神祇看在眼裡，眼見這一場西行取經就要徹底崩盤。

此刻李長庚的心裡，也是矛盾得很。倘若此事發生在高老莊之前，他大可以袖手旁觀，看觀音的熱鬧。但他剛剛才花了大力氣，把豬八戒運作進取經隊伍裡，如果取經搞砸了，白辛苦一場不說，還會影響玉帝對自己的看法。

再者說，黃風怪之所以突然發瘋，還不是因為二徒弟的名額被八戒給占了？如此推算下來，李長庚才是崩盤的初始之因。

李長庚暗自感嘆，世間的因果，真是修仙者最難擺脫的東西，只要稍微沾上一點，便如藤蔓一樣纏繞上來，不得解脫。

回想起玉帝畫的那個先天太極，圓融循環，周圍乾乾淨淨，一點因果和業力不沾，這才是金仙境界。可惜李長庚修為不夠，不能像玉帝那樣甩脫因果。

他長考下來，發現自己非但不能看觀音的笑話，反而還得全力相助，無論如何得把這事彌合回來。但要彌合這麼大一個婁子，千頭萬緒，談何容易。

李長庚索性就地坐下，意識開始沉入識海。豬八戒在旁邊見他頭頂紫氣蒸騰，耐不住性子，大聲道：「實在不行，就各自散了吧。我把猴子送回花果山，我回我的浮屠……」

李長庚嚇了一跳，及時打斷了他：「是回高老莊！」

高老莊名義上是豬八戒的原籍，倘若被有心人聽到他原籍在浮屠山，難免順藤摸瓜，發現後面的一系列操作。笨死了，真是個豬隊友……唉，算了，本來他就是！

豬八戒撇撇嘴：「取經都要搞砸了，真的假的還有什麼區別？」

說者無心，聽者有意。這一句話鑽進李長庚耳朵裡，卻似撥雲見日，霎時一片清朗。是啊，真的假的，有什麼區別？李長庚雙目灼灼，只對八戒交代一句「稍等」，然後大袖一擺，登時飛到那一群護教伽藍的雲前。

伽藍們紛紛把頭轉到別處，避開視線。李長庚清清嗓子，先說了一句：「如是我聞。」這下伽藍們沒法裝看不見了，只得雙手合十，躬身恭聽。李長庚一擺拂塵：「佛祖有云，法不可輕傳。所以黃風嶺這一劫，貧道決意求新求變，不拘套路，思路與過往略有不同，諸位不必疑惑。」

十八位伽藍看著他，像在看一個傻子。都鬧成這樣了，你還說這是安排好的劫難，拿我們當頑童糊弄嗎？

李長庚並未辯解，仙界論法就是如此，就算彼此心知肚明，場面上的廢話也很重要。他笑盈盈道：「好教諸位知，貧道這一劫的設計，乃是取了群策群力四字，以壯取經之勝景。」

他停頓片刻，等待對方反應。幾位年輕伽藍正要出言譏諷，卻被為首的梵音伽藍攔住。梵音伽藍是個老鳥，隱隱感覺到李長庚這句話沒那麼簡單。他靜下心感悟了一下，忍不住「嘿」了一聲。

群策群力，意味著所有的西行人員都有機會做貢獻——這是不是也包括護教伽藍們？壯取經之勝景——這是不是意味著，功勞簿上也可以算他們一份？

「群者何解？勝景何在？」梵音伽藍突然發問。

李長庚微微一笑：「眾人拾柴，火焰高漲；火焰高漲，豈不是眾人都可以取暖？」

兩個老神仙幾句機鋒打下來，都明白了各自的盤算。

這些護教伽藍的任務是監察取經隊伍，不能親自下場。固然沒風險，卻也沒太多好處，最多只得一個「忠勤」的考語。如今李長庚暗示，他可以在不違規的情況下，讓他們也分到一些好處，何樂而不為？作為交換，李長庚希望伽藍們在記錄裡，把黃風怪算作計畫中的一劫，沒有什麼意外事故，一切都是安排好的。

梵音伽藍請李長庚稍候，撩起一片雲靄遮住身影，與其他十七位伽藍商量了片刻，然後現出身形：「我等受佛祖囑託，暗中護持取經人西去，倘有劫難，敢不盡心，豈有他志。」

這就是說，如果你有本事把這個爛攤子圓回來，我們願意配合。如果圓不回來，我們還是會秉公記錄，這次交談就當沒發生過。

李長庚大大地鬆了一口氣，能討到這句話，後面的事情便好操作了。他現場運起法力，憑空變出一張簡帖。梵音伽藍接過一看，上頭寫著四句頌子：「莊居非是俗人居，護法伽藍點化廬。妙藥與君醫眼痛，盡心降怪莫躊躇。」

梵音伽藍心想，看你面相仙風道骨，怎麼頌子寫得這般粗陋不堪？不過拋開詩文水準不提，內容還是頗具妙心，讓梵音伽藍暗讚這老頭想得周到。

遵照大雷音寺的規矩，護教伽藍不能下場幫忙降魔，但沒說不許治病救人。他們只需要變成凡人，把孫悟空的眼病治了，便不算違規。將來悟空降住妖魔，揭帖裡也要記他們一筆功勞——太白金星這份簡帖與其說是頌子，不如說是個鑽漏洞的指南。

「這箇帖我們參悟一下。」梵音伽藍道，「那治眼的藥……用什麼名目好？」

「三花九子膏吧。」李長庚都盤算清楚了。三九二十七，正好暗示有十八位護教伽藍加五方揭諦及四值功曹，大家都有份，大家都方便——至於六丁六甲，那是玉帝直屬，刻意逢迎反而露了痕跡。

跟十八位伽藍談完之後，李長庚緊繃的神經稍微放鬆了點。他回到八戒那裡，說：「你把悟空背起來，在黃風嶺下走一圈，看見有民居就進去，宅中之人自有救他眼病的手段。」

八戒嘟囔：「這也太假了吧？隨隨便便一個凡人，就能拿出克制黃風怪的藥膏？這種設計不合常理啊！」李長庚道：「就是假一點，才能把人情做到位。就好比凡人向做官的行賄，都是拎一個食盒說給您嘗鮮，做官的難道不知盒子裡都是金銀？不過是要個遮掩罷了。」

這個手段，還是從觀音那裡得來的靈感。落伽山山神曾扮成凡人，偷偷送過裝備給玄奘，送完立刻顯現真身。看似荒唐，其實這才是送禮的正途。

見八戒仍是似懂非懂，李長庚無奈一笑。織女也好，天蓬也罷，這些有根腳的神仙哪裡知道他們一步步飛升的艱辛，非得把所有細節都琢磨透了，才能博得一絲絲機會。他也懶得解釋，揚手喚來老鶴，朝黃風嶺黃風洞飛去。

老鶴大概舊傷未癒，飛得歪歪斜斜的。李長庚不時得揮動拂塵，生出一陣風力，托起牠的雙翅，心裡想這次事了，無論如何得換一隻坐騎了。

但這次的麻煩到底怎麼了結，他心裡還是沒底。

把這場事故掩飾成一場計畫內的劫難，最核心的只有兩個點：一是被擄走的玄奘，二是被打傷的悟空。如今護教伽藍願意出手，悟空受傷可以圓回去，接下來還得頭疼，該為玄奘被擄找一個什麼理由。

一想到這件事，他就百思不得其解。

黃風怪很憤怒，這可以理解；你去找孫悟空、豬八戒打一架，也不是不行；但你抓走玄奘算怎麼回事？人家是佛祖二弟子，你不過是一隻靈寵而已，難道還指望靈山會偏袒你嗎？難道說黃風怪是個乖張性子，脾氣一上頭就不管不顧？

李長庚想了很久，也沒想明白這怪的動機為何。眼看黃風洞快要到了，他擺動拂塵，正要吩咐老鶴下降，卻突然見到最高的山崖上似乎有一個身影。再一看，那身影纓絡垂珠翠，香環結寶明，手中托著玉淨瓶，不是觀音是誰？

李長庚大吃一驚，她不是去追黃風怪了嗎？怎麼就在黃風洞門口站著不動？他飛近再看，觀音的形象正不斷地變化，一會兒是威德觀音，一會兒是青頸觀音，一會兒是琉璃觀音，狀態很不穩定。無論如何變化，那身影到底透出一股天人五衰的淒苦。

李長庚趕忙按下老鶴，落到崖頭，問觀音發生什麼事了。

觀音一見他來了，「唰」地換成了阿摩提相，四周火光繚繞，遮住了面孔。李長庚沒好氣道：「大士你的三十二相，難道是用來遮掩心情的嗎？」

觀音不語，仍舊變換不停。

李長庚又道：「貧道不知大士是出了什麼事會如此失態，但俗話說，千劫萬劫，心劫最邪。咱倆本是給別人渡劫護法的，如今給自己惹出這麼大一樁劫數。在這個節骨眼上，你若心先怯了，那便真輸了！」

觀音沒想到，李長庚居然不計前嫌前來寬慰，一時間有些不知所措，半天方喃喃道：「老李你是來看我的笑話嗎？」李長庚一捋鬍鬚，語重心長：「你我縱有齟齬，到底是一起護法取經的同道。貧道看你什麼笑話？難道取經搞砸了，我有好處不成？」

他這話說得實在，觀音沉默片刻，終於換回了本相，慨慨地把玉淨瓶推給李長庚，讓他自己看。

李長庚朝瓶口一看，水波裡浮現出黃風洞深處的畫面：只見玄奘與黃風怪對桌而坐，正歡談暢飲，哪裡有半點被擄的狼狽？他一陣訝然，看看觀音，又看看水波，眉毛皺成了一團：

「玄奘這是……打算把你換掉？」

這聽起來有些荒謬，但李長庚推算下來，只有這一個說法能解釋黃風洞中的奇景。

玄奘與黃風怪居然彼此相識。

一旦帶著這個前提去審視黃風怪的行為，便會發現他看似魯莽，其實精細得很。

豬八戒不能打，打了會得罪玉帝；玄奘不需要打，兩人本來就認識，他能配合假裝被擄走；唯一可以打傷的，只有孫悟空。他背後沒有大能撐腰，但齊天大聖的名頭偏偏又大，一旦受傷，可以掀起很大的輿論。

取經隊伍三個成員，一個被假擄，一個被打傷，一個被無視。黃風怪這一次襲擊，避開了所有的利害，偏偏動靜又不小。

一旦取經隊伍出了難以挽回的大問題，上頭勢必震怒，只有換人一途。至於黃風怪，等換了新菩薩過來，他把毫髮無傷的玄奘這麼一放，自稱聽了高僧勸解，幡然醒悟。既給新菩薩長了臉，自己又算贖清了罪過，同樣能進取經隊伍，還能提供一篇上好的揭帖素材。

而要完成這一連串讓人眼花繚亂的操作，關鍵不在於黃風怪，而在於玄奘願不願意配合。換句話說，整件事真正的推動者，只能是玄奘。

這些推測說來複雜，其實在李長庚腦子裡一閃而成。他暗暗咋舌，那個看著傲氣十足的玄奘，想不到也有這麼深的心機。

觀音苦笑，把瓶子拿回來，算是默認了李長庚的這一番推測。她之前追到黃風洞，一看到玄奘和黃風怪推杯換盞，登時覺得心灰意冷，立在崖頭不知所措。她之前又是送馬，又是送裝備，又是安排接待，沒想到卻換得這麼一個回報。

「但為什麼……」李長庚問，「玄奘為何執意要把你換掉？」

「大概覺得我辦事不合他心意吧。」

收豬八戒為徒這事，玄奘是被按著頭勉強接受的，必然懷恨在心。何況豬八戒頂替的，還是他的好兄弟黃風怪的名額，那更是恨上加恨了。說到這裡，觀音哀怨地看了眼李長庚：這都是你招來的麻煩。

李長庚面皮微微發燙，但旋即釋然。玄奘恐怕從一開始，就不滿這個取經護法。就算李長庚沒在中間插一腳，仍是黃風怪做二徒弟，玄奘早晚也會尋個別的藉口，把觀音逼走。

李長庚陡然想起悟空那句古怪的話：「她尋不尋著，也是無用。」莫非那猴子火眼金睛，早就看穿這一切了？

這時觀音落寞道：「我……我還是主動請辭吧。」

「萬萬不可！」李長庚脫口而出。

觀音見他居然出言挽留，稍微有些感動：「老李不必如此，終究是我修為不夠，未能完成佛祖囑託，主動回轉落伽山繼續修持，總好過被人灰頭土臉趕下台。」李長庚一拍胸脯：「大士且在這裡稍等，我去會一會玄奘。」觀音一驚：「你找他做什麼？」

李長庚道：「解鈴還須繫鈴人，我去找他聊聊。」觀音奇道：「你與他又沒有交集，怎麼聊？」李長庚笑道：「當局者迷，有時候還是外人看得清楚些。我問你個問題，大士酌情回答即可，不回答也行。」

「什麼？」

「佛祖的大弟子是誰？」

觀音先是一怔，旋即恍然，雙手合十抿嘴一笑，什麼都沒說。李長庚點點頭，他已經知道答案了，大袖一擺，徑直飛去黃風洞。

他勸慰觀音，確實是真心實意。觀音雖然心思多了點，但兩個神仙一起經歷了十幾難，彼此底線和手段都摸得很清楚，早形成了默契。換個新菩薩來，還得從頭再鬥上一遍，李長庚盤算下來，保住觀音對他更為有利。

做人尚且留一線，何況是做神仙。李長庚在啟明殿做久了，深知這個道理。鬥歸鬥，卻不要做絕，絕則無變，終究要存一分善念，方得長久。

不一時他飛到黃風洞外，徑直走了進去。這洞不算太大，裡面的裝潢卻頗為精緻，空氣裡彌漫著一股濃郁的香油味。李長庚剛一進正廳，就看見黃風怪和玄奘對坐在一張桌案前，黃風怪手裡端著滿滿一碟香油，大口吸溜，意態豪爽，玄奘矜持地端著一盅口杯，輕啜素酒。

太白金星無意遮掩身形，大剌剌地走過去。一人一妖瞥了他一眼，玄奘沒起身，黃風怪倒是熱情地迎上來：「李仙師，來來來，我洞裡剛磨的香油，噴香！一起吃一起吃。」

李長庚笑瞇瞇扯過一個凳子，就近坐下。黃風怪看看他，又看看玄奘，說「我去多拿副碗筷」，轉身離開。玄奘面無表情，繼續斟著酒，夾著菜。

這是他們第一次單獨面對面。李長庚認真端詳，這是個俊俏和尚，眉眼清秀，五官精緻，只是面相上帶著一股天生的驕縱氣，驕縱到甚至不屑掩飾換掉觀音的意圖。

李長庚自斟了一杯素酒，笑盈盈道：「玄奘長老，貧道於佛法所知甚是淺薄，能否請教一二？」玄奘右眉一抖，微露詫異，他本以為這老頭要麼厲聲威脅，要麼軟語相求，沒想到一上來居然是請教佛學問題。

玄奘頷首，示意他問。李長庚道：「請問長老，佛祖座下有多少聲聞弟子？」

「一千二百五十五人。」

「其中名望最著者為誰？」

「摩訶迦葉、目犍連、富樓那、須菩提、舍利弗、羅睺羅、阿儺陀、優婆離、阿尼律陀、迦旃延十大弟子。」玄奘對答如流。

「那再請教一下，佛祖最初的弟子為誰？」

「乃是阿若憍陳如、馬勝、跋提、十力迦葉、摩訶男拘利五比丘。」

「那麼我請問長老，這金蟬子長老，是依十大弟子排序，還是依五比丘排序？」

玄奘明亮的額頭上，頓時浮現清晰的幾根青筋。他在東土辯才無礙，沒想到卻被一個道門的老頭給難住了。

李長庚在啟明殿工作，對於人事序列最為敏銳。早在接手取經護法這件事時，他就有疑惑：鷲峰的傳承譜系明明白白，無論是按成就排行選出的十大弟子，還是按聞道時間排行設的五位比丘，一個蘿蔔一個坑，怎麼排，都沒有空隙插進一個「佛祖二弟子金蟬子」。

他去查過，無論大雷音寺還是鷲峰，表面上所有的文書與揭帖，只是說東土大德玄奘響應佛祖號召，前去西天求取真經，從來沒正式宣布玄奘是金蟬子轉世。在佛祖的公開講話裡，甚至從未提及「金蟬子」三個字。

所謂「玄奘是金蟬子轉世」的說法，一直在私下流傳，從來沒得到過靈山方面的證實。偏偏靈山也沒否認過這個流言。大家都看到，佛祖確實動用了諸多資源來為一個凡胎護法，於是默認其為真了。

這種曖昧矛盾的態度，簡直是在玩隔板猜枚。只要不打開櫃子，藏身其中的「金蟬子」既是真的也不是真的，就好比道家的「易」字，既是「變易」亦是「不易」，同時呈現兩種相反的性質——是以適才觀音微笑，一言不發，她真沒法下結論。

孫悟空之前說過一句古怪的話：「她尋不尋著，也是無用；我治與不治，都是瞎子。」前半句是指玄奘故意被擄，後半句卻難以索解。現在回想起來，很可能他也已窺破了玄奘這重身分，而觀音適才的回答，也足以證明李長庚的猜測是對的。

李長庚也不催促，就這麼笑瞇瞇地看著玄奘。黃風怪端著油碟回來，見玄奘臉色不豫，又不好上前細問，只好說再去添點，悻悻轉身走開。

「此乃釋門之事，與你無關。」玄奘終於開口，硬邦邦地說了一句。

「也是，這事確實與貧道無關。」李長庚拿起酒壺，為自己斟了一杯，「不聊這個了，貧道和你分享一樁天庭的陳年舊事吧，是老君講給我聽的，嘿嘿，他那個人就愛傳八卦新聞。」

他自顧自說了起來：「托塔李天王你聽過吧？他有三個兒子，金吒、木吒和哪吒，每個都是不省心的霸王。有一次李天王追剿一隻偷吃了靈山香燭的白毛老鼠精，那老鼠精是個伶俐鬼，被擒之後苦苦哀求，居然說得李天王動了惻隱之心，稟明佛祖赦了她死罪，還把她收為義女，打算送入李氏祠堂。那三個兒子極度不滿，盡顯神通，把那老鼠精逼到絕境，若非最小的哪吒一念之仁，放她逃到下界，只怕那老鼠精早已身死道消——長老你說這是為什麼？」

「自然是懼她分薄了家產。」

「可是後來天王得了個女兒叫貞英，三個兒子卻沒什麼舉動，也是古怪。」

「這有什麼古怪，自家傳下來的血脈，與外頭跳進來的終究不同。」

玄奘說到這裡，突然渾身一僵，整個人呆在了原地。李長庚對他一笑，端起酒杯來啜了一口，看來這位高僧總算開悟了。

他一個東土的凡胎，走上一趟西天就能成佛，這讓佛祖座下修持多年的正途弟子們怎麼想？大家都是苦修千萬年，境界一步步上來，怎麼你就能立地成佛？退一步說，若成佛的是自家師兄弟也還罷了，偏偏還是一個憑空出現的金蟬子，憑什麼？

玄奘之前沒想到這一層，因為他和豬八戒、織女一樣都是有根腳的，不必費力攀爬就能平步青雲。所以他根本意識不到大部分修行者對逾越規矩者的厭惡與警惕。這種心態，只有李長庚理解得最為透徹，才能一眼看破關竅。

玄奘畢竟是東土高僧，一點就通，當即垂下眼簾，一身鋒芒陡然收斂。

李長庚趁機道：「佛祖不從自家麾下調一位護法，反而要大費周折，從阿彌陀佛那裡借調觀音大士過來，實在是用心良苦啊！」

這就是在委婉地批評玄奘了。佛祖調觀音來，分明是為了避開正途弟子們的干擾，更好地為你護法，你卻要平白生事把她趕走，真是蠢到家了。

不知何時，黃風怪拿著碗筷，站到兩人背後。玄奘轉頭看向他，眼神閃爍，黃風怪伸出舌頭，舔了舔碟子上的油，坦然一笑，算是默認了李長庚的說法。

玄奘輕嘆了一聲，伸手敲了敲自己的光頭：「嘖……這次可是被阿儺給算計了。」

「阿儺啊……」李長庚暗暗點頭。這個名字，可以解釋很多事情了。

這件事幕後的推手，果然是正途弟子們。黃風怪成為取經二徒弟人選，應該就是他們聯手運作的結果。被天庭截和之後，阿儺又與玄奘達成共識，配合黃風怪突然發難，劍指觀音。

等到觀音下台，換了阿儺或任何一位正途弟子來護法，後頭有的是手段讓玄奘到不了西天。玄奘只看到眼前觀音的種種過失，卻被真正的敵人誘入圈套中，自毀長城。

悟通了此節，李長庚才發現黃風嶺這件事有多複雜。

表面上看，這是一次妖怪襲擊取經人的意外，其實牽動了天庭與靈山之間的選徒博弈；而更深的一層，還隱藏著玄奘企圖換掉觀音的舉措；在這舉動的背後，還湧動著鷲峰正途弟子對金蟬子的敵意，以及佛祖若有若無的庇護——好傢伙，這金蟬身後，什麼螳螂、黃雀之類的，排成的隊伍可真是長啊！

層層用心、步步算計，這一個成佛的果位，引動了多少因果糾纏……李長庚疲憊地想。好在玄奘主動吐露出阿儺的名字，說明他已做出了選擇。

「亡羊補牢，為時不晚。只要長老心有明悟，這一劫渡之不難。」李長庚說。玄奘猶豫了一下，還沒回答，一個沙啞的聲音從旁邊傳來：「長老準備走了？」

兩人一看，黃風怪端著油碟站在旁邊，仍是一臉笑容。李長庚暗暗警惕，眼下玄奘和阿儺的矛盾已然挑明，黃風怪是阿儺的心腹，難保不會做出什麼事情來。玄奘看著黃風怪，兩人剛才還推杯換盞，誰知竟是對頭，一時也是百感交集。

「老黃，我本覺得你是個知交，想不到……」玄奘說。

黃風怪聳聳肩：「我就是個戴罪立功的妖怪，阿儺長老讓我取經挑擔，我就挑擔；讓我打猴子，我就打猴子。奉命而已，與私怨無關。」

這貂鼠精倒也坦率，幾句話，就把自己和阿儺的關係講透了。玄奘冷哼一聲：「黃風洞裡的這一席，也是你為了麻痺我吧？」黃風怪笑了起來：「我雖說是帶了任務，但真心覺得長老是個可交之人，談得開心。今天這一席酒，我只招待好朋友。」

他放下油碟，做了個請的手勢：「兩位想要離開，隨時可以走。我可不敢阻攔一位天庭仙師和一位佛門高徒。」玄奘沉默片刻：「但我們若回去，你就死定了。」

黃風怪在眾目睽睽之下擄走唐僧、打傷悟空，賭的是阿儺或其他正途弟子上位，替自己遮掩。但如今玄奘態度轉變，觀音保住職位，那麼他就非有個下場不可。

玄奘看向李長庚：「李仙師，念在此怪未曾傷我，討你一個人情，不要害他。」

兩個人對他這個舉動都頗覺意外。黃風怪皺著眉頭道：「玄奘長老不必如此，阿儺長老自會保我。」玄奘冷著臉道：「你別會錯意，我只是不想沾上太多因果罷了。」

李長庚沉思片刻，開口道：「你們靈山內部有什麼恩怨，與貧道是無關的。我只想推進取經這件事，至於其他事，貧道只給建議，定奪還看你們自家。」

說完他壓低聲音，說了幾句。玄奘和黃風怪面面相覷，也不知是被震驚了還是疑惑。李長庚也不多解釋，說時辰不早了，你們權且在這裡靜候。

等到李長庚走了，玄奘重新坐回座位。黃風怪重新把素酒斟滿：「來，來，趁太白金星還沒定下來，咱哥倆多喝幾杯。」玄奘皺著眉頭呆了一陣，冷不防問道：「你在靈山腳下時，聽過一隻偷吃香燭的白毛老鼠精嗎？」黃風怪哈哈一笑：「長老有所不知，所有被大能安排離開靈山做事的妖怪，都會背這麼一個罪名，不是偷香燭就是偷油。這罪過說大不大，說小不小，日後想保你容易，想懲治也有藉口。」

玄奘像聽一件新鮮事似的：「這樣也可以？」黃風怪嘆了口氣：「不知是該笑話你還是該羡慕你。算了，喝，喝完咱們的交情就到這裡了。」玄奘沒吭聲，繼續喝。

這邊李長庚離了黃風洞，觀音還在崖頭等候。李長庚喜孜孜飄然落地，說「搞定了」。觀音又驚又喜，沒想到他真把這事辦成了。能在啟明殿做這麼多年工作的老神仙，果然不是浪得虛名的。

觀音眼淚汪汪，正要感謝。李長庚擺擺手，說：「咱們先說正事。護教伽藍那邊我已經協調好了，玄奘也安排明白了。眼下只有一樁麻煩：玄奘提了個條件，須得設法保下黃風怪。」觀音道：「玄奘？他難道不明白黃風怪是誰的人嗎？還替那怪求情。」

「年輕人嘛，難免意氣用事，但有這份衝動也頗難得的。」

「那怪犯的事委實太大，不太好保。再者說，就算咱們不保，難道阿儺也不管嗎？」觀音問。

「這可不好說。」李長庚一捋白髯，雙眉意味深長地抖了抖，觀音立刻會意。黃風怪是阿儺的手下不假，但這也分兩種情況：一種是自家的同伴，一種是自家的工具。黃風怪區區一隻貂鼠精，恐怕是後者多些，一旦沒了用處，很可能會被毫不留情地拋棄。

李長庚道：「且不說黃風怪和玄奘的交情有幾分真假，為了取經能順利推進，這個面子得賣。我有個李代桃僵的計策，不過就得勞煩大士親自跑一趟了。」

觀音為難道：「我跑一趟倒沒什麼，但你想讓我把他收歸門下？黃風怪和黑熊精不一樣，我貿然收下，等於跟阿儺撕破了臉，會牽扯出很多因果。」

她現在對太白金星徹底服氣，不再打官腔，反而認真地解釋起來。

「嘿嘿，你收了黃風怪，自然會惹來阿儺的不滿，但要是別人收了呢？」

李長庚從懷裡拿出了一份方略，說：「我有個想法，咱倆參詳一下。」觀音展開一讀，裡面講玄奘師徒途經黃風嶺，先是黃風怪吹傷悟空，擄走唐僧。然後護教伽藍留了藥膏，救治了悟空，指點他們前往小須彌山去找靈吉菩薩，借來定風丹和飛龍寶杖，收走黃風怪。

這套路看著普通，但觀音明白，正是如此才顯出太白金星的不凡。要知道，這次本是個捅破天的大婁子，居然被遮掩成這麼一個平庸到無聊的故事，種種細節圓得嚴絲合縫，又兼顧了多方利益，且滴水不漏，屬實厲害。

唯一的疑惑是……

「靈吉菩薩？那是誰？」觀音自己都沒聽過，西天還有這麼一號菩薩。

「咳，靈吉，靈吉，就是另寄嘛。」李長庚嘿嘿一笑，「大士另外寄託一個化身，去把黃風怪收走。如此一來，豈不是兩便了嗎？」

「妙極！」觀音雙目一閃，擊節讚嘆。

靈吉本無此人，如果阿儺有心要保黃風怪，必會設法詢問靈吉是誰。只要他一打聽，便等於主動從幕後站出來了。靈山講究不昧諸緣，很多事情做歸做，是絕不能擺在明面上的，一擺明就著相了。

對阿儺來說，靈吉菩薩就是一枚拴著黃風怪的魚鉤，只要他敢上來咬住，就有辦法被釣手扯出水面。一到水面之上，觀音就可以參他一個「縱容靈寵妨礙取經」的罪名。李長庚算準了阿儺的性格，他會派出一隻貂鼠精衝在前頭，正是不想自己沾染因果，所以靈吉菩薩他也不會深究。

所以有這麼一尊虛擬菩薩擋著，觀音便可以避免跟正途弟子們的正面衝突。黃風嶺一事，也便塵埃落定。

觀音再看了一遍方略，又提出個疑問：「護教伽藍救治悟空，這沒問題，但再讓他們指點悟空去找靈吉菩薩，他們恐怕也會追問靈吉是誰。是不是會留下隱患？」

李長庚點頭稱是，觀音這個顧慮是對的。護教伽藍跟阿儺情況不同，需要區別對待。他想了想，一挽袖子：「這樣好了，不讓伽藍去推薦。等孫悟空治好傷，出了門，我親自現身，指點他去找靈吉。我一個道門神仙，去推薦釋門菩薩，旁人總不會說我有私心。」

太白金星親自下場，自然是最好不過了。觀音拍手讚道：「此計甚好，那老李你連簡帖一起寫了吧。」老神仙明白，這是觀音投桃報李，給他一個舞文弄墨的機會。李長庚摸出一張空白帖子，當場揮毫，對觀音得意道：「一時技癢，見笑了。」

觀音一讀，簡帖上寫著四行詩：「上覆齊天大聖聽：老人乃是李長庚。須彌山有飛龍杖，靈吉當年受佛兵。」觀音眼角抽了一下，太白金星不愧得道多年，詩很有老神仙的風韻，不過看他興致勃勃，觀音也不好勸，說那就這樣吧。

兩人取得共識之後，接下來就是分頭執行。

方略確定了，執行相對簡單得多。觀音絕非庸神，她和李長庚認真聯手起來，整個方略執行得行雲流水、滴水不漏。他們很快就跟各方對好口徑，再把所有的東西圓成一篇揭帖，迅速對外發布。揭帖一發布，黃風嶺這一劫就算正式定了調子。

觀音發揮非常穩定，不僅扮演靈吉順利收走了黃風怪，而且還熟練地把這件事拆成了「黃風怪阻十三難」和「請求靈吉十四難」——就連求援都能被她定義為一難，這讓李長庚嘆為觀止。

可惜的是，玄奘回歸取經隊伍的場景，李長庚沒有見到。他突然收到兩張飛符，不得不盡快趕回天庭。

一張來自把守南天門的王靈官，一張來自織女。

王靈官的飛符說：「那隻小猴子又來了，說沒見到你就不走。」

織女的飛符比較簡短，就四個字：「我媽找你。」

第五章

李長庚飛到南天門，還沒見到王靈官，就先望見了六耳獼猴。

這小猴子不是等在南天門前，而是用尾巴掛在門匾上。王靈官仰著頭，在下面氣勢洶洶地喝罵，他卻死活不肯下來。

李長庚在黃風嶺累得不得了，整個人情緒不太穩。他走到王靈官旁邊，也仰起頭喊道：「你快下來！成何體統！」

六耳一見是他，一個跟斗翻下來，跪倒在地。李長庚沒好氣道：「不是讓你回家等嗎？怎麼又來鬧事？」六耳抬起頭，語氣裡有壓抑不住的憤懣：「啟稟金星老神仙，我看了靈山揭帖，說那孫悟空已經被玄奘接出五行山，隨著去西天取經了——那……那我的事呢？」

李長庚一聽，登時無語。是了，五行山那個揭帖早傳遍三界，他還抄了一遍送上青詞呢。李長庚捫心自問，換了他是六耳，看到那冒名頂替的猴子非但沒被處理，反而得了大機緣，肯定也著急。

不過眼下他還有別的事，顧不得跟六耳多言，只得板起臉來說：「陰曹地府的猴屬生死簿全被塗了，要查實真相得花上不少時辰，你急什麼？」六耳氣道：「到底還要查多久？可有個準話？」

李長庚見他死纏爛打，有些不耐煩：「我看你頭頂黑光燦燦，也是一方大妖的修為了，何必為了幾百年前的小事執著呢？小心走火入魔。」

「對李仙師你是小事，對我可不是！」六耳突然大吼，「幾百年光景啊，一隻妖怪壽元才多少？他阻我緣法，斷我仙途，成我心魔，難道可以一點代價都不付出嗎？」

李長庚大袖一拂：「揭帖你也看了，鎮壓孫悟空的是佛祖，救他出來取經的是玄奘，我們天庭就算想管，也是無能為力啊。」

小猴子面色霎時蒼白，瘦弱的身軀微微抖動起來。李長庚心中到底不忍，又小聲勸了一句：「這樣好了，我把你的狀子轉去大雷音寺，看那邊怎麼處理。」六耳道：「這一轉，又得多少時日？」李長庚搖搖頭：「那就不知道了，但啟明殿能做的，只有這麼多了。」

「就因為我是個下界的命賤妖怪，生死皆如草芥，所以你們就敷衍塞責、到處推卸嗎？」

一聽這話，李長庚也生氣了。他的怒意一股股地往上湧，快按不住了：「本仙只是依規矩辦事，你若不滿，自可去找不敷衍的神仙。」

話說到這份兒上，饒六耳是個山野精怪，也知道不能硬強了，只得悻悻地從懷裡摸出一張新寫的訴狀，遞給李長庚：「我補充了一點新的資料，懇請仙師成全，幫忙催辦。」

李長庚接過訴狀，隨口寬慰了幾句，轉身進了南天門。六耳一直望著他的身影消失在雲霧之中，這才垂著頭離去。

李長庚回到啟明殿，案子上報銷的玉簡堆了一大疊，都是先前幾場劫難的費用，還沒顧上處理。他把訴狀隨手擱在旁邊，從葫蘆裡倒出一枚仙丹，剛吃下肚去還沒化開，織女就走過來了。

「您回來了？我媽在瑤池等著呢，咱們走吧。」

「西王母她老人家找我幹嘛？」李長庚心中疑惑。織女聳聳肩：「不知道啊，她就說讓我請您去喝玉露茶。」

「只說是喝茶？」

「對啊，她可喜歡招待人喝茶了。」

李長庚知道織女看不出其中的門道，問了也是白問。這種級別的神仙，說請你喝茶，自然不是真喝。他整理了一下儀表，馬不停蹄跟著織女趕去了瑤池。至於報銷……再等等，再等等。

西王母等在瑤池一個七寶小亭內。老太太身披霞袍，面相雍容，自帶一種優雅的氣勢。織女撲到母親懷裡，甜甜地發嗲了幾聲。西王母點了她的額頭一下，轉頭對李長庚和顏悅色道：「這裡不是朝會，不必拘束，小李你隨意些。」

李長庚自然不會當真，依舊依禮數請安，之後才斜斜偏坐。西王母玉指輕敲檯面，旁邊過來一位赤髮侍者，端來三個流光溢彩的玻璃盞，盞內霧氣騰騰，奇香撲鼻。

李長庚端起一杯，低頭一品，至純的天地靈氣霎時流遍百骸，裡面還隱隱帶著一絲洪荒韻味——這是真正的劫前玉露茶啊！比啟明殿的存貨高級多了，就連那盛茶的杯子都不是凡品，可以聚攏仙馥、醞釀茶霧。

好在他惦記著正事，只啜了一口，趕緊收斂心神，正襟危坐。

西王母笑瞇瞇道：「小李，你最近修持如何？三屍斬乾淨沒？」李長庚連忙躬身：「斬得差不多了，就是心頭還有些掛礙。」西王母道：「啟明殿工作瑣碎，肯定是有掛礙的。織女不省心，勞你照顧得多些。」

「這孩子很懂事，幫了我不少忙……」李長庚側眼看看，織女對他飛了飛眉毛，一臉得意。

「對了，我聽老君說，天蓬那小子也去取經了？」西王母拿起玻璃盞，似是隨口問道。

李長庚知道，西王母不是在問天蓬是不是去取經了，而是問這事是誰運作的。他恭敬回道：「天蓬他感陛下恩德，知恥而後勇，能有今日之前程，實乃他自身砥礪不懈的結果。」

西王母冷哼一聲：「砥礪不懈？我看砥礪不懈的是他褲襠裡那玩意兒！」李長庚心裡一慌。我都暗示是玉帝的安排了，您怎麼還罵上了？這是衝著誰去的？

他縮縮脖子，不敢回應。西王母繼續道：「當初天蓬做出那等齷齪醜事，是老身做主要嚴加懲戒，最後還是改了貶謫下界。貶謫也還罷了，如今他竟想轉個世、取個經，就把前罪一筆勾銷，成就正果？你知不知道，高老莊的揭帖一出，嫦娥來我這裡已經哭過好幾回了，說在廣寒宮裡夜夜做噩夢，生怕他哪日功德圓滿，回歸天庭，又來騷擾。作惡的飛黃騰達，受害的卻膽顫心驚，這像話嗎？」

當年替天蓬求情的是李長庚，被西王母這麼不指名地痛罵，他只得捧著玻璃盞訕訕賠笑。以西王母的境界，不會不清楚天蓬下凡是玉帝的旨意，她突然發難，恐怕是別有原因。

果不其然，西王母罵了天蓬一頓之後，端起玻璃盞啜了一口，神態回歸淡然：「玄奘取經，畢竟是靈山的事務。倘若那天蓬途中故態復萌，又做出什麼醜事來，丟的可不是他自己的臉，而是整個天庭，那豈不是讓陛下在佛祖面前丟了面子？」

「您提醒得對，我回去就轉達給他，讓他謹言慎行。」

「哼，天蓬靠得住，狗都會吃素。小李啊，這天庭的規矩，可不能只寄希望於個人品格。」

「是，是，下官確實考慮得不夠成熟，我這就去跟四值功曹、六丁六甲溝通，請他們加強監督。」

「我琢磨著，想要防患於未然，還得讓取經隊伍內省才好啊。」西王母端著熱茶，臉上笑容不變。

「噗」的一聲，李長庚差點把名貴茶水噴出來。好傢伙，您鋪墊了那麼久，原來在這裡埋伏呢。取經隊伍內省，意思就是要互相監督。但玄奘和悟空是釋門安排的，根本不歸天庭管，想要監督天蓬，那只能讓玄奘的第三個徒弟來。

西王母這是也想在取經隊伍裡安插一個人？

西王母見李長庚沉默沒表態，側臉看向織女：「天蓬在天庭人脈很廣，隨便派一個人去盯著他，難保不會徇私。我尋思著，總得找個不賣他面子的盯牢——你覺得如何？」

李長庚瞪著織女，雙目圓睜：「她……她在啟明殿幹得蠻好，我覺得不必下凡去辛苦吧……」織女「噗哧」一聲樂了，道：「哎呀，您想什麼呢，我媽說的是他啦。」

織女閃身讓過，李長庚這才發現，西王母看的是旁邊那個赤髮侍者。這人生得一頭紅髮、靛藍臉膛，看起來儀表堂堂，向李長庚深鞠一躬，什麼話都沒說。

「你別看他在這裡端茶，其實正職是玉帝身邊的捲簾大將，深得陛下器重。他手裡有一根降魔寶杖，也是玉帝親賜，不比上寶遜金鈀差多少。」

聽著西王母的解說，李長庚頓覺嘴裡茶味變得苦澀無比。且不說一個玉帝的儀仗官為什麼跑來為她泡茶，單聽西王母拿「降魔寶杖」去比「上寶遜金鈀」，他就知道不妙。

她表面上是比較兩件兵器，其實是在問李長庚——我的話和玉帝的話，是不是一樣管用呀？

換個神仙，李長庚就直接頂回去了。你什麼境界，也配和太上開天執符御曆含真體道金闕雲宮九穹御曆萬道無為大道明殿昊天金闕至尊玉皇赦罪大天尊玄穹高上帝比？唯獨面對這位西王母，他實在沒轍。

西王母在天庭的地位很微妙，你說她有實權吧？她只是沒事在瑤池開個蟠桃會，搞點瓜果分分，不見有什麼實差；你說她就是個閒職吧，能去蟠桃會的神仙個個境界都高得嚇人，連玉帝見了老太太都客客氣氣的。這樣一位大仙，未必能幫你成什麼事，但關鍵時刻遞一句話，壞你的事還是很容易的。

李長庚已經觸到了金仙的邊，哪敢在這時候得罪她？

問題是，西王母這個要求確實太難了。

靈山的取經弟子名額一共只有三個。李長庚苦心運作，為玉帝搶到第二個名額，這已觸及了靈山的底線。如果第三個名額再給西王母這位捲簾大將，三個徒弟兩個天庭出身，豈不是喧賓奪主了？觀音打死也不會同意啊！

西王母也不催促，笑瞇瞇等著他回話。李長庚抬頭苦笑道：「西王母您有所不知，這次佛祖安排的取經隊伍，有一個奇處。孫悟空是大鬧天宮、被鎮五行山下的囚徒；豬八戒是騷擾嫦娥、被罰下界的罪犯；那個本是正選弟子的黃風怪，也是偷吃香油的貂鼠；就連取經的正主玄奘，雖說這一世是個有名望的大德，當初金蟬子也是因為不聽如來說法，輕慢大教，所以才真靈被貶，轉生東土——這隊伍裡連師帶徒，都是有前科的。」

後頭的話，他沒點透。您推薦的這個捲簾大將身家清白，不符合取經隊伍的遴選標準。

不料西王母輕笑一聲：「此事簡單。」她下巴微抬，捲簾大將立刻伸出手去，把李長庚跟前的一個玻璃盞推到地上。那玻璃盞本是薄輕易碎之物，登時「嘩啦」一聲，碎成一地渣子。捲簾大將就地跪下，口稱萬死。

李長庚僵在原地，額頭不斷沁出仙汗。他只是推託之詞，沒想到西王母一刻都不緩，直接讓捲簾大將打碎玻璃盞，堵住了李長庚的嘴——我聽你的建議，讓他連罪都犯了，你現在再跟我說不行？

李長庚被逼得沒有退路，只得說取經之事牽涉甚廣，他還得跟靈山方面商量一下。西王母卻跟沒聽懂似的，敲釘鑽腳，說這就安排捲簾大將去自首，下凡等李長庚通知。

您……不能這麼霸道啊，什麼都沒談定呢就硬走流程，這不是把我架在火上烤嗎？李長庚自然不敢把這話說出口，但臉上的苦相越發明顯。

西王母換了個新玻璃盞給李長庚，斟滿茶水：「小李你別有壓力，捲簾大將此番下凡，主要以歷練心性為主，只要有所成長，就不辜負玉帝的栽培之心了。」

李長庚稍微鬆了一口氣。聽西王母這意思，似乎不強求捲簾大將一路跟到西天，只要洗一洗履歷就好。這樣的話，還能爭取到一點點操作空間。看來西王母還算務實，畢竟級別不能跟玉帝、佛祖比，主動把要求降了一等。

「我……我試試看……」李長庚把話含在嘴裡，含糊回答。西王母也沒再強逼，繼續和他品茶。

杯中的玉露茶馥郁依舊，只是入口卻變得苦澀無比。李長庚勉強咽下幾口，起身拱手告辭。西王母使了個眼色，捲簾大將和織女一起送他出去。三人一路無語，快到瑤池門口，捲簾大將忽然轉向李長庚，鄭重一拜：「在下只要得償所願，自會離開，不會為難李仙師。」

嗯？這口氣不太對啊？你什麼願？李長庚還沒問，他已轉身拖著杖走開了。李長庚怔了怔，才明白自己又被戲弄了。

西王母一開始的意圖，就只是讓捲簾大將去洗一下履歷而已，沒指望弄到正式名額。前頭她表現得那麼霸道和強勢，其實是所謂「拆屋卸窗」之計。先提出一個不合理的要求，待對方被逼到要爆炸，再退一步拋出真正的請求，對方便會如釋重負，忙不迭地答應下來。

這些金仙，個個七竅玲瓏心，沒有一個是好相與的。

織女見捲簾大將離開，居然沒心沒肺地問李長庚茶好不好喝。李長庚看看這姑娘，一時無語，又有些羨慕，這才是心無掛礙，比自己更接近大羅金仙的境界。

「好喝，好喝。」李長庚敷衍了兩句，知道跟織女不能拐彎抹角，於是直接問道：「那位捲簾大將，跟你媽什麼關係？」

「沒什麼關係吧，之前我只見過他一次。」織女歪著頭想。

「那是在什麼時候？」

「最近啊。」

「是不是在高老莊的揭帖之後？」

織女算了算日子，點頭稱是，然後一拍手掌：「我想起來了，是跟著嫦娥姐姐來的那次。」

李長庚「咦」了一聲。他本以為捲簾大將是西王母的人，結果是輾轉被推薦過來的。如果織女所言不虛，這捲簾大將與廣寒宮似乎關係匪淺。怪不得西王母說，要找一個不賣天蓬面子的人選。這背後……恐怕還有更深的事。

當然，到底是什麼事，李長庚現在顧不上琢磨，他得先把眼前的麻煩擺平。都說修仙是斷絕因果，怎麼越修煉這纏身的麻煩越多呢？

他從瑤池出來，翻身上鶴，卻遲遲沒擺動拂塵。老鶴疑惑地彎過修長的脖子，看到主人趴在背上，怔怔望著遠處的縹緲霧靄，一動不動，雙眼掩在白眉之下，一股說不出的疲憊。

隔了好久，李長庚才長長吐了一口氣，拂塵一擺，示意老鶴起飛。在路上，他傳了個信給觀音，約在啟明殿門口，說有急事相商。

經過黃風嶺一難之後，觀音態度好了很多，很快趕到，說正在忙下一難的設計。

李長庚現在沒心思談這個，直接問她：「靈山安排的第三個徒弟是誰？」觀音立刻有點警惕，李長庚不客氣道：「咱倆各自背後的麻煩都不小，在這個節骨眼上，還是坦誠點好。快說，到底是誰？」

觀音遲疑片刻，緩緩回答：「這第三個徒弟吧，有點複雜……是個凡人，但也不是凡人。」

李長庚氣不打一處來：「你是管謎語的神仙嗎？什麼叫是個凡人，又不是凡人？」觀音正要解釋，李長庚擺擺手：「算了，不為難大士你。我只想問問，這第三個徒弟預定什麼時候收？」

觀音掐指一算，說那三徒弟如今在烏雞國，按渡劫計畫，怎麼也得二十幾難以後了。李長庚鬆了口氣，目前他們剛剛推進到第十四難，還有時間。他拂塵一擺，用商量的口氣道：「能不能……從你們這兒先借一個名額？」

觀音一怔：「借？名額這東西怎麼借？」

李長庚實在懶得隱瞞，直接把西王母的要求講了出來。觀音憒憒地看了他一眼：「老李，天蓬的事你還沒玩夠是吧？還來？」李長庚道：「我一個啟明殿主，從來都是替金仙們做事，何時為自己的事忙過？我如果真用手段，就不會跟你明說了。這事我也很為難，唉。」

觀音眉頭微皺：「不是我不借，這第三個名額被靈山的大能早早定下了。你們弄走了一個，已經搞出偌大的亂子。再讓出去一個，我實在沒法交代。」

「不是讓，是借，會還的。」李長庚耐心勸道，「西王母的意思，只是想讓捲簾大將在取經隊伍裡洗一遍履歷，讓他隨便經歷幾難，再尋個理由體面離開也就是了。

他見觀音還在猶豫，加重語氣道：「貧道在黃風嶺助大士渡過一劫，消劫就應在此處了。」

他擺出這個人情，觀音不好回絕，只得說：「老李你說說，怎麼個借法？」李長庚道：「這事倒也簡單。後面幾難先放一放，我先加塞一難讓玄奘把捲簾大將給收了，給西王母一個交代。快到烏雞國的時候，再找一個劫難，把他調離取經隊伍。你後頭該怎麼收徒弟，還怎麼收。」

「這麼簡單？」

「對，就這麼簡單。」

「那萬一他不離開呢？」觀音問。

不怪她多疑，萬一李長庚安排完以後把臉一抹，不認之前的承諾，觀音可是一點制衡的手段都沒有。兩人如今雖然已和解，還遠沒到交託生死的地步。

李長庚明白，自己得拿出令人信服的保證才行。他反問：「大士你需要什麼保證？」

觀音有點為難，凝神想過一陣方道：「他得帶著一個罪過入隊。」

「他本來就是因罪被罰下天庭啊。」

「不，不，捲簾大將打碎玻璃盞是因，被貶凡間是果，這樁因果已然了結。我要的是，他在凡間也背一個罪因，以待罪果。」

「絕妙！」李長庚真心讚嘆，觀音在這方面的手段真是精到。只要捲簾大將在人間有罪行未了，便隨時可以把他開除離隊，這就是最好的保證了。

他想了想，掏出一個錦囊說：「我把捲簾大將安排在流沙河，人物設定調得凶惡一點——嗯，就說他把路過的行人都吃了，一口氣吃了九個。」

「哈哈，老李你也絕妙。」觀音也是拍手讚嘆。

「九」這個數字，頗有講究。捲簾大將如果吃過十個人，就是為害一方的大妖，天庭必須派員討伐；卡在吃過九人，不會把動靜鬧得太大。想提拔，就說他誠心悔悟、立地成佛；想開除，就說他怙惡不悛、劣性難收，可以說是進退兩宜。

反正取經隊伍裡，個個都有前科，李長庚這麼操作，不會太顯眼。

觀音想了想，補充一個提議：「你弄幾個骷髏頭讓他掛著，效果更好。」李長庚稱讚說這個辦法好：「要不要再加個設定，說這九個骷髏頭是玄奘九個前世？」

「……算了，這個玩得有點大，我怕不好收場。」

「聽你的！」

李長庚在方略裡修改完，遞給觀音。觀音在高老莊、黃風嶺連吃了兩次虧，現在看到錦囊就哆嗦。她不敢大意，從頭又仔細看了好幾次。

李長庚也不催促，站在旁邊吐納。這是個大人情，別人謹慎一點是理所當然的。

觀音菩薩盤算一圈，突然眉頭一皺，抬頭說：「不對，老李，這裡頭有個風險你可沒提。捲簾大將是西王母的根腳，萬一到了開除時，西王母硬要保他，我們怎麼辦？」

說白了，她縱然信得過李長庚的人品，但不信他有能力可以扛住來自西王母的壓力。

李長庚一扯觀音袖子，低聲解釋道：「你有所不知，這個捲簾大將有些古怪，似乎跟豬八戒有仇。他們倆在一個隊伍裡，那是一廟不容二……」

「咳！」

「哎，說錯了，是一山不容二虎！搞不好不用我們安排，他們倆就先鬥起來了。到時候各拚根腳，無論誰落敗退場，也怪不到我們頭上。」

觀音這才放心下來，說這一難得她來安排。李長庚知道她終究不放心，說：「沒問題，不過最好別你本尊去，免得被牽連。」觀音想想也對，說：「那讓我徒弟木吒跑一趟吧。」

兩人又把細節對了一遍，臨到分手，李長庚忽然問了一句：「我一直有個疑問，佛祖為什麼指定孫悟空為首徒？」

觀音回答：「我也不知道，但這是佛祖唯一一個明確指名要玄奘收的弟子。不過……」她猶豫了一下，臉上也滿是困惑，「孫悟空也是唯一一個對取經沒興趣的大妖。」

兩人就此辭別，李長庚先傳飛符給織女，通知西王母讓捲簾大將下凡等候，然後走到啟明殿門口，想了想，到底沒進去，回身拂塵一擺，又奔下凡間。玄奘師徒正在休息，李長庚沒驚動另外兩位，直接推醒豬八戒：「捲簾大將你認識嗎？」

「捲簾大將多了，你說哪個？」

「什麼哪個？捲簾大將還有很多嗎？」

「金星老，你不在軍中，不熟體制。我這個天蓬元帥，乃是玉帝恩加的特號，獨一份。捲簾大將是駕前儀仗的一個頭銜，掛這頭銜的少說也有三十多號神仙呢。」

「呃，就是手裡有降魔寶杖那個。」

豬八戒嗤笑道：「捲簾將軍配的都是玉鉤，用來捲起珠簾，拿寶杖怎麼捲？金星老你從哪兒認識這麼個冒牌貨？」李長庚臉色一僵，迅速調整了一下：「反正很快有一位捲簾大將會被貶謫至凡間，在流沙河加入隊伍，你留神就行。」

李長庚不待八戒再問就匆匆走了。他的目的不是查明身分，而是藉由這個管道委婉轉告玉帝，說西王母也要插手。至於金仙們怎麼運籌帷幄，就不是他需要考慮的了。

好不容易回到啟明殿，李長庚終於可以坐下喘口氣了。他叫童子泡了一杯玉露茶，一口喝下去半杯。這茶味比在瑤池喝的同款茶差遠了，但他覺得還是自家茶好，喝下去沒負擔，一口茶就是一口茶，不摻雜別的心思。

喝完了茶，李長庚閉上眼睛，感受暖洋洋的靈氣在丹田裡慢慢化開。整個啟明殿裡靜悄悄的，老神仙好似睡著了一般，斟酌著這難得的閒暇。

不知過去多久，他緩緩睜開眼，看到案頭堆積著的報銷玉簡，嘆了口氣。這玩意兒於道心無益，做起來滿心嫌惡，偏偏從雙叉嶺到黃風嶺，一路護法的花費著實不小，實在忽略不得。

他伸手摸向案前的玉簡，隨手打開其中一卷，把幾根算籌擺在旁邊，然後……繼續閉目養神，而且這次更加心安理得，因為感覺報銷已經開始做了。直到拖無可拖，李長庚這才強行打起精神，撲進數字中掙扎起來。只過了一小會兒，他又分心去摸茶杯，卻不小心摸到六耳那一張訴狀——它一直被擺在几案旁邊。

也許是為了逃避報銷的糾纏，也許是出於那麼一點點沒來由的愧疚，他鬼使神差地把訴狀展開來，心想再看看吧。

訴狀裡還是那一套說法，只是補充了一點細節，也沒什麼實質幫助。六耳這事，除非是叫孫悟空來當面對質，否則沒法可解。但孫悟空在取經途中，天庭根本無法傳喚，等取經結束……人家就修成正果了，你更沒辦法。

李長庚也是一路修煉上來的，深知飛升得越高，離人間越遠，因果就越少。沒了因果牽扯，對人間的事情也便看淡了。六耳這種堵門鬧事的偏執，易生妄念、成心魔，最為金仙們所不取。

所以他勸六耳放棄，真的是出於善意。

其實老李之前在觀音禪院時，先考慮的是找六耳來配合，但又怕他見到悟空反應太大，然後才找了黑熊精。你看，因為六耳個性使然，錯過了一個機緣，多可惜。

「唉，算了，算了……老李你又幼稚了。你還顧得上別人？」李長庚發出一聲苦笑，把訴狀擱下。他身上背的因果已經不少了，哪能去同情惦記一個下界小妖。等日後修成金仙，再來看顧一二不遲。

想到「金仙」二字，他心頭一熱，把杯中茶喝了個精光。算算時辰，玄奘這會兒應該過流沙河了，也不知捲簾大將是否順利入隊了。觀音一直沒傳信過來，沉寂得有點古怪，他有點猶豫，到底是先傳個飛符去問問，還是一口氣先把報銷做完。

就在這時，耳畔傳來一陣車輪的嘎嘎聲。

車輪？這啟明殿內哪裡來的車輪？

李長庚納悶地抬起頭，正看到一個蓮藕身子的小童踩著滑輪，背著手，嘎嘎地滑進啟明殿。

「哪吒三太子？」

李長庚還沒反應過來，哪吒已向他一拱手：「金星老，三官大帝那邊找你。」

「啊？三官大帝？」李長庚大奇，三官是天官、地官、水官，負責校戒罪福，總持風紀，跟自己平時沒什麼交集。他問哪吒：「請問何事？」

「不知道。」哪吒懶洋洋地跳下風火輪，扔給李長庚一隻，「三官殿那邊只和我講了個時辰和殿閣，讓我護送你過去。」

第六章

風火輪呼呼地飛速旋轉，在半空忽上忽下，冒出的火光照透了片片彤雲。去三官殿不允許用自己的坐騎，李長庚坐慣了慢悠悠的白鶴，沒用過風火輪這麼快的玩意兒。他學著哪吒的樣子，兩條腿分開站在風火輪兩邊的凸起處，微微弓身，狀如騎馬。身子微一前傾，心意一動，整個人「嗖」一下就出去了，他嚇得身子往後一仰，好不狼狽。

哪吒笑嘻嘻地飛在前頭，不時回頭圍著老頭轉圈，勝似閒庭信步。他們倆在彤雲裡鑽行了半天，哪吒嫌他滑得慢，喝了一聲：「金星老抓緊了！」手一抖，混天綾飄出去拴住李長庚，往自己這邊拉過來。

趁著混天綾裹住兩人、遮住周圍視線的片刻，李長庚耳畔忽然傳來哪吒一聲低語。

「兄長讓我向你問個好。」

李長庚還沒反應過來，混天綾已經繃直了。哪吒望著前方，跟什麼都沒說過似的，扯著他朝前飛去。李長庚本來被輪子晃得頭昏眼花，這一下子，突然就不暈了。

這句話好似什麼都沒說，透露的訊息可不少。

哪吒一共兩個哥哥，金吒在文殊菩薩座下供職，木吒是觀音菩薩的徒弟。李長庚跟金吒沒打過交道，這個兄長應該是指木吒。

木吒無緣無故，向我問什麼好？自然是跟觀音有關。再聯想到觀音遲遲沒有回應，到底是不想回，還是不能回？無論天庭還是靈山，想要調查誰，都會先斷了對方的聯絡，防止串供——莫非觀音遇到了官面上的麻煩，這才輾轉透過木吒與哪吒傳出一點警示？

觀音遇到的麻煩，需要通知李長庚，說明這麻煩應該與取經相關，但到底是哪個環節出了問題，就不知道了。

無論如何，觀音能傳這麼一句訊息來，至少說明她是站在自己這邊的，而不是舉報者，這一個基本判斷至關重要。李長庚抓緊時間順了一遍思路，以至於完全顧不上暈風火輪了。

很快哪吒把他帶到三官殿前，轉身走了。自有三官殿的仙吏上前，引著他到了一間偏殿的斗室。李長庚抬眼一看，裡面正坐著三個神仙。

坐在正中央的是個鶴髮雞皮的老太太，他認出來是黎山老母。左右兩位卻大大出乎他的意料：從左至右分別是文殊菩薩、普賢菩薩。好傢伙，如來的左右兩位脅侍齊至，屋內圓光燦然，耀得屋角一面水鏡熠熠生輝。

文殊、普賢兩位起身見禮，黎山老母笑呵呵開口道：「金星，這次老身借了三官殿找你，是因為有人向靈山和天庭舉發一樁蹊蹺事，兩位菩薩遠道而來，詳查此事，老身正好得空，引著他們過來。」

「您客氣，我一定知無不言。」

黎山老母這話，讓李長庚心裡踏實了不少。借用三官殿，說明三官大帝並沒正式介入，而且黎山老母上來就擺明了態度，說自己只是帶路而已，說明天庭並不把這事當成大事，純粹是給靈山面子。

所以，他可以集中精力對付靈山的盤詰了。

黎山老母咳了一聲：「是這樣，大雷音寺收到一張申狀，說玄奘取經途中收的幾個弟子良莠不齊，素質堪憂，存在選拔不公、徇私舞弊之事。」

李長庚正要開口，黎山老母手一抬：「為了公平起見，幾位菩薩和老身沒知會任何人，自作主張下凡，先去考驗了一下那幾名玄奘弟子的心性。當時的情形都已存影，請金星先看。」

李長庚注意到，是「幾位菩薩和老身」，而不是「老身和幾位菩薩」。顯然這次突擊檢查是大雷音寺主導的，繞開了那三十九尊隨行神祇。他的視線飄到另外兩位菩薩身上，普賢眼觀鼻，鼻觀心，安忍不動，文殊倒是對他笑笑，雙手合十。

怪不得哪吒講話藏頭露尾，他大哥就在文殊菩薩麾下，他確實不便講得太直白。

黎山老母把龍頭杖一舉，屋角那面水鏡倏然放出光華，不一時浮現出畫面來。

畫面裡唐僧師徒四人正在林間行進。李長庚看到捲簾大將斂起本相，化為一個絡腮鬍的僧人，那根降魔寶杖被他當成扁擔。他挑起行李，低調地走在隊伍最後面，比白龍馬還沒存在感。

觀音果然沒有失約，在流沙河把他運作進來了。聽師徒之間的交談，捲簾大將以流沙河之「沙」字為姓，法號叫作「沙悟淨」，也喚作「沙僧」。李長庚仔細觀察了一陣，沙悟淨和豬悟能互動並不多，但前者看向後者的眼神，卻隱約透露著一絲恨意——此人所圖，果然不小。

只見師徒四人走到一處殷實的大莊園，裡面走出一個姓賈的寡居婦人，膝下還有三個千嬌百媚的姑娘。這賈寡婦說家裡沒有男丁，想要與他們四位婚配招贅，陪嫁萬貫千頃的家產。

這都不用細看，李長庚一眼便認出賈寡婦是黎山老母所變，那三個姑娘的真身，自然是文殊、普賢，還有一個他意想不到的人——觀音。

怪不得她斷絕消息。李長庚可以想像，文殊、普賢一定是突然降臨觀音面前，當場宣布要突擊檢查，然後收了觀音一切傳信的法寶。多虧了木吒和觀音有默契，一見這形勢，好歹傳出一則模糊的訊息。

留影繼續播演著。師徒四人對賈寡婦的邀請反應不同，其他三人都很冷淡，只有豬八戒最為熱情，還搞了一齣撞天婚的鬧劇，實在荒誕可笑。影像一直演到豬八戒披上三件珍珠錦衫之後，就定住了。

「現在師徒四人還在賈家莊園裡安歇，等著我們給出結論。在那之前，老身想問問金星的想法。」黎山老母和顏悅色道。

李長庚沒有立刻回答。美色試心性這事，算是個固定套路，他懷裡就有好幾個類似的錦囊。問題是，留影裡的這段，總透著蹊蹺，至於蹊蹺在哪兒，他一時還沒想明白。

普賢板著臉催促道：「李仙師，這段留影裡三個徒弟的表現，你如何評價？」

「如是我聞。師徒悟性不同，各有緣法。」李長庚先甩過一頂大帽子，堵住對方的嘴。普賢冷哼一聲：「不要含糊其詞，佛法我們比你明白。我問你，這師徒幾人，誰可通過考驗，誰不可？」

李長庚道：「大道五十，天衍四十九，人遁其一，變數常易，豈敢妄測？」這次他改用道門的詞，但推脫之意更加明顯。

普賢眼皮一抖，正要拍桌子，被文殊從旁邊勸住。文殊笑瞇瞇對李長庚道：「李仙師，您別有情緒，我們只是例行問話，都是為了取經大業嘛。」

「取經一應事務皆由靈山定奪，貧道只是奉靈霄殿之命，配合護法而已，其他的一概不知。」

「又沒問您別的，只是評價一下這段留影的觀感嘛。」

「我的觀感就八個字：緣法高妙，造化玄奇。」

李長庚穩穩的回答滴水不漏，文殊看看黎山老母，她拄著龍頭杖似乎睡著了，便拉著普賢低聲商量了幾句，隨後才回身道：「那麼請問李仙師，這個沙悟淨，是什麼根腳？」

李長庚微眯眼睛，他們這是變換攻勢了，一邊提防一邊回答：「他本是天庭捲簾大將，只因打碎了西王母的玻璃盞，被貶下界，在流沙河為妖。」

文殊似乎對沙悟淨格外有興趣：「天庭和靈山因犯事被貶的妖怪神仙，可以說是滿坑滿谷。這打碎玻璃盞也不是什麼大罪過，為什麼選他做了玄奘三徒？」

「菩薩您說笑了，什麼叫我選他？是這怪一心向佛，敬奉甚虔，如今蒙上師收為弟子，是他自己的緣分到了。」

普賢凶巴巴地問：「你說他虔敬他就虔敬？」

李長庚從容道：「這不是我說的，是這水鏡裡映出來的。各位菩薩請看，沙悟淨從頭到尾，只盯著豬悟能一個，從不錯眼去看幾位女子。這說明什麼？說明他不光自己定力高，而且還心顧他人，擔心二師兄犯錯，影響取經大局，這不是虔敬是什麼？」

這一席話，說得兩位菩薩啞口無言。文殊沉默片刻，又開口道：「高老莊距離流沙河只隔一座黃風嶺，這收徒的頻度也太快了點吧？」

黎山老母截口道：「兩位菩薩，收徒只憑人品仙緣，可沒規定時辰。」

文殊被這麼一攔，絲毫沒露出不快，依舊笑容滿面：「李仙師的意思是沙悟淨入選，是因為事佛虔敬對吧？」李長庚點頭。

普賢緊跟著一拍桌子：「那不虔敬的，就不該入選，對吧？」

李長庚「呃」了一聲，這兩個菩薩果然難對付，一個扮黑臉一個扮紅臉，假意圍著沙悟淨轉。他千防萬防，盡量只說廢話，卻還是被設了一個埋伏，繞入圈套中。

他們真正的目標根本不是沙悟淨，而是豬八戒。

李長庚暗暗責怪自己粗心。剛才看留影的時候，就應該看出這一局的破綻了。

美色這事，玄奘用不著測——賈寡婦讓三個女兒去配徒弟，自己去配長老，明擺著就是給穩過；孫悟空不必測，這靈明石猴裡的「石」字，可不只是形容其出身；沙悟淨是新近入隊的，文殊、普賢在出發前恐怕都不知此人存在，更談不上刻意針對。

換句話說，這一局試心性的設計，根本就是為好色之徒豬八戒量身打造的，而且還一口氣安排了三個姑娘讓他撞天婚，擺明了不打算讓他通過——當然，這兩個菩薩犧牲也是不小，更看出他們的決心。

如來的左右脅侍和十大正途弟子關係匪淺。看來之前八戒替掉了黃風怪的事，阿儺始終意難平，請來兩位菩薩出頭。

「李仙師？」文殊把發呆的李長庚拉回來，「你還沒回答呢。唯有事佛虔敬、嚴守戒律者，方能選入取經隊伍，對不對？」

「啊，是……」李長庚只得先含糊回答。

「那就是說，如果不守戒律、胡作非為，是沒資格取經的，對吧？」文殊緩緩誘導著。

李長庚沒回答。文殊與普賢對視一眼，又把留影調到豬八戒撞天婚的段落，還特意定在那兒，一起看向這老頭。

李長庚仍舊有點困惑。試心性是針對八戒不假，但再往深層次一點想，豬八戒入隊，是玉帝和佛祖達成的默契，那條象徵道釋兩門友誼的錦鯉，還在落伽山的蓮花池裡呢。就算大雷音寺對此很不高興，難道還敢硬駁玉帝與佛祖的面子，把八戒開除掉嗎？

文殊和普賢沒這麼傻。

李長庚曾經歷過類似的談話。他知道最麻煩的狀況，不是你笨嘴拙舌，而是你根本不知道對方的真實目的。人家東一拂塵西一禪杖，問得雲山霧罩，你只能被動應答，不知哪句說錯了就會落入圈套中。

這時普賢又厲聲道：「豬八戒貪淫好色，定力孱弱。此妖固然與我佛有緣，但當初遴選時，是不是出了大問題？」文殊緊跟了一句：「不只是高老莊，黃風嶺那一難，也有諸多難解之處。李仙師全程都有跟進，如果看到什麼不合規的事，歡迎講出來，我們一同參詳。」

這一拉一扯，讓李長庚陡然挺直了身子，直勾勾看向兩位菩薩。原來，原來他們的目的是這個。

上次是阿儺驅使黃風怪劍走偏鋒，這次換了文殊和普賢，以大雷音寺的名義，堂堂正正搞了一次突然襲擊。兩次的目標一樣，都是對準了觀音。

他們你一言、我一語，始終扣住遴選流程，就是要捉觀音的痛腳——至於豬八戒，普賢之前就鋪墊過了，「此妖固然與我佛有緣」，到時候隨便找個理由寬宥就好。

兩位菩薩就這麼盯著李長庚，整個屋子裡靜悄悄的。李長庚沉思片刻，勉強答道：「我只是協助護法而已，別的實在是不清楚。」

「黃風嶺那一難，到底是怎麼回事？黃風怪去了哪裡？靈吉菩薩又是誰？」

普賢氣勢洶洶地連續追問。李長庚還沒回答，文殊又笑笑：「李仙師別著急，慢慢想。想得不全也沒關係，大概情況我們都掌握了，詢問您主要是給觀音大士查漏補缺。」

李長庚心裡「咯噔」一聲，難道觀音那邊都交代了？普賢見他臉色微變，趁機道：「高老莊和黃風嶺的問題，天庭與靈山都很重視。誰存心隱瞞，誰坦白交代，報應可是不一樣的。」

李長庚張張嘴，覺得喉嚨有點乾。

他發現自己陷入了伯夷叔齊式的困境。

相傳凡間的周武王伐紂之後，伯夷、叔齊惡其所為，隱居首陽山，分居兩洞。武王遣使者請他們出仕，但爵位只有一個，先出者得，後出者死。兩兄弟雖不能彼此商量，心志卻一樣堅定，同時拒絕。武王悵然離去，兩兄弟遂得以全義。

對李長庚和觀音來說，最好的結果當然是兩人什麼都不說。但他們兩個不是伯夷叔齊，信任基礎很脆弱。觀音交代沒有、交代了多少，李長庚不知道，反之亦然。他如果直接說出黃風嶺的真相，觀音會如何？如果堅持不說，自己會如何？這麼猜疑下去沒完沒了——這正是菩薩們隔絕飛符的目的。

屋子裡陷入了微妙的沉默，兩位菩薩看這位老神仙頭頂冒出白氣，知道他陷入了糾結，也不催促，從容不迫地看著他。伯夷叔齊是個因果陷阱，直指根本大道，一旦陷進去，就是大羅金仙都難以掙脫。金星老頭，早晚要屈服的。

就在這時，黎山老母忽然睜開眼睛，敲了敲杖頭：「老身精力不濟，權且休息一下，喝些茶再聊不遲。」她一發話，文殊、普賢也只好應允，但不允許李長庚離開斗室。

李長庚得了喘息的機會，趕緊盤坐在蒲團上，徐徐吐納了一陣。黎山老母從旁邊端起一杯茶，遞給他：「金星你別負擔太重，該怎麼說就怎麼說，不要有壓力。」李長庚雙手接過茶杯，啜了一口，點頭稱謝。黎山老母笑道：「這三官殿的茶，比瑤池的劫前玉露品質差遠了，你湊合著解解渴吧。」

李長庚再次稱謝，但話到嘴邊，突有覺悟，猛一抬頭，黎山老母已經回到座位上了，仍是昏昏欲睡的模樣。文殊、普賢瞪著他，問休息好了沒有。

「休息好了，休息好了。我們繼續。」

李長庚一拂雙袖，微笑著回答。文殊、普賢對視了一眼，感覺這老頭氣質發生了奇怪的變化，卻又說不上為什麼。

詢問重開，李長庚這一次一反常態，不再唯唯諾諾，反而變得咄咄逼人。他一口咬定揭帖內容無誤，徒弟招收合規，至於靈吉菩薩與黃風怪的下落，則一概推說不知。文殊、普賢軟硬兼施，卻再也敲不開這個老黿殼。

李長庚意氣飛揚，心中卻暗暗慶幸。剛才黎山老母送來那盞茶，實在太關鍵了。她知道李長庚去過瑤池，甚至還準確地說出「劫前玉露」的名字，可見她來之前，跟西王母早有溝通。

其實早在黎山老母攔住文殊對沙悟淨的追問時，李長庚就該意識到這一點。可惜他一坐下有點蒙，竟漏掉了這個暗示，還得勞煩黎山老母趁休息時多遞一盞茶來。

「還是不夠成熟呀。」李長庚心中嗟嘆。

他早該知道，就算西王母不出手，天庭也不會對這次調查持積極態度。豬八戒和沙和尚是兩位金仙安排的，這時候怎麼會主動換掉護法呢？所以只要自己不出大錯，就不會有任何風險。老李思路一通，眼前霎時一片明朗。

伯夷叔齊的困境，前提是自身面臨絕大的危機。但現在這個前提不存在了，普賢所謂「誰存心隱瞞，誰坦白交代，報應可是不一樣的」，只是個虛假的威脅，想從他這裡詐出觀音的黑料，如此而已——只要勘破了這層虛妄，立刻便能走出首陽山的迷障，得到大解脫。

文殊、普賢又盤問了一陣，仍是徒勞無功。文殊有些不甘心，用語重心長的口氣道：「李仙師，你再想想，再想想。這可關係到你與大雷音寺的福緣。」

這話說的，完全是赤裸裸的利誘了。

李長庚毫不猶豫，直接回絕。兩位菩薩的態度越來越急躁，可見觀音那邊應該也沒說出任何訊息，否則他們早拋出來了。既然觀音在堅持，他就更沒必要出賣觀音了。

這不只是利益問題，也是個道義問題。他在啟明殿多年，深知手段雖重要，仙途要長久，終究還得看人品。

上座的文殊、普賢臉色鐵青，就連背後圓光都暗淡了幾分。他們終於發現，這次談話注定沒有結果。兩位菩薩怎麼也想不通，明明收了李長庚的法寶，怎麼他的態度會前恭後倨？他們狐疑地看向黎山老母，但她除了送一盞茶，全程都在打瞌睡啊。

黎山老母睜開眼睛，對兩位菩薩道：「問好啦？那請兩位商量出個章程，老身去下界通報處理意見，師徒幾個人還等著呢。」

李長庚起身道：「貧道還有許多事情要做，請問可以走了嗎？」黎山老母一點龍頭杖：「你不聽聽我們的處理意見嗎？」

「無論什麼意見，貧道皆會凜然遵行，絕無二話。」

在文殊和普賢複雜眼神的注視之下，李長庚昂然離了三官殿。這次沒有哪吒接送，他喚來自己的老鶴，慢悠悠地飛回啟明殿。在途中，他接到了觀音的傳音，她終於恢復聯絡了。

黎山老母和幾位菩薩做出決議：這一次突擊試禪心，豬八戒心性愚頑，淫性難改，著那三件珍珠錦衫化為麻繩，吊他一夜。

沒了？確實沒了。

這位雖然醜態百出，但又不能真的開除，其他三位的表現更沒任何問題。幾位菩薩只能把板子高高舉起，緩緩放下，得出這麼一個不痛不癢的結論，強調說只是「試禪心」——對，只是試，不是正式考核，所以沒通過不要緊，下次注意便是。

更好的消息是，觀音充分發揮了「巧立名目」的特長。文殊、普賢不是強調這是「試」嗎？那肯定算是一次劫難對不對？於是她硬是從兩位菩薩手裡，把這次突擊檢查搶了過來算成自己的業績。

之前在流沙河，她已經拆分了「流沙難渡十五難」和「收得沙僧十六難」，再算上這回白得的「四聖顯化十七難」，一口氣又推進了一截進度。

「折騰我們一趟，總得付出點代價吧？」

觀音恨恨地對李長庚說，然後傳來一張空白的簡帖：「既然這一劫是試煉，寫揭帖總得有點教育意義。這活交給老李你了。」這是感謝李長庚沒出賣自己，請他過過寫詩的癮。

李長庚心情極好，靈感勃發，大筆一揮，在簡帖上寫下八句頌子：「黎山老母不思凡，南海菩薩請下山。普賢文殊皆是客，化成美女在林間。聖僧有德還無俗，八戒無禪更有凡。從此靜心須改過，若生怠慢路途難！」

他樂滋滋地發過去，請觀音品評。觀音沉默了半天，回覆說：「寫得不錯，下次還是我來吧。」

李長庚回到啟明殿，發現觀音居然正站在門口等他。李長庚以為又出了什麼意外，誰知觀音晃晃玉淨瓶，笑嘻嘻道：「下界都安頓好了，暫時無事，找你喝點。」

觀音心裡很清楚，這次若李長庚稍有動搖，自己就要完蛋。說是試探取經人的禪心，又何嘗不是考驗他們兩位的心志，她主動找來，也是表示謝意，深化一下關係。

兩人進了啟明殿，童子順便端來兩杯玉露茶。李長庚豪氣干雲，大手一揮：「喝什麼茶，弄一罈仙酒來！」觀音抿嘴一笑：「不必了，我帶了素酒。」說完從玉淨瓶裡倒出兩盅汩汩瓊漿。李長庚讓童子端來一碟九轉金丹，幾盤仙果，兩人邊喝邊聊了起來。

酒桌上你扯些閒篇，我議論些八卦，氣氛逐漸熱絡起來。喝到酒酣耳熱時，觀音忽然把玉淨瓶往桌上一拍，滿臉漲紅：「我可太難了！本來護法就不是好幹的活，還惹來一堆嫌棄。他們上回挑唆玄奘，這次是試煉八戒，下回是什麼？天天變著法子防著自己人，太累了，還不如辭了算了！」

李長庚端起酒杯：「大士你這就不對了。道法自然，什麼是自然之法？就是鬥，就是爭，大道爭鋒，你退一尺，他們就會進一丈。你以為辭了麻煩就少了嗎？錯了，人家覺得你弱，以後麻煩會源源不斷。」

「老李你看著謙沖隨和，想不到骨子裡這麼狠。」

「這不是狠，這就是仙界圖存之道——大士你想想，當初我如果不擺你一道，你是不是還把我當軟柿子呢？」

觀音打了個酒嗝，表示輕微的不滿。李長庚酒勁上來，爹味也隨之上漲，諄諄教導道：「你做事的心思夠巧，就是關鍵時刻不夠硬，容易被別人一力降十會。我的事就不提了，你看黃風怪硬來了一下，襲擊悟空、擄走玄奘，你就束手無策了，這可不行。」

觀音無奈地搖搖頭：「那怎麼辦？總不能每回都兵來將擋，還幹不幹正事了？」

「你得強硬起來，露出刺，讓別人都知道你不好惹，不敢來找麻煩。」李長庚推心置腹道。

「這道理誰都知道，做起來哪裡那麼容易？」

「其實啊，我倒有個主意。」李長庚扔一粒金丹到嘴裡，咯咯嚼著。

「老李你不是好人，但能處，出的主意準不錯。」

「回頭找一劫，你在裡面露個臉，立個奇功，展現一下手段，然後在揭帖裡大大地揄揚一下，把聲望拔得高高的，他們再動手就有顧忌了。」

「咱們自己護法，還自己立功，這麼幹不合適吧？」

「有什麼不合適？上次黃風嶺那次，我不是給護教伽藍們找了個機會，狠狠揄揚了一頓嗎？事後效果多好。所以這事，關鍵看怎麼操作。放心好了，我來安排，保證天衣無縫。」

「你打算怎麼弄啊？尋常小事怕是沒效果，搞出太大的事來，又牽扯太多，萬一又惹來調查……」

李長庚喝得有點茫，他偶然瞥見盤子裡的幾個仙果，突然興奮地一拍桌子：「就他吧！」

「誰？」

「我認識個瑤池宴的特供仙果商，就在取經路上，找他準沒錯！我來安排……」

觀音瓔珞微搖，看得出有些激動：「老李，原來我老覺得你這人窩囊庸碌。現在才看明白，你這是綿裡藏針，以德報怨。相比之下我太不成熟了，得向你學習。」

「哎，大士你不用謙虛。咱們只是道釋信念不同，沒有高低仙凡之分。」李長庚已經喝茫了，言語也放肆了幾分，「你看見我那隻老鶴沒有？勤勤懇懇幾千年，背著我走遍三界。咱們天天給諸位金仙佛陀分憂奔走，與那老鶴能有多大區別？」

觀音舉起酒杯：「算了算了，不談工作，喝，喝。」李長庚含糊地嘟囔了兩句，一口喝完，然後趴到几案上醉過去了。

第七章

李長庚和觀音一起站在五莊觀門口，觀音仰起頭來，第一眼注意到的，就是門口那一塊巨大的石碑。

她沒法忽略，這石碑奇大無比，通體青黑，比山門還醒目，彷彿設計者在聲嘶力竭地喊所有人來看上面的十個描金大篆：「萬壽山福地，五莊觀洞天」。

「好大的氣魄。」觀音嘖嘖稱讚，再往山門深處望去，只見層巒疊嶂之間，坐落著樓閣數重，松竹掩映，雲霞繚繞，偶聞鶴唳猿啼，明明是一處人間洞府，卻儼然有天宮仙家的氣派。

李長庚聽她發出讚嘆，只是笑了笑，沒言語。過不多時，遠遠一對眉清目秀的童子踏著兩團雲靄飄然而至，俱是唇厚齒白，玉冠紫巾，可謂是賣相十足。

「清風、明月，你們師父在嗎？」李長庚問。

清風不卑不亢，拱手施禮：「家師在上清天彌羅宮聽元始天尊講混元道果，還沒回來。」觀音一聽，一陣失望。李長庚卻把臉一沉：「別扯淡，我知道他在觀裡呢。別拿這話來糊弄我，又不是外人，你們就說李長庚來訪。」

兩個小童對視一眼，趕緊回身按住耳朵，似乎是請示了一下，然後說家師一氣化三清，其中一個分身正在觀內感悟，請兩位貴客進來吧。

李長庚冷哼一聲，與觀音跟著清風、明月往裡走。一進五莊觀的正殿，觀音抬頭看見正面掛著「天地」二字，很是好奇，問：「為何只掛這兩個字？」

李長庚要阻止，可已經來不及了。清風和明月對視一眼，都搶著回答，兩個聲音一字不差，可見是熟極而流：「三清是家師的朋友，四帝是家師的故人，九曜是家師的晚輩，元辰是家師的下賓，所以供奉不得，只擺了天地二字在這裡。」

觀音大驚，這五莊觀的根腳竟如此深厚？李長庚趕緊一扯她袖子：「咳，誰來了他們都這麼說。難道三清四帝會打上門來較真嗎？」

話音剛落，忽然一個洪亮的笑聲自四面八方響起：「長庚道友，何來遲也？」兩人轉頭，只見一個儀表堂堂、仙風道骨的玄袍道人從天而降，此人頭戴紫金冠，身披無憂鶴氅，四周花雨繽紛，旋旋落下，極為煊赫。

李長庚冷哼一聲，猛一跺腳，又一陣花雨嘩嘩落下。鎮元子趕緊收斂做派，伸手攔住：「哎，老李你別跺了，我一共就放了那麼幾簍，被你全震下來，還得再裝回去，太麻煩。」

李長庚道：「我說元子，你知道我來還搞這一套？」鎮元子一捋頷下長髯，復又得意：「但效果不錯對不對？連你都嚇了一跳。」

李長庚懶得回應，一指觀音：「這是觀音大士，我們今天來跟你談個事。」鎮元子一聽是她，雙眼立刻放光：「哎呀，久聞尊者大名，竟然來我這觀上，蓬蓽生輝，蓬蓽生輝。」觀音正雙手合十回禮，卻不防被鎮元子一把抓住，扯到「天地」二字下方，說尊者難得光臨，一起拜拜天地。

觀音一臉懵懂，旁邊清風、明月一個取紙軸，一個祭筆墨，轉瞬擺出一盤乩仙來，一看就是做得慣熟。乩仙不扶自動，不一時便在紙上繪出一幅〈道釋仙友圖〉，畫上三仙以天地二字為背景，攜手而立。鎮元子比本人又俊朗了幾分，雙眸湛湛光華，身後隱現諸般異象。

觀音有些尷尬，鎮元子卻一點也不見外，一揚手，這畫便自行飄去偏殿。觀音側眼望了一下，那偏殿內掛著二十幾軸，皆是鎮元子與各路神仙的拜天地圖，無不是有名的。不過其中大多神仙的表情與觀音一樣，禮貌而尷尬，還帶著一絲不情願。

「這都是好朋友，經常來我這裡喝茶。」鎮元子淡然地一揮手，正要帶他們一一看過去。李長庚催促道：「差不多得了，我今天找你來是談事，不是看你顯擺。」

鎮元子從善如流，把他們請到五莊觀的後花園，這裡有一棵高逾千尺的參天大樹，青枝馥郁，枝杈盤曲交錯，上面有一個個果子垂下來，狀如小兒。這就是三界聞名、大名鼎鼎的人參果樹了。

人參果樹下有一方古樸雲木，自成桌台，台上擺著金擊子、白玉盤、琉璃茶盞等等，俱各精緻。

三位神仙各自落坐，鎮元子伸手一指那果樹，聲音如鐘磬清響，抑揚頓挫：「這人參果深蘊文化，物性暗合天道，遇金而落，遇木而枯，遇水而化，遇火而焦，遇土而入，所以不可輕吃，須得有一套規矩。我先為貴客演示一下，什麼叫遇金而落。」

他抄起金擊子，就要登高摘果。李長庚不耐煩道：「得啦得啦，吃果子就實實在在地吃，搞這麼多儀式，跟求雨似的，至於嗎？」鎮元子笑道：「我這是為了貴客好。就算是尋常果子，把大規矩往這裡一立，大道理往這裡一擺，那滋味立刻就不一樣了，更別說我這人參果了。」

李長庚道：「你這一套是糊弄外客的手段，可別跟我在這裡折騰。」鎮元子說：「誰要糊弄你了？我這不是讓大士見識一下嘛。」然後大袖一擺把器具都收了。

過了一陣，清風、明月端來滿滿一盤人參果，少說也有二十幾個，堆如山高。觀音吃了一驚：「這麼多？我聽說人參果三千年一開花，三千年一結果，再三千年方得成熟。一萬年只結得三十個啊？鎮元大仙未免太破費了。」

李長庚嗤笑道：「大士你也著了他的道兒了，這個鎮元子最擅吹噓之術。明明人參果一甲子就能產三十枚，他對外都說一萬年，把天上那些神仙唬得一愣一愣的，炒得簡直比蟠桃還金貴。」

鎮元子不樂意了：「老李，我好意招待你，你何必老是拆我的台？我要不說得這麼玄乎，人家辦瑤池會怎麼會用我的果品做特供？道經有云，大成若缺，一樣東西想要大成，必須讓人覺得稀缺。」

觀音隱隱覺得這話似乎不該這麼理解，鎮元子又道：「再說了，現在各路神仙都靠關係來找我要，誰的面子都不能落。我少報一點產量，私下裡再給他們多分，這人情不是做得更大了嗎？」

在座的都通世故，見他說得如此坦誠，不由得齊齊拍手大笑。有李長庚在，鎮元子也不裝了，挽起袖子抓起兩枚果子，熱情地擱到兩人面前：「前頭都是生意，須得端起些做派。現在是朋友，隨便吃，隨便吃，我那兩個童子天天還削了皮敷臉呢——只一點，出門以後別給我說破。」

觀音聽了李長庚介紹，才知道他和鎮元子早年是一同修行的同窗。後來李長庚飛升去了天庭，鎮元子卻選擇在人間做個地仙，尋了處洞府侍弄仙果。

「老李不是我說你，當初你非要選飛升，上了天又怎麼樣？聽著風光，一天天苦哈哈的，誰都怕，哪如我這裡自在，既無考勤點卯之苦，又無同僚傾軋之憂，賺了功果盡由自己花銷，何等逍遙。」鎮元子道。

李長庚沉默片刻，似是不服氣：「上天和種地，是個頭腦清明的都會選前者，誰能想到你現在搞得這麼大？再說了，論修行還是我修得好，唯獨不像你一樣會吹噓，把自己包裝成什麼只拜天地的鎮元大仙。」鎮元子道：「吹噓怎麼啦？天下種果的多了，怎麼偏我的果能送進瑤池做特供呢？我看老李你還是打心裡看不起我，覺得不是正途。修行的法門多了，你焉知吹噓不能直指大道？」

觀音趕緊打了個圓場：「大道殊途而同歸，他做天官，你做地仙，你們兩個都有光明的仙途，又何必爭個高下呢？」

「地仙之祖，我是地仙之祖。」鎮元子糾正了一下。觀音一聽，好傢伙，這名頭可不小，怎麼在天界從來沒聽過？但她什麼也沒說，捧起人參果來淺淺咬了一口。

三位神仙吃過一輪，李長庚擦擦嘴道：「元子我跟你說個事。玄奘取經你知道吧？近期他會路過你們這裡，需要你配合一下我們的工作。」

「我知道，護法渡劫嘛，你老本行。」

「我想安排他們在五莊觀偷一次人參果，跟你互動一下。你也有好處，可以趁機再宣傳一下這果子多貴重。」

鎮元子聽到後半句，立刻眉開眼笑，連聲說這個好這個好，可又忽一轉眼珠：「這個……要我五莊觀贊助什麼？」

「都是老同學，談贊助就俗了！」李長庚的右指往上一指，「我只要你一棵樹。」

鎮元子大驚：「啥？你們要這人參果樹？不成不成，這是貧道的本命法寶，好不容易才紅遍三界的。」李長庚道：「誰要你的果樹了，我那洞府可擺不下這麼大一棵。我是想拿這棵果樹做做文章，把這一劫渡過去。」鎮元子狐疑道：「你先說說看。」

李長庚不慌不忙，亮出方略：「也不必太複雜，還是你慣常待客那一套規矩。你先離開，就說去聽元始天尊講混元道果，留下清風、明月招待玄奘。我安排他手底下徒弟弄落一枚人參果，被你的道童誤會，他們一氣之下，把人參果樹掘根推倒……」

「等會兒，不是真推倒吧？」鎮元子手裡的人參果「噗」地掉在地上，立刻鑽進土裡去了。

「哎呀你聽我接著說，他們闖下大禍跑了，正好這時候你回來，用一招『袖裡乾坤』把他們擒回來，說要為人參果樹報仇。師徒四個，被你拿得嚴嚴實實的。」

鎮元子一聽自己神通這麼大，得意得滿面紅光，卻旋即皺起眉來：「但這事怎麼收場？總不能真把玄奘殺了報仇。再說，人參果樹被這麼挖倒了，我以後怎麼賣人參果？要不要最後再安排一段，讓我運起莫大神通，把果樹復原？」

你。」

李長庚看了一眼觀音：「當然，這樹肯定是要被治好的，但不能是元子

「為什麼不能？」鎮元子很失望。

「你自己治好了，怎麼放過他們師徒？到時候才是真收不了場了。」李長庚侃侃而談，「你把悟空放走，讓他自己去尋救兵。悟空尋到南海落伽山，請了南海救苦救難觀世音菩薩前來，施展神通救活人參果樹，向你討了人情，放過他們師徒。完了。」

鎮元子恍然大悟，原來李長庚真正的意圖，是要為觀音造勢。他放下心來，對觀音一笑：「大士放心，這吹噓之術我是慣熟的，保管把大士揄揚得天上少有、地上皆無。」說完他轉頭對太白金星道：「我提個意見，你這麼弄，還是顯不出大士的厲害。」

「哦？那元子你有什麼建議？」

「修仙我不行，若論吹噓之術，老李你不行。你不應該讓孫悟空直接去找大士，太直接了，顯不出貴重。得先去找別家，別家解決不了，實在沒辦法了，再請大士出手，這麼一抑一揚，方能顯出大士的能耐。你找的別家等級越高，大士的威風就抬得越大。」

「有道理。我認識福壽祿三星，讓孫悟空先去找他們，他們救不了，孫悟空再去落伽山？」

鎮元子搖搖頭：「這才一次抑揚，力度不夠。俗話說一波三折，你至少得抑揚三次，才能給看客留下深刻的印象。」李長庚皺著眉頭，琢磨了半天：「行，我還能找來東華帝君和瀛洲九老，級別再高，就不太好請了。」

「也可以了。」鎮元子嘖了一聲，似乎不甚滿足，「對了，你難得請動這些神仙，索性做得透徹點。讓他們來我這裡一趟，替悟空求情寬限時間，好讓他來得及去找大士。」

「這也太假了吧？孫悟空一個筋斗就到落伽山了，還用得著寬限時間嗎？」

鎮元子打了個響指：「老李我問你，我門口掛的天地二字，落款是什麼？」李長庚一愣，他來過好幾次五莊觀，還真沒注意過。

「就是我鎮元子自己的字號。」鎮元子道：「你看，所有人進門，都被這兩個字震撼到了，至於那落款是仙是鬼，根本留意不到。這就是吹噓之術的精髓所在，你不必天衣無縫，只要把想讓他們看到的部分濃墨渲染即可——大家都急著看人參果樹是否能救活，誰會在乎悟空去落伽山的時間？」

李長庚聽出來了，這小子說得天花亂墜，根本就是夾帶私貨。請來這麼多神仙齊聚五莊觀，傳出去他鎮元子也能大大地露臉。到底是修煉吹嘘之術的，這一招袖裡乾坤，包納了多少神仙。

「嗯，行吧。」李長庚點頭同意。鎮元子最喜歡這些虛名，讓他占點便宜也無妨，否則這傢伙肯定出工不出力。

「我還有一個請求。」鎮元子又抓來一枚人參果在他面前。

李長庚警惕地抬眼：「啥？」

「能不能在孫悟空去找那三群神仙時，讓他們一聽我的名字，就臉色大變，說猴子你怎麼惹了地仙之祖？」

「我剛才就想問，這地仙之祖，到底是你從哪裡得來的名號？我怎麼從來沒聽過？」

「咳，六百年前從下八洞神仙那邊買……不是，評選出來的，便宜得很。我還有好些別的頭銜，等我拿玉牒來給你看啊……」

鎮元子起身要去取，卻被李長庚一把攔住：「行了，元子，你還嫌自己不夠威風啊？」鎮元子道：「我這也是為大士著想。我身價越高，才越顯出大士神通廣大嘛。」

「南海觀音趕來救樹，這人參果樹將來又能多一層光環，夠你吹噓一陣了。」

這時一直沒吭聲的觀音忽然開口：「老李，你這裡還有個破綻。鎮元子……呃，鎮元大仙一開始為什麼要招待玄奘？這個動機不設計好，後頭的一切都成了無本之木。」

她點到了關鍵。玄奘是凡胎，鎮元子是地仙之祖，身分懸殊，正常情況前者都沒資格進山門，憑什麼鎮元子會給他人參果吃？

李長庚和鎮元子各自陷入了沉思。過不多時，李長庚道：「這樣好了，我就說你久仰他前世金蟬子的大名，所以想招待他一下。」

「不妥。我久仰金蟬子，這不是巴結嗎？不合我只拜天地二字、崖岸自高的風格。」鎮元子抿著嘴，一臉不滿足。他又琢磨了一下，忽然眼睛一亮：「那……就說我和金蟬子是故友如何？」

能和佛祖二弟子是老友，那身價可就又提升了幾分。但李長庚連連搖頭，不是不給老同學面子，是因為這事實在複雜。金蟬子到底什麼身分，如今還懸空成疑，不可貿然再牽扯因果。

但鎮元子似乎被這個想法迷住了，一門心思纏著說：「你得想想辦法，讓我和金蟬子扯上點關係。」李長庚抵擋不住，最後還是觀音開口：「鎮元大仙，你看這樣如何？昔日靈山的盂蘭盆會上，你與金蟬子同席，他替你傳了一盞茶，看在這個情分上，你才招待玄奘。」

鎮元子一拍桌子，雙眼放光：「這個好啊！故交有點俗，傳茶的交情才顯得別具一格，清雅高古，妙極，妙極。」李長庚也笑起來：「將來這故事講出去，你觀後頭的茶葉也可以多賣幾包了。」

傳茶的交情，說深不深，說淺不淺，其中可以解讀的空間很大，而且旁人無從查證。鎮元子大為滿意，連讚觀音大士高明。三人歡歡喜喜又吃過一輪，鎮元子拿出紙墨，請觀音留詩題字。李長庚袖子一捋，說「我先來我先來」，鎮元子想要阻攔，可惜已經來不及了，只見李長庚筆走龍蛇，轉瞬間就寫完兩句：「五莊觀內拜天地，清風明月伴我眠。」

觀音轉過頭去，裝作去看人參果樹。鎮元子臉頰抽搐了一下，伸手把紙強硬地抽走，勉強笑道：「算了，算了，咱們老同學之間，不講究這個。」他生怕李長庚還糾纏這事兒，主動道：「哎，對了，五莊觀結束之後，你們是不是還得往西走？」

「這不廢話嗎？」

「我有個妖怪朋友在附近的白虎嶺，平時跟我有點合作，這次也想做一劫賺點小錢。你不用看我的面子，該怎麼談怎麼談，她很識相的。」

李長庚想了想，說：「行，你朋友叫什麼，我去談談。」鎮元子給了他一節白森森的小指骨，李長庚一愣，然後才反應過來：這妖怪倒稀罕，不是走獸山禽化妖，而是一具白骨成精。

鎮元子見李長庚應允，起身出去傳音給白骨精，順便不動聲色地把紙揉成團帶了出去。觀音又吃了口人參果，真誠地讚道：「李仙師，這一難有驚無險，各得利益，真難得啊！」李長庚點點頭：「你我護法辛苦一場，若不順勢揄揚一番，豈不是白辛苦了？」

「我都計算好了，五莊觀中十八難，難活人參十九難，這就又有兩難了嘛。」觀音伸出兩個指頭，比畫了一下，一臉喜色。這活輕輕鬆鬆，好不舒服。她抬頭看看人參果樹的青青冠蓋，不由得發出感慨：「這麼幹活多好，大家勁往一處使，不藏著掖著，也不用提防誰。」

「其實單純幹活啊，真不累。累的是，咱們一半的腦子都用在提防自己人上了。」

「唉，天道如此，這也是機緣難得。」

「等過了五莊觀，咱們得歇歇，老這麼繃著也不是個事。白虎嶺的渡劫，我尋思就簡單點處理，交給當地妖怪支應，接下來的寶象國別安排什麼事了，正好放空一段。」李長庚瞇起眼睛。

「聽你的。」

這倆神仙一起抬頭望著那參天大樹，嘴裡嚼著人參果，一時都不想動。陽光透過枝隙灑下來，帶著淡淡的果子清香，後園一片愜靜。

觀音當天留在了五莊觀，她要跟鎮元子對一些細節，順便盯牢這位吹噓大師，別讓他吹得太離譜。李長庚則隻身駕鶴西去——神仙不忌諱這個，飛出一百多里地，看到下方一座陰風慘慘的猙獰大山，情知到白虎嶺了。

他按落鶴頭，進入山中。只見山澗中黑霧彌漫，凡人目力根本難以看清周圍的環境。不過每隔一段路，便可以看到一段由白骨拼接成的文字，上書：「白虎嶺白骨洞」，旁邊還掛著一截臂骨，指向深處。白骨不時泛起磷光，在黑暗中頗為醒目，倒是省了李長庚運用神通的麻煩。

「這倒是便當得很。」他心想，對此間主人的細心多了一層認識。

李長庚按照指示走到洞口，朗聲喊道：「貧道太白金星，特來造訪白虎道友。」裡頭沒動靜，他又喊了一聲，才有一個嬌滴滴的女聲傳來：「你等等啊！我化個妝。」

李長庚納罕，你一個骷髏成精，化什麼妝啊？過不多時，洞門隆隆打開，一具骷髏架子跌跌撞撞地跑出來，突然左腿一甩，一截脛骨「啪」地飛到牆壁上，整個骨架差點摔倒在地。她趕緊一手扶牆，一腳撐住，彎下脊椎和盆骨去撈，幾次都撈不著。李長庚實在看不下去了，把脛骨攝在手裡，交還給她。

「多謝啦，昨晚熬夜熬得晚，估計關節沒掛牢。」白骨精尷尬地抓抓顱骨，接過脛骨，接回到腿上。

李長庚端詳了一下，她還真化妝了，顱骨上的眼眶邊緣，被炭筆描了一圈線，顯得兩個黑漆漆的空洞眼窩更大，兩側顴骨抹著兩團磷粉，只是說不上色號。

白骨精把李長庚請進洞府，在一處雅致的墳包前各自落坐，墳前早早擺了兩杯白茶。李長庚開門見山道：「我說白虎夫人啊……」

「哎呀，白虎是此間的山名啦，人家叫白骨夫人！您想什麼呢？」白骨精的眼窩一瞪，嬌嗔道。李長庚尷尬地趕緊喝了一口茶：「白骨夫人，對，白骨夫人，鎮元子說你可以替天庭支應？」

「對的，鎮元大仙很照顧我的，我去五莊觀跟他作過幾次……」

「咳咳……」李長庚差點嗆著。

「我是說作祟啦。」白骨精咯咯一笑，優雅地把一排指骨托在頷骨下面，「他在上面大喊一聲：孽畜，還不快現原形？我就地一滾，渾身嚇得不停發抖。他再大袖一捲，把我收走，百姓齊頌鎮元大仙威武，那宣傳效果好得很……」

「行了，行了，我知道了。」李長庚擺擺手，「元子跟你說了吧？玄奘取經途經貴地，需要渡劫，我打算找你做個支應。不過這事上頭很關注，不能出錯，你可要上心。」

白骨精的盆骨扭了扭，骨架子朝前一靠：「瞧您說的，我何曾有敷衍的時候？您有什麼需求，我都能配合。」

李長庚不為所動，從懷裡掏出一個錦囊，說：「你看看這個。」白骨精收起媚態，從旁邊架子上撈起兩粒眼珠，嵌進眼窩，左臂指骨撐住下巴，認真地讀起來。

李長庚也不催促，慢慢啜著茶。這山野之茶雖口感不佳，卻別有一番風味。從高老莊開始，取經之事就波折不斷，先是黃風怪，然後是西王母，接著又被突擊檢查了一回。李長庚疲於奔命，連報銷都沒空做。他實在很想休息一下，這也是為什麼鎮元子一建議交給白骨精支應，他就同意了。

這一難的方略，李長庚打算越簡單越省心越好。他給白骨精看的，是一個最基礎款的「降妖除魔」，這個方略沒有什麼花頭：先是妖魔襲擊取經隊伍，然後三個徒弟力戰妖魔，將其除掉，結束。

當然，這麼一處理，很難挖掘出什麼深刻的意義，揭帖不太好寫。不過李長庚覺得，適當低調一點也好，平平淡淡才是原本之道。

這時白骨精已經看完了，她放下錦囊，扶了扶眼球：「這個支應倒是很簡單，我們能接。不過玄奘的取經隊伍有三個徒弟呢，一個妖怪肯定不夠分吧？」李長庚還沒言語，白骨精又道：「您看安排三個妖怪怎麼樣？一個徒弟打一個，不必爭了。」

李長庚略有遲疑，他的本意是簡單處理，一場鬥戰變成三場，又變複雜了。白骨精見他猶豫，立刻道：「您老要是嫌麻煩，可以把鬥戰的部分去掉呀。妖精害人，又不一定非打不可，色誘啊、下毒啊、誣陷啊……花樣多得很，我這裡都有現成的方略，不會很複雜。」

「色誘就算了，之前幾位菩薩剛色誘完，誣陷不容易體現積極意義。嗯，下毒這個倒不錯，還能挖掘出一些警世寓意。」李長庚很快做出了選擇。

「好，等我記一下……妖魔：三隻；手段：下毒；結局：被高徒識破。」白骨精拿起炭筆，在自己雪白的腕骨上飛快記錄，「要打死還是收服？」

「打死。」

「那是慘叫一聲散為黑霧，還是剩一堆糜爛屍骸？」

「這個隨便你定。」李長庚不想管得太細，他忽然又問道：「三次都是下毒，太重複了吧？」

白骨精笑起來：「那怎麼可能呢？就算您同意，我們都不會自己砸自己的招牌。我們的服務叫作子母扣，第一隻妖怪假意去下毒，被識破打死，我們後續可以安排第二隻去尋親，第三隻妖怪尋仇，如此一來，豈不就便當了嗎？」

李長庚嘆道：「這辦法好是好，只是又變複雜了。有沒有那種既簡單省事又富有變化的？」白骨精頭頂的妖氣為之一滯，泛起五彩斑斕的黑霧。她眼窩一轉：「要不這樣吧，可以給您追加一套方圓不動的服務。」

「什麼叫作方圓不動？」

「就是客人不動，我們自己動。」

「咳咳！」

「哎呀，您真討厭。」白骨精嬌俏地打了李長庚肩膀一下，「您想什麼呢？我是說，我們可以讓客人原地不動，只需要畫個圈等待，妖怪一個一個主動上前送死。這不就既簡單又富有變化了嗎？」

「如此甚好。」李長庚很高興，這白骨精實在伶俐，事事都考慮得很周詳，還會變通。白骨精見老神仙眉眼舒展，知道這事成了，又主動道：「我仰慕您老已久，看您老的面子，我三隻妖怪只按兩隻半收費，如何？」

李長庚更高興了，討價還價的事見多了，上來先自己殺到八折的倒少見——莫非她生前就是自殺不成？白骨精旋即補充道：「不過那個方圓不動的服務，是要另外計算酬勞的喲。」

「沒問題。」

白骨精見李長庚眉頭都不動一下，補充道：「每隻妖怪單收。」

李長庚點點頭。

白骨精頷骨微抬，笑容可掬：「還有些雜項費用，慰問費、跑腿費什麼的，我是先幫您老墊上還是您直接付給他們？」

李長庚沒意識到這是在誘導，隨口說：「你先墊上吧。」白骨精拿起炭筆在腕骨上密密麻麻地記著，頜骨微微一咧：「那我回饋您三個點如何？」

謔，這妖怪倒真敞亮。李長庚連連擺手，說這個不必，工作做好就行，但心裡頗為受用。白骨精晃了晃頸椎骨：「您老兩袖清風，不要回饋，那我送您一個低價大禮包好了。」

「哦？還有禮包？」

「您老為取經隊伍護法渡劫，無非是為了揄揚名聲。若想三界揚名，人人皆知，這話題必得聳人聽聞一點。我免費送您個禮包，製造個話題，讓妖怪們襲擊玄奘時喊一嗓子，就說吃了他的肉，可以長生不老，包管這話題一下子火遍四洲三界。」

李長庚有點猶豫：「這有點誇大吧……」

白骨精道：「大眾愛看的，要麼是吃別人血肉，要麼是養生。這個話題是我貼著他們的愛好來設計的，效果您盡可放心。」

「但玄奘的肉吃了不能長生啊。要是真能長生，他媽當初怎麼死的？」

白骨精笑起來：「誰會深究真假，無非是湊熱鬧而已。再說了，這話題不用取經隊伍自己講，自有三界的閒散妖怪負責嚼舌根。真有人追究起來，您兩手一攤，說也是謠言的受害者，豈不挺好？」

她見李長庚還有點猶豫，又勸道：「這話題持久性強，這次妖怪想吃，下次妖怪也想吃，哪次劫難也能用上。這麼一攤薄，成本低得跟免費沒區別。」

李長庚一聽，頗有道理，終於點頭應允。

條件談得差不多了，李長庚又提出來：「你安排的三隻妖怪，能不能讓我先見見？」白骨精說：「這沒問題，不過那幾個妖怪都是獨居種類，不願人多，只能一個個單獨見。」李長庚想想也沒什麼，說：「那就單獨見吧。」

白骨精轉身進了洞府，不一時出來一個少女。李長庚一看，與尋常人無異，但頭頂黑氣證明其毫無疑問是妖怪所化。他隨便跟少女聊了幾句，少女轉身回去，一會兒又來了一個老太太和一個老頭。三隻妖怪頭頂的黑氣幾乎一樣，李長庚猜測，也許是同一窩妖怪。

見完這三隻妖怪，他忽然生出一個想法。既然要上演「下毒、尋親、尋仇」的戲碼，能不能順便加一個誤會環節。沙悟淨如今還在隊伍裡，可以讓他出手重一些，打死那個少女，被玄奘誤會濫殺無辜，暫時逐出隊伍。

當然，這肯定不是真開除，李長庚是想安排一手試探。西王母說捲簾大將是來洗履歷的，到底有幾分是真的？捲簾大將加入取經隊伍的目的，西王母也是語焉不詳。他需要獲得更多訊息，才能做出最準確的判斷。

要知道，這個名額畢竟是從觀音那裡借的，如果出了差錯，觀音可是會翻臉的。

白骨精雖然胸腔裡空空如也，心思卻玲瓏得很。李長庚一說，她便滿口答應：「這事簡單，我讓尋親和尋仇的兩位多加幾句台詞，跟聖僧多哭訴幾句便是——加個誣陷服務而已，這部分開支，我給您折上折。」

談妥了細節，李長庚從白骨洞出來，抬手呼喚白鶴過來，自己站在洞口等。李長庚心情很是舒暢，從取經開始到現在，這一難大概是安排最輕鬆的。這時一陣陰風吹過，他突然意識到，自己好像一開始只要求一隻妖怪，也不知什麼時候，被白骨精繞成按三隻妖怪的方略來談。

這小妖精……李長庚呵呵一笑。算了，三隻就三隻，就當花錢省事了，反正都是天庭的費用。一想到這個，他又回憶起案頭堆積如山的報銷玉簡，不禁一陣頭疼。

老鶴好不容易飛到了跟前，李長庚飛身上背，想著乾脆直接回啟明殿做報銷得了。這時笏板裡卻忽然接到一條傳信。

傳信是陰曹地府的一個判官發的，內容很簡單：「花果山死了一隻通背猿猴。」

第八章

那隻通背猿猴，李長庚略有印象。他第一次去花果山招安時，那隻猴子就站在孫悟空的身旁。據說孫猴子成道之前，還是聽他勸說才出門尋仙的，這才有此後的一番成就。所以他在花果山，算得上軍師智囊。

但……他和通臂猿猴素無交情，地府為什麼特意把這一條訃告告知他呢？好在那位姓崔的判官，也算是李長庚的舊識。他拿起笏板，想撥給崔判官問問。誰想到剛一接通，那頭就傳來一陣鬼哭神嚎，半天才傳出崔判官的聲音，幾乎是吼出來的。

「誰啊？有話快說！」

李長庚不得不把笏板拿遠一點：「崔啊，我長庚。是誰讓你把花果山猴子死了的訊息傳來我這裡的？」崔判官道：「哦，這個亡魂正好由我負責接引，我查出他乃是花果山的眷族。閻王爺下過旨意，凡是與齊天大聖有關的，一律要上報天庭。我吃不準這個算不算，私下傳一則給你，你自己判斷吧。」

地府原來還有這麼一條規定，大概是當年被孫悟空大鬧一通後留下的陰影，崔判官這也是出於謹慎。李長庚聽完以後，鬆了一口氣，生老病死，人之常情，不是什麼大事。等一下五莊觀的事結束，讓觀音轉達給悟空就行，說不定還能寫成一篇揭帖——取經人一心弘法，親眷去世仍不動搖心志云云。

「你那邊最近忙不忙？」李長庚順口關切地問了一句。

「上頭淨整陰間玩意兒！我們簡直忙不過來，好了，老李，我先不聊了。」崔判官沒好氣地嚷了一句，掛了。

李長庚愣了愣，最近四大部洲沒什麼大的戰亂啊，怎麼地府忙成這樣？不過他身上事太多，管不到別的衙門，很快把心思放回到取經渡劫上來。

沒等多久，觀音便傳來訊息，說五莊觀的事情順利完結了，還附了一段圖影。

圖影裡觀音手持柳枝，輕灑甘露，原本倒折的人參果樹緩緩回歸正位。一時間枝葉蔥蘢、虹霓燦然，旁邊福壽祿三老、五莊觀眾弟子、玄奘師徒一起合掌讚嘆——這特效一看就是鎮元子的手筆，委實奪目。

在人參果樹復活之後，鎮元子慷慨宣布，舉辦一次人參果雅集，在座的神仙一人一個，大家皆大歡喜，其樂融融。席間鎮元子喝得酒酣耳熱，非要拉著觀音結拜。觀音不動聲色地推辭了，他又去找玄奘，玄奘只是低頭念經。鎮元子繞過豬八戒和沙僧，最後找上了齊天大聖孫悟空。孫悟空還是那一副空落落的神情，懶得躲閃，隨便他怎麼擺弄。

圖影的最後一幕，是鎮元子平端著人參果，豎起大拇指，旁邊孫悟空皮笑肉不笑，就像是個背景。

「這小子，又偷偷搞這套。」李長庚笑罵了一句，順手把訃告轉給觀音，讓她通知孫悟空節哀順變，順便又把白骨精的方略傳了過去。

觀音也很高興，五莊觀這麼一折騰，她的聲望可是大大提升了。兩人交談了幾句，便把白虎嶺的安排敲定。談完之後，李長庚心情變得很好。

這次五莊觀的揭帖，會著重在宣傳觀音和鎮元子，自有他們兩位把關，不用自己操心；白骨精那邊把劫難安排得妥妥當當的，三個妖怪，憑觀音的手段，可以把白虎嶺拆出至少三難。

連續兩難都已安排妥當，李長庚決定趁這個難得的閒暇，回轉啟明殿。報銷無論如何得做了，再拖下去，趙公明真不給報了。

他駕著白鶴朝天上飛去，飛著飛著，身體忽地一沉，低頭一看，發現這隻老鶴的雙眸開始渾濁起來。李長庚連忙讓牠在一座山頭落下來，悉心檢查了一圈，發現牠羽毛枯萎、雙足彎曲，就連鶴頂那一片朱紅都開始褪色，種種跡象，都是壽元將盡的表現。

李長庚心裡有點難過，趕緊掏出金丹餵到牠嘴裡。老鶴一口吞下去，精神好點了。但李長庚明白，這種沒修成人形的靈獸，靈丹妙藥只能救一時之急，卻對壽元無補。他得考慮送牠去轉生，然後換個坐騎了。

這鶴陪伴他不知多少年歲，如今真到了離別的關頭，李長庚不免有些傷感。他摸了摸老鶴修長的脖子，正要吟出一首感懷的詩來，腰間笏板突然又響了。

觀音有些驚慌：「老李，孫悟空忽然說要請假。」

「什麼？請假？」李長庚仍沉浸在感傷裡，一時沒明白。

「我不是把訃告轉給孫悟空嗎？他發了一會兒愣，突然跟玄奘說要請假，說完也沒等批准，一個筋斗就飛走了。」

李長庚一怔：「他去哪兒了？」

「花果山吧？但前頭不是還有白骨精的一難嗎？他不在怎麼行？」觀音急

道。渡劫都是提前安排好的，但眼下突然少了一個，還是齊天大聖這麼顯眼的首徒，實在交代不了。

李長庚當機立斷：「這樣，你就說孫悟空去討齋飯，讓玄奘他們原地等著！我這就去花果山，把他叫回來。」

放下笏板，李長庚看了看疲憊的白鶴，嘆了口氣，勉強跨上鶴背，用拂塵掃了掃羽上的灰塵：「老夥計，再飛最後一程吧，然後回啟明殿好好歇歇。」白鶴彎起頸項清唳一聲，拚命鼓起雙翅，飛入雲端。

花果山遠在東勝神洲，老鶴又不堪疾行。半路上白骨精不停地發信來催，說妖怪就位了，什麼時候可以開始。李長庚讓她少安毋躁，她說這麼一耽擱，後面的單就沒辦法接了。李長庚只好說再加兩個點給她，不要囉唆。白骨精立刻回覆說不著急，您慢慢來。

好不容易趕到花果山，老鶴一落下去，就趴在地上起不來了。李長庚顧不得牠，三步並作兩步朝水簾洞趕去。他之前來過花果山幾次，如今風景依舊，不時可見幾隻小猴子在林間蕩來蕩去，好不愜意。

孫悟空惹出滔天的禍事，花果山居然還能保持原狀，未被清算，足見上天有好生之德。

他來到水簾洞口，一群猴子見他來了，紛紛散開。李長庚見到那隻通臂猿猴的遺體被放在石板上，孫悟空站在旁邊，眼眸低垂，一動不動。

「大聖？」李長庚刻意選了個親切的稱呼，這個稱呼在花果山喊喊沒關係。

「我現在沒心情。」孫悟空冷冷道，頭也沒回。

「猴死不能復生，還請節哀順變。」李長庚輕聲道。

「別假惺惺了！我知道你要說什麼——怎麼能為一隻山野猴子，耽誤了取經弘法的大業？不要死得不識大體，不要為了一己私事而耽誤大局。」

猴子的話夾槍帶棒，比他手裡的金箍棒還狠。李長庚臉色一陣變化，被他噎得說不出話來，只得默默從懷裡取出線香三根。

這香迎風自燃，李長庚握著拜了三拜，然後恭敬地插在石板前方的香爐裡。石板上的猴子滿面褶皺，老態龍鍾，確實是壽終而亡之相。不知為何，李長庚想起了自己那隻老鶴，心中一陣感慨，又多拜了一拜。

他堂堂天庭啟明殿主，為一隻山野猴精上香祭拜，孫悟空知道這面子的分量，態度稍稍緩和了幾分。

待得太白金星拜完，孫悟空一揮手，幾十隻小猴子跳過來，各自扛著一捆柴薪，墊在通臂猿猴身下。孫悟空撚了個生火訣，一點火星飄過去，立時燃起一團大火。

孫悟空怔怔地望著赤焰中的老猴子屍身，火光映在那一對火眼金睛裡，讓整張冰冷的面孔多了幾分活力。李長庚依稀想起，大鬧天宮前的齊天大聖，正是這副模樣，已是五百年未曾見到了。

突然一個念頭躍起，李長庚眉頭一皺。

不對啊，通臂猿猴怎麼會壽終而死呢？

尋常禽獸老死很正常，但花果山的猴子老死，絕不尋常。要知道，早年孫悟空曾打亂了生死簿，後來他大鬧天宮，又帶回很多金丹仙酒給猴子們。所以這些猴子個個壽數綿長，外力致死倒有可能，但不應該自然死亡啊。

理論上，花果山的魂魄，連黑白無常都拘不走，更別說在陰間被崔判官接引了。

他「咳」了一聲，正猶豫要不要說出來。這時孫悟空抬手一指：「金星老兒，你隨我去個地方。」

李長庚心中納悶，又不好說什麼，只得跟著這猴子離開水簾洞，沿著一條幾乎看不清痕跡的野路朝山上走去。這猴子一個筋斗能有十萬八千里，偏偏要一步步往上走，李長庚也只好一步步跟隨。

不一時他們攀到一處極高的崖頂，這裡有一個半塌的石台，石隙間滿是青苔，四處遍布著碎石，好似是被什麼東西從內部炸開一樣。

孫悟空走到石頭跟前，伸手拍拍，聲音裡滿是感慨：「當初我就是在這裡裂石而生的。天生一隻石猴，餓了吃果子，渴了喝山泉，每日在山中與猴群戲耍，懵懂無知，無憂無慮，只當這花果山便是全部。直到有一天，我見到一隻老猴子病殞，這才明白何謂生死，有了恐懼。這時一隻通臂猿猴突然跳出來，說我道心開發，然後告訴我外面的許多事情。我這才知道，在花果山外還有一個更加廣闊的世界，可以跳出三界外，不在五行中。」

孫悟空仰起頭來，看著飄過的白雲，眼神閃爍。「虧了他那一句話的啟迪，我一個生於窮鄉僻壤、無父無母的小猴子，才得以萌生了出去看看的想法。他教我言語，教我常識，教我禮儀……雖然現在看來，那些東西真是荒腔走板、各種謬傳，不過他也真是掏了心窩子教的。就連我決心出海尋仙用的那竹筏，都是他熬了許多夜帶著猴崽子們做的。

「臨行前，他指給我斜月三星洞的方向，說大王你天資聰穎，在花果山這個小地方實在委屈，你的機緣是在那一方，一定要混出個造化啊。後面的事你都知道了，我倒是真趕上造化了，三界什麼奇景都看過了，但他如今不在了——金星老兒，你說我該不該回來送他一程？」

「正是，正是。有始必有終，否則道心難以圓滿。他能有大聖你這位朋友，也可以瞑目了……」李長庚說。不料孫悟空突然厲聲道：「但他本來是不必瞑目的！」

李長庚心中一動，孫悟空果然也注意到這個疑點了。但他不好深說，只得開口勸道：「這個……萬物皆有壽元，除非成佛成金仙，否則哪有永恆不滅的？大聖修道這麼久，莫非這還看不透嗎？」

「明明說好的，我花果山的猴類，可以不受閻王老兒管，不受輪迴之苦……」猴拳一下搥在斷石上，孫悟空聲音裡滿是激憤，眼睛瞪向天空。

李長庚一愣：「什麼？」孫悟空沒有多說什麼，對他似笑非笑：「呵呵，算了，你不是金仙，很多事怪不到你頭上。」

這一下戳得老神仙臉上紅一陣白一陣。他正想問什麼事怪不到他頭上，孫悟空已經轉過身去，一個筋斗飛走了，半空傳來聲音：「我要在花果山多待一陣，看顧一下那群野猴子，晚點再回隊伍——反正都是糊弄人的事，多我一個、少我一個都不打緊，金星老兒你多擔待。」

李長庚長嘆一聲，孫悟空既然這麼說了，那必然是沒有勸解的餘地了。他肯向自己解釋幾句，已經是看在那三炷香的面子上了。好在這猴子不像從前那麼肆意妄為，多少知道任性的底線在哪兒，只說晚點歸隊，沒說不歸。

大不了安排兩三場沒有孫悟空的劫難，他怎麼也該回來了吧，李長庚苦笑著搖搖頭。

不過這事有點麻煩。孫悟空是因為回花果山奔喪才請假的，但揭帖裡不能這麼說。此事雖合乎人情，卻無甚正面意義，倘若人人為了家事把工作拋下，怎麼弘法傳道？必須為孫悟空的缺席找一個更合適的說法才行。

李長庚沉思片刻，決定聯繫一下白骨精。

他找了塊稍微平整一點的石頭坐下，拿起笏板，上頭白骨精的催促傳信已積了一堆。他深吸一口氣，傳音過去。

「老神仙，玄奘他們都原地坐了好幾個時辰了，我……呃……我們還過不過去？」白骨精的聲音很焦急。

「我不是在你這裡訂購了一個誣陷的附加服務嗎？」

「這個不能退的喲。」

「我知道，這個不用退，先給孫悟空用上吧。」李長庚搖搖頭，本來他訂購這個服務是給沙悟淨用的，現在也顧不得了，真是拆東牆補西牆。

「但孫悟空人都不在呀？」白骨精很困惑。

李長庚拍拍腦袋，他倒忘了這個。孫悟空不在，連留痕都做不到，怎麼交代？情急之下，李長庚突然想到一個辦法。這辦法的後患不小，但為了能把眼前的困境應付過去，他別無選擇。

李長庚翻了翻袖子，找出一份訴狀，循著訴狀下留的一縷妖氣傳信過去。

「六耳嗎？我是啟明殿主。」

「李仙師？我的事有進展了？」六耳的聲音雀躍。

「啊？嗯，有點了，我現在就在花果山調查呢。」李長庚沒說假話，還給六耳看了看附近的景致，「不過眼下有個急事，你能不能幫個忙？」

「一定一定，六耳赴湯蹈火，在所不辭。」

「你會變化對吧？能不能變成孫悟空的模樣？」

「能！我日日夜夜都盯著他，他長什麼樣子我太熟悉了。」

李長庚把白骨精的地址發給他：「那你變化完之後，到這裡來。記住，別多說，別多問，一切聽我指揮。」

那邊六耳頗為疑惑，但眼下調查有望，他也不敢忤逆李長庚，當即答應下來。李長庚放下笏板，匆匆下山，來到老鶴跟前。

可惜老鶴的體力真的不行了，撲扇了好幾下翅膀，愣是沒飛起來。李長庚只得把牠留在花果山，等啟明殿派人來牽回去。他就近喚來一位推雲童子，踏上祥雲。這祥雲很是便當，速度也快，只是花費太高，財神殿那邊是不給報銷的，但李長庚顧不得這許多了。

在趕路中途，六耳傳來訊息。他已抵達白虎嶺了。這猴子變化得委實巧妙，周圍的人居然沒分辨出來。

六耳問：「我該幹嘛？」

李長庚盤坐在祥雲之上，現場遙控：「拿起你的棒子，去砸那個女人的頭。」

「啊？那是個凡人吧？這不是濫殺無辜嗎？」六耳猶豫道。

「那是個妖怪。」

「妖怪也不能亂殺吧？」

「沒讓你真打，她會配合的。」

過了一陣，六耳回覆：「我棒子剛碰到她，她就倒地死了，籃子裡的食物都變成了蛆蟲。」

「等會兒還會有一個老婦人和一個老頭來，你甭管他們怎麼說，繼續打。打完你向玄奘磕三個頭，駕雲走開就行。」

放下笏板，李長庚把身子往祥雲裡重重一靠，長長地舒了口氣。剛才那一頓指揮，搞得他口乾舌燥，他伸手從祥雲前頭拿起一壺露水，咕咚咕咚喝了半壺，這才把心火澆熄了幾分。

一平靜下來，思慮就會變多。李長庚望著呼呼後掠的白雲，驀地想起孫悟空那兩句古怪的話，什麼叫「明明說好的」，什麼叫「很多事怪不到你頭上」？

以孫悟空的性子，居然欲言又止，顯然是很大的事。和猴子有關的大事，還能有什麼，不就是當年的大鬧天宮嗎？

說起這四個字，李長庚可是大為感懷。那是幾千年來天庭最為嚴重的事件——孫悟空身為齊天大聖，居然盜蟠桃、偷金丹、竊仙酒，大鬧瑤池宴，然後畏罪潛逃花果山。天庭派人把他抓回來，扔進老君丹爐裡服刑，又被他中途逃脫，打得九曜星閉門閉戶、四天王無影無形，直衝到靈霄殿前。最後還是佛祖出手，這才將其鎮壓。

李長庚當時外出辦事，沒趕上，他至今還記得聽到消息時的驚詫。孫悟空為什麼要鬧事啊？本來他在天庭已經混到了散仙的頂級，有御賜的「齊天大聖」頭銜，有自己的齊天大聖府，玉帝甚至還給他個看守蟠桃園的肥差。雖說升遷無望，可虛名、實權、油水、體面一樣不缺，突然造反，何苦來哉？

「齊天大聖」是李長庚之前一手運作出來的，他為了避嫌，後來的整個審判過程都沒有參與，所以這個疑惑，到現在他也沒明白。

李長庚正在沉思，忽然笏板又動了。他擱下仙壺，一看是六耳。

「李仙師，我遵照您的指示，打了老太太和老頭，現在磕完頭，離開玄奘了。我看到有人在半空留了圖影，沒事吧？」

「沒事沒事，你辛苦了。」

「取經隊伍裡怎麼沒見到孫悟空？不會是他要犯什麼罪，讓我替他背鍋吧？」六耳對於替代孫悟空這事很是敏感。

李長庚心想，正因為孫悟空不在，才敢讓你去替一替，否則你們倆一見面，豈不出大亂子了？嘴上卻寬慰道：「你想多了，這是護法渡劫而已，怎麼會讓你背鍋？那三隻妖怪都是事先商量好的，都是假死。」

「三隻……」六耳遲疑了一下，「明明只有一隻啊。」

「什麼？」

「您是仙人，可能對妖氣不熟。那個小姑娘、老太太和老頭都是同一隻妖怪變的，頭頂的妖氣一模一樣。」

李長庚愣了一下，立刻反應過來了。好傢伙，這白骨精一個人吃三人的餉，怪不得之前面試要三個妖精一個一個來，合著全是她變的。

不過事已至此，再追究這些事也沒意義。李長庚對六耳道：「你先回去休息吧，我會把辛苦費打給你的。」

「我的事，還請仙師多關心啊。」六耳不忘提醒。

「自然，自然。我盯著呢。」李長庚知道這是飲鴆止渴，但事情太多，先搬開眼前的麻煩再說吧。

觀音這時也聯絡他了，李長庚把花果山的事向她解釋了一通，觀音也是一陣嘆息，隨即提醒道：「下一難，你想好沒？」

「哪裡顧得上啊！」

「他們距離烏雞國可不遠了，劫難得早早準備了。」觀音語重心長道。李長庚知道她在暗示什麼，第三個徒弟還在烏雞國等著呢，沙悟淨得盡快體面離隊才行。

李長庚把笏板擱下，閉目養神。這次雖然有驚無險，卻也給李長庚提了個醒，當地妖怪固然熟悉情況，可心眼太多，心眼一多就意味著變數大。接下來得處理沙僧離隊的事，這關係到好幾位金仙的關係，寧可謹慎一點，用自己的人比較穩妥。

「童子，我改個地址，去南天門。」李長庚睜開眼睛，拍拍前方推雲童子的肩膀。

祥雲在半空拐了一個彎，不一時到了南天門。李長庚進了南天門，遠遠望見啟明殿，深深嘆息一聲，也不過去，徑直去了兜率宮。

太上老君這次倒沒在丹房，而是在鍛房滿頭大汗地忙碌，屋裡火星四濺。金、銀二童子在旁邊穩砧的穩砧、握鉗的握鉗。三人都裸著上身，打得渾身汗津津一片。天庭的高階法寶和丹藥，大多出自老君之手，是以他地位超群、人脈廣，八卦新聞也是源源不斷。

李長庚一進屋，一股子三昧真火味撲鼻而來。他跨在門檻上，瞇起眼睛向裡頭喊：「老君，老君你出來，我找你有事。」太上老君放下鎚子，吩咐兩個童子看好火候，拿起一條仙巾擦擦臉，從鍛房走出來。

「聽說你之前被三官大帝叫去喝茶了？」老君一邊扯過八卦道袍披上，一邊問。

「哪有的事，我那是去見黎山老母！」李長庚見老君眼裡閃過一道詭異的光，連忙又補充了一句：「還有文殊、普賢兩位菩薩在旁邊。」

不第一時間把事情說明白，被老君瞎傳出去，屆時他跳進天河也洗不清。

「跟你說話真沒勁，滴水不漏。啟明殿的人都這樣？」老君抱怨了一句，然後盤腿坐在蒲團上，又開始盤他那個金鋼琢，「你來我兜率宮有何貴幹？」

李長庚懶得繞圈子：「取經的護法到了關鍵時刻，我想借調你兩位童子下凡一趟，客串一把。」

老君看看鍛房，裡面倆童子打得正熱鬧。他哈哈一笑：「他倆要知道，肯定樂死了，整天惦記著下凡去耍。你什麼時候用？準備去哪兒？」李長庚說：「方略還沒定，反正就是最近，在玄奘取經路上尋個地方。」

「玄奘走到哪兒了？」

老君長袖一招，一張輿圖飄至兩人跟前。李長庚拂塵一打，把玄奘的位置標上去。老君雙眸倏然一亮，指向其中一個點：「你要是還沒定渡劫的地點，乾脆我給你建議一個地方如何？」

李長庚定睛一看他指的那地方，確實是在取經路上不遠，叫平頂山。他總覺得這地方很熟悉，搜腸刮肚搜尋了一回，恍然道：「這……這不是三尖峰嗎？」老君嘿嘿笑一聲，右手把那個金鋼琢轉得飛快。

三尖峰這地方，李長庚可是很熟了，或者說，整個天庭都很熟，它有個別名叫作「天材地寶山」。

五百年前孫悟空大鬧天宮，老君用金鋼琢砸中妖猴，立了大功。當時就有神仙建議，應該多煉幾套法寶，防止類似事件發生。老君表示，煉寶要三昧真火，兜率宮爐子有限，提議在地上另選一處煉寶之地。

這煉寶之地，就選在了三尖峰。

最初的計畫，是要劈開中間的山尖，起一個老君爐，開工以後數不清的天材地寶往裡扔；等工程進展到一半，老君忽然說風水不對，地眼應該在右邊的山尖。結果又得改劈右邊的山峰，天材地寶再扔一次；眼看行將完工，楊戩站出來說他當初也有貢獻，不能光起個老君爐，還得有個二郎廟。於是左邊的山尖也被劈開，又一批天材地寶砸下去。好不容易建成了，二郎神來轉了一圈，嫌劈山的手法有影射他當年舊事之嫌，不肯開光，廟遂廢棄。結果三尖峰越劈越細，最後全塌了，只好改名叫作平頂山。

如此劈了建、建了劈，天材地寶扔了無數，足足五百年什麼也沒修成。

所以私下裡神仙們才戲稱這裡為「天材地寶山」。

李長庚為何知道得如此詳細呢？因為這工程每次快要落成時，他都得籌備一次開光大典，光揭帖草稿就準備了幾十枚玉簡，結果每次都白忙一場，這都快成了李長庚的心魔了。

老君見李長庚臉色有些古怪，親熱地拍拍他肩膀：「你放心好了，我多拿出些法寶給他倆帶下去，保證為你把場面撐得足足的。」

他長袖一展，從寶庫裡飄出五樣法寶：七星寶劍、紫金紅葫蘆、羊脂玉淨瓶、芭蕉扇、幌金繩，每一樣都熠熠生輝、仙氣彌漫。李長庚倒吸一口涼氣，老君好大的手筆，一次出手就五件頂級法寶，實在太慷慨了。他愕然道：「你兜率宮哪來這麼多法寶？」

老君朝那輿圖上一指：「你看到平頂山上的老君爐了嗎？」

李長庚看了半天，明明除了斷壁殘垣，什麼都沒有。老君一捋髯：「那就對了，都在這裡了。」李長庚這才反應過來。每次天庭要起爐子，就有天材地寶流水般撥下來，讓老君煉製鎮爐之寶。至於這些材料到底有沒有用在三尖峰上，只有兜率宮自家知道。

怪不得三尖峰反覆被劈了五百年，什麼也修不成，原來還有這樣的勾當在裡頭。

老君笑盈盈地盤著金鋼琢，一臉坦然。天庭除了玉帝、西王母寥寥幾位大能，誰敢來惹他這位道祖？最多也只有趙公明發發公文，提醒說杜絕浪費云云罷了。

「老君你太慷慨了，五件法寶未免太多了，其實一兩件也就夠了。」李長庚還想婉拒。他怕法寶太多燙手。

「哎，你不必推辭。法寶多，鬥戰就多，打起來華麗，寫出揭帖也好看嘛。」老君繼續興致勃勃地說道。

「我這不是怕渡劫有什麼閃失，給您弄壞了嘛。」

「有閃失那就更好了。法寶就是給人用的，壞了再修就是。」老君豪氣地一揮手。

只要有鬥戰，法寶就會有損傷。這是為了取經大業損傷的，老君可以理直氣壯跟天庭討修補材料。至於法寶是不是真的有損傷，要多少修補材料，誰能比太上老君更有權威來鑑定？

一件法寶可以討一份材料，五件法寶出去轉一圈，拿的補貼甚至可以多煉出一件法寶了。

老君到底是老君。李長庚只是開口借調兩個童子，竟被他瞬間做成這麼大一個占便宜的買賣。

「對了，平頂山附近有個壓龍山，住著幾隻狐狸精，我的兩個小童拜了母的做乾娘，時常下界去探望。她那兒有不少妖兵妖將，我讓他們也全力配合。」

他說得含糊，不過李長庚心知肚明。這次老君一口氣給了五件法寶，卻只派出兩個童子，傳出去不好交代。把這幾隻狐狸算進去，人手一件，面上就說得通了。

這壓龍山的狐狸精他記得，應該就是當年負責在三尖峰起爐的當地妖怪，當初吃老君指頭縫裡漏下來的，怕是也撈足了油水。這次老君要拿補貼，自然是找熟人更放心。

當然，這些事其實跟李長庚無關，他只要這些人能順利配合，把沙僧弄離隊就行了。

「對了，我這兩個童子本來是給我打鐵的，現在被你借走了，我還得另外僱人，這費用也得你們出啊。」

「你就不能歇兩天？」

「天上對法寶的需求多著呢，一天都不能耽誤。你當我天天就忙著傳八卦新聞？」

「行，行，我一起算進法寶損耗裡去。」說到法寶，李長庚忽然想起一件事，順嘴問了一句：「對了，你打過一根降魔寶杖沒有？」老君想了想：「我這裡多是金行法寶，木行的不是很多，還有別的特徵沒？」

「是給一位捲簾大將用的。」李長庚提醒。

老君搖搖頭，抬袖起了一卦。一會兒工夫，道袍上的諸多八卦霎時泛起金光來。他雙眸透亮，看向李長庚：「這根降妖寶杖的材料，可不簡單哪。你怎麼會問它？」

「它是什麼來歷？」李長庚可不敢跟這位八卦祖宗多說。

「這根寶杖的杖身，用的乃是廣寒宮前桂花樹的一枝，吳剛親自砍伐，魯班一手製造——魯班雖然鍛造不如我，木工活還湊合……」

老君說著說著，一抬頭，發現李長庚不見了。

第九章

李長庚在雲裡呼呼穿行，心裡發涼，簡直就像是親至廣寒宮一樣。

原先他就疑心沙悟淨跟廣寒宮關係匪淺，這下子可以坐實了。天蓬獲得起復，最不開心的就是嫦娥。這姑娘雖說只是個無品無職的舞姬，但舞姿曼妙通神，備受推崇，在天庭也算是仙界名媛。憑她的面子，能求動西王母並非不可能。

之前豬八戒說過，捲簾大將不是人名，只是個駕前儀仗官的通用名號。可見這個沙悟淨是用捲簾大將掩蓋了真實身分。他加入取經隊伍的目的，就是阻撓豬八戒重返天庭。

要說這事，還頗微妙。

玉帝固然偏愛天蓬，但至少表面上不能違反天條。這次轉世之後，玉帝也只是批示了一個先天太極，送了一尾錦鯉，從未公開表示支持，不沾太多因果。

金仙之間，沒什麼祕密可言。西王母應該是算準了玉帝的底線，才把沙悟淨送進來。沙悟淨不用動手，只要豬八戒在取經途中犯了什麼大錯，他直接捅出去就行了，屆時玉帝也遮掩不住——甚至更誇張一點，如果沙悟淨故意製造個誘惑讓豬八戒往裡跳……

嫦娥拿什麼去說動西王母？捲簾大將到底是誰？李長庚不想知道。他頭疼的是，這給取經隊伍又添了一個變數。不搞掉豬悟能，沙悟淨怕是不肯離隊，他無法跟觀音交代；但要搞掉豬悟能，玉帝那邊勢必會質疑自己的能力，這又是他極力避免的。

李長庚思考下來，發現自己陷入了兩難。當初那個「借名額」的主意看著絕妙，其實是飲鴆止渴，把自己硬生生逼入絕境。

李長庚一陣哀嘆。本來他想得挺美，五莊觀、白虎嶺這兩處做了支應，接下來去寶象國又沒安排什麼劫難，到平頂山之前，他可以喘口氣，騰出點時間做報銷。結果現在倒好，孫悟空還沒歸隊呢，二徒弟和三徒弟又出了岔子。

李長庚習慣性地想拍拍老鶴的頸項，卻只觸到了一團濕霧，這才想起來牠還在花果山趴著呢，現在自己坐的是一團祥雲。

唉，這取經之事看起來簡單，背後卻牽動了一堆利益，勞心勞神。早知如此，當初觀音上門來請求協助護法，他直接指派給織女就好了。

可惜天庭什麼丹藥都能煉製，唯獨煉不出後悔藥。李長庚定了定神，眼下啟明殿是別想回了，他直奔寶象國而去。

寶象國這裡，李長庚沒有做任何劫難的規劃，是他和觀音有意留出的一個喘息空間。那三十幾位跟隨的神仙也都告假休息去了，只留下觀音在值班。

李長庚飛到寶象國上空，遠遠看到半空浮著一座蓮花台，觀音閉目趺坐其上，周身浮起無數五彩蓮瓣，圍著她旋轉起伏。每有同色三瓣交匯，便化為如露泡影，憑空消失，同時響起一段梵唄。端的是寶相莊嚴，澡雪人心。

她還有心思玩蓮瓣，看來是沒出什麼大事。李長庚鬆了一口氣，他現在可承受不起多餘的變故了。

李長庚整理一下心情，飛到蓮花座前。此時五彩蓮瓣越聚越多，很快便超過化為泡影的速度，觀音整個身軀幾乎都被掩入繽紛蓮海。忽然「嘩啦」一聲，蓮瓣俱落，觀音這才抬起頭來。

「哎，取經人呢？」李長庚往下界觀望，寶象國裡並沒看到玄奘、豬八戒和沙悟淨。

「哦，他們趕上個野劫，正渡呢。」觀音神色輕鬆，一邊又拋出一堆五彩蓮瓣，嚓嚓地拼起來。

李長庚一驚，野劫？

相較於事先安排好的劫難，野劫才算是真正意義上的劫難。取經路十萬八千里，不可能事事都關照到，總會遭遇一些意外，比如之前黃風怪襲擊悟空，就是個野劫。李長庚一聽居然是野劫，登時緊張起來。

觀音卻笑起來：「老李莫急，他們是在碗子山黑松林遇的劫。兩個徒弟去化齋飯，玄奘自己迷路了，被一隻妖怪捉去了波月洞裡——哎哎，老李你先別急，坐下聽我說。」

李長庚見觀音不急不忙，只得悻悻地重新坐下。

「本來呢，我也有點緊張。不過那個叫黃袍怪的妖怪很識相，一認出是玄奘，當即給放了，這會兒他們正朝寶象國來呢。」

「那還好。」李長庚鬆了口氣。他現在唯一的心願，就是希望取經隊伍別出問題，等著孫悟空歸隊。

「哎，對了，老李，有件事咱們得商量一下。」觀音索性把五彩蓮瓣收了，對太白金星道，「我在準備前面幾難的揭帖。五莊觀好辦，但白虎嶺就有點麻煩。」

「怎麼講？」

「你說這一難的揭帖，到底落筆在哪一個點上才好呢？」

李長庚一拍腦門，他倒忘了還有這麼個麻煩。當時他為了圓孫悟空突然離隊的意外，緊急找來六耳做替身去打三隻——其實是一隻——妖怪化成的百姓，然後被玄奘以殺生之名趕走。這確實把離隊的事說圓了，但引發了一個後患。

在這次劫難裡，要麼是孫悟空火眼金睛，玄奘誤貶忠良；要麼是孫悟空濫殺無辜，玄奘鐵面無私。無論揭帖怎麼寫，總得有一邊要犯錯。

但一邊是佛祖二弟子，一邊是佛祖指定的取經首徒，你無論褒貶哪一方，都會有負面影響，體現不出精誠團結的主旨。

李長庚當時是急中生智，未能仔細推敲，以致造成這麼一個幾乎無法調和的矛盾。

「唉，這個可真是……有點頭疼。」他有點煩躁地捋起拂塵鬚子。

觀音道：「我倒有個主意，不過這個就得老李你定奪了。」她一揚手，三片同色蓮瓣飛在半空，然後齊齊消失。李長庚微微皺起眉頭：「大士的意思是，放棄白虎嶺？」

「正是。」

三片蓮瓣，就是三隻妖怪。只要不提三打白骨精的事，揭帖裡也就不用左右為難了。但代價也很大，本可以拆成三難的大好機會，這下子全泡湯了。是避免麻煩，還是增加業績？李長庚必須做出選擇。

他坐在蓮花座旁邊沉思片刻，終於下定了決心。他又不是鎮元子那樣的商人，仙官之道貴在平穩，不求有功，但求無過，於是開口道：「模糊處理吧。」

「行，那我就去申報一難，只說是貶退心猿，但具體什麼地點、遇到什麼妖怪、悟空為何離開，揭帖裡一概不提。」

李長庚點頭，現在也只能如此了。觀音有點心疼，對一個擅長巧立名目的菩薩來說，這個損失太讓人難受了。

李長庚寬慰了觀音幾句，忽然想起另外一個問題：白虎嶺不能申報劫難，白骨精的費用就沒法報銷，只能從別的單子裡偷偷湊出來。但李長庚現在連報銷都顧不上，看來這筆帳要欠上一陣了。

算了，天庭欠妖怪錢叫欠嗎？讓她等等好了，反正財神殿的帳期很長。

老神仙計議已定，就先把這事擱下了。

緊接著，李長庚又把平頂山的安排跟觀音講了一下。觀音很高興，太上老君贊助了這麼多人手和法寶，場面可以做得大一點。西天取經至今，這應該是資源最充足的一次。

不過她又不放心地問了一句：「那沙僧離隊的事呢？」

李長庚微微苦笑，沒敢提廣寒宮的事，敷衍道：「我跟金、銀童子提過了，他們下凡之後，我去開個會，看是不是在平頂山解決。」

他其實根本沒提過，只是臨時找個理由拖延而已。每一次拖延，其實都會把路變得更窄，卻又不能不走。

「老李你怎麼一臉緊張？還擔心什麼呢？」

「沒有，沒有。」李長庚微微一擺拂塵，遮住面孔。

這時觀音的玉淨瓶晃動了一下，她拈過瓶子看了一眼，神色忽然變得古怪起來。

「他們半路出事了？」李長庚現在最怕這個。

「不算變故吧……」觀音也拿不準，「取經隊伍已經安全抵達寶象國，見過國王，換了通關文牒。」李長庚的拂塵鬆弛倒垂下來：「那就好，那就好。」

「不過……玄奘表示暫時不能走。」

「啊？不想走？為什麼？」

「你自己看吧。」觀音把玉淨瓶遞過去。

玉淨瓶裡，映出前因後果。原來玄奘失陷在波月洞裡時，遇到一個女子叫作百花羞。百花羞說她本是寶象國公主，十三年前被黃袍怪擄來做壓寨夫人，至今難以走脫。她說服黃袍怪放走玄奘，暗中給了他一封求救信。

玄奘把求救信轉給寶象國主，但沒了下文。原來那黃袍怪法力高強，寶象國那點軍隊，還不夠他一頓的飯量。國王雖然焦慮，卻無能為力。

「然後呢？」

觀音道：「玄奘說百花羞於他有救命之恩，他希望能幫她脫困。」

李長庚沒料到玄奘在這方面還頗講究，他皺眉想了想，問觀音：「大士你意下如何？」觀音嘆道：「我知道此事與取經無關，但百花羞委實太可憐了。她一個弱質女子，被妖魔拐走禁錮在那波月洞裡，十餘年不見天日。換了誰看到此情此景，也要良心難安。我想她既然救了玄奘，這段因果總要了結才好。」

「其他幾位什麼意見？」

「豬悟能無可無不可，沙悟淨倒是很積極，他看著比玄奘還氣憤。」

李長庚「嘿」了一聲。這沙僧倒有意思，居然是個疾惡如仇的性子。不過想想也很合理，若非如此，他也不會加入取經隊伍來阻擊八戒了。

「老李，你在想什麼？」

李長庚趕緊從遐想中退出來：「對了，那個黃袍怪神通厲害嗎？真打起來有風險嗎？」

「不知道，不過豬悟能和沙悟淨一起上，應該能震懾住吧。」說到這裡，觀音冷笑道，「再者說，黃袍怪毀人清白，鎖人自由，現在被人家家屬打上門來解救，他難道還能占了理不成？」

兩個人評估下來，覺得這事沒什麼風險，索性讓玄奘他們自行處理好了。觀音對著玉淨瓶說了幾句，然後繼續跟李長庚商量平頂山的渡劫細節。

過不多時，玉淨瓶又搖動起來。觀音接起來一聽，眉頭霎時挑起，李長庚急忙問怎麼了，觀音語氣有點艱難：「悟能和悟淨……被打敗了。」

「啊？」李長庚沒想到還會這樣發展。

玉淨瓶裡，再次顯示出整個過程：玄奘留在寶象國，派了兩個徒弟前去跟黃袍怪談判，希望能把百花羞接回來。沒想到黃袍怪態度蠻橫，非但拒絕交人，還大罵他們多管閒事。沙悟淨沒耐住脾氣，要強行帶走百花羞，兩邊大打出手。黃袍怪神通不小，再加上當地的各路山精樹怪也紛紛跳出來阻撓，結果悟能和悟淨寡不敵眾，一個逃了回去，一個死戰不退被抓了。

「這也太囂張了吧？都找上門了，黃袍怪怎麼還敢阻撓解救？」李長庚也有些惱怒。

「豈止是阻撓。」觀音冷笑，「黃袍怪說他們夫妻恩愛十三年，光天化日之下，莫名遭強人擄掠，要來寶象國討個公道呢。」

「嘿，一個拐走良家婦女的雜種，居然還委屈上了！」李長庚一甩袖子，怒氣沖沖，「走，咱們去波月洞！」

他的怒氣，一半是因為這事委實不像話，一半是因為被前面幾樁事搞得心火旺盛，借這個機會發洩出來。觀音見李長庚很生氣，立刻拍胸脯表示：「老李你放心，捲簾大將這是見義勇為，這時候我不會落井下石的。」

沙僧失陷波月洞，這其實是個離隊的絕好機會。如果觀音稍微有點心思，便可以趁這個機會下手。李長庚沒想到觀音平時心思多，這方面還是很敞亮，直接說破了他的顧慮。

兩個神仙眼神一交換，便達成了共識，當即駕起雲頭，不一時來到波月洞前。他們還沒打招呼，遠遠就聽沙悟淨破口大罵：「百花羞被你鎖在這波月洞裡不見天日，備受凌辱，你是一副什麼心肝！」黃袍怪站在對面，左右各摟著一個小孩子，看起來比沙僧還氣憤：「擄人妻子，害人母親，毀人家庭，你這貨才是什麼心肝！」周圍一群妖怪也吱吱叫嚷起來，齊聲叱責沙悟淨。

只有百花羞不見身影，想來是又被關進洞裡去了。

沙僧氣得嘴巴快要裂開了，雙腮起伏：「這幾樣，哪一樣是她自己情願的？人家好好在寶象國做公主，被你這狗卵子強行抓來這裡，你說破大天也沒道理！」黃袍怪嫌他聒噪，往他嘴裡塞進麻核，沙僧就抬腿去踢，黃袍怪又只得拿繩子捆住他雙腿，正要往洞裡抬，不料沙僧不知從哪兒又伸出一條腿，「啪」一下把黃袍怪絆倒在地。

周圍小妖怒吼著衝上去，拳打腳踢，只是壓不住沙僧怒罵。

李長庚和觀音對視一眼，正欲上前，前方忽然出現一個仙影，飄過來擋在面前。這仙人頭簪金冠、袍掛七星，腰圍八極寶環，一隻鼻子如玉鉤，俊俏中透著一絲犀利。

「昴日星官？」

李長庚一眼就認出他來。昴日星官先拍拍雙袖，挺直了頸項道：「喔喔喔，啟明殿主，別來無恙呀。」

他們倆雖說一個在星宿府，一個在啟明殿，但都掛著司晨之職，是以關係頗為密切。李長庚與昴日星官寒暄片刻，一頭霧水道：「你跑來這裡做什麼？」

「嗐，別提了，我是來找人的。」昴日星官說。

「找人？」

昴日星官嘆了口氣：「我們西方七宿的老大，奎宿奎木狼，春藥蒙了心，十幾天前為了個女人偷偷下凡，遲遲不歸。這些天，都是宿裡的其他幾個兄弟輪流幫他應卯簽到。眼下披香殿的輪值快到了，所以我趕緊叫他回去。」

「奎宿是本尊下凡，還是轉世變化？」李長庚開始覺得不妙。

「轉世變化了，喏，就在那波月洞裡做個洞主。」

李長庚腦袋嗡的一下，這黃袍怪變化過了，所以他第一眼沒認出來。沒想到這廝居然也有根腳，還是西方七宿之首，這下子可麻煩了。

如果是個普通妖怪，李長庚和觀音隨便一個上門，也就擺平了。但對方居然是奎宿下凡，就不得不認真對待了。

仙界大道三千，其實無外乎看兩件事：一是根腳，二是緣法。二十八星宿和啟明殿級別相當，奎宿和昴宿都屬西方白虎監兵神君統管，再往上的關係更是盤根錯節，不是輕易能觸碰的。

昴日星官見李長庚沉默不語，好奇道：「李仙師來這裡，又是做什麼？」

李長庚只好直說：「玄奘取經你知道吧？他有個弟子因為要救一位女子，被困在這個波月洞裡，我們來撈人。」昴日星官喔喔一笑：「果然還是奎木狼的脾性。老大對兄弟大氣，對女人霸氣，一碰就急。不過仙師莫擔心，說開了就沒事。老大還是識大體的，之前不是也把玄奘放走了嗎？沒事。」

李長庚先「嗯」了一聲，拱手稱謝，然後又「咦」了一聲，看向昴日星官的眼神不對了。

他剛才就有疑心。哪有這麼巧的事，他們一到波月洞口，昴日星官正好也到了？從昴日星官的話可知，他已經知道了奎木狼捉放玄奘的事，說明之前這兩宿早有溝通。

二十八星宿向來護短得緊，昴宿又是以精通天條著稱，出了事都是他出面來解決。毫無疑問，這是奎宿緊急叫來的援兵。

李長庚腦子還在飛速轉動，旁邊觀音忽然冷冷問了一句：「星官有禮，你打算如何處置奎木狼？」

昴日星官喔喔兩聲，從容道：「處置談不上，他又沒觸犯天條。不過我得趕緊把他叫回星宿府，披香殿輪值少他一個，我們幾個同宿的兄弟可有大麻煩。」

觀音臉色冰冷：「只是如此？」昴日星官不慌不忙解釋道：「他與玄奘並不相熟，先前是誤會，已然放歸，不曾傷害分毫，一會兒那個三弟子我也可以做主放走。以天條而論，並無什麼實罪……」

觀音打斷道：「那麼他強掠民女，這個罪過該如何判？」昴日星官沒想到觀音問這個，長舒了一口氣：「喔喔喔，我還當大士您是搶我雞蛋呢！這是小事，我們星宿府從來沒有仙凡偏見，把那個百花羞和兩個孩兒一起接上天，作為親眷同住西方七宿，也是她們娘兒仨的福氣。這麼處理，是不是皆大歡喜？」

李長庚側眼窺視，注意到觀音的千手本相躍躍欲出，趕緊扯扯她袖子。觀音卻一甩手，怒道：「奎木狼強擄百花羞，一囚十三年不得歸家，這是小事？你們還要把她接上天去繼續受辱？」

昴日星官並不著惱，反而喔喔大笑起來：「大士有所不知，那個百花羞亦不是凡人，她前世是披香殿上一個侍香的玉女，本就和奎老大有私情。奎老大思凡下界，就是為了追她。老大這人，霸道歸霸道，癡情也是真癡情，這兩世情緣，同宿的兄弟們好生羨慕。」

「兩世情緣個貔貅！這一世百花羞可沒同意與他成親。」觀音的態度很堅決，昴日星官有些不高興了：「大士，就算夫妻有了嫌隙，那也是我星宿府的家務事，不勞落伽山來關心。」

「百花羞是被拐來的，不是他黃袍怪的家生靈寵！這叫什麼家務事？」

「奎老大若有觸犯天條之處，自歸有司處置；若沒違反天條，誰也不能強加罪名。」昴日星官一口一個天條，「大士，你若覺得不妥，歡迎指出觸犯了哪一條。」

觀音把玉淨瓶一橫：「總之今天我要把百花羞一併接走，有本事你把天條叫出來攔我！」

李長庚大驚，觀音這麼一說，等於直接撕破了臉。此事對方雖然無理，但她反應怎麼這麼大？昴日星官也沒料到觀音的反應如此激烈，一臉無奈：「大士您到底想怎麼樣？」

「一保百花羞，帶她回歸寶象國與父母團聚；二懲奎木狼，他擄掠民女，強囚良民，合該接受懲罰。」

昴日星官搖搖頭：「大士精通佛法，豈不聞佛法有云，三界無安，猶如火宅，眾苦充滿，甚可怖畏。她回寶象國，從此就是個凡人，生老病死，一樣也逃不過，哪裡比得過一家人在天上永享仙福？天條也要考慮人情，我們這也是為嫂子好呀。」

「為她好？那你們問過百花羞的意見沒有？」

「嫁雞隨雞，嫁狼隨狼，何況母子連心，她總要跟著孩子吧？」

「我是問她自己的意見！」

「凡間有言：寧拆十座廟，不毀一樁婚。菩薩難道要捨出十座廟嗎？」

觀音見跟昴日星官說不通，繃著臉徑直往波月洞裡闖。昴日星官雙眼一凜，也運起法術，擋在觀音面前。兩尊神仙各顯神通，移形換影，一時間竟鬥起身法來。

昴日星官雖說品級不及觀音，但神行的本事不低。無論觀音怎麼上下左右地騰挪，他總能如影隨形，而且頸項安忍不動，一張鉤鼻臉始終面向觀音，盯得觀音心煩意亂。

對抗了半天，觀音始終不得寸進。她情急之下，把玉淨瓶當空震碎，露出缺碴兒，就要祭起來去砸那星官。幸虧李長庚手疾眼快一把拉住，口裡叫著：「大士，你冷靜一下！」

太白金星連使了好幾個神通，才把觀音勉強按住。觀音呼吸都變急促了：「老李，你不幫我？」李長庚連聲道：「大士，不是我不幫，你這麼衝動不是個辦法，救不出百花羞啊……」

觀音瞪了他一眼，李長庚趕緊解釋：「在那些星官眼裡，別說百花羞一介凡人，就是披香殿的玉女，他們也根本不當回事。我們拿這個話題去爭，根本拿不住他們。」

「就這麼眼睜睜看著奎木狼和百花羞離開？」

「辦法咱們一起想，但大士你一動手，可就予人話柄了。別說百花羞救不出，取經隊伍都要被連累。」

觀音把瓶子慢慢放下來，臉色依舊鐵青。李長庚按住這邊，又去找昴日星官，批評道：「奎宿這次委實不像話，什麼霸氣？這根本是霸道！如此有悖人倫之舉，你怎麼還有對抗情緒？」

昴日星官不屑道：「咱們都是神仙，悖個人倫怎麼了？再者說，什麼叫對抗？你們是釋門的取經隊伍，不是道門的雷部神將。就算奎老大犯了天條，也是本管衙署前來拘拿，輪不著他靈山的菩薩過來多管閒事——就為一個凡間女子，至於嗎？」

李長庚正色道：「你別跟我扯這些，天條我比你熟。奎木狼私自下凡，本身就是大罪過，如果禍害了凡間生靈，更是罪加一等。」

昴宿卻絲毫不退：「隨您老怎麼說，但我得先把他們一家接回去。您如果有什麼不滿，歡迎舉發。」昴日星官擺出一副無賴的模樣，他知道這種舉發一定會陷入爭論，管轄權如何界定、仙凡是否區別對待、天條適用範圍如何，一討論起來就曠日持久，所以有恃無恐。

「你給我一天時間，行不行？」

「為什麼啊？」

「我啟明殿主的面子，還換不來這一天時間嗎？要不要我直接去提醒白虎神君點卯？」太白金星把臉一沉。

昴日星官盯著李長庚，他這次下凡，目的就是拽奎宿回去應卯，免得被人發現私自下凡。太白金星這麼說，其實是提出了一個交換條件。

他心算片刻，展顏笑起來：「也好，他們一家收拾行李，怕也得一天多呢。我就賣您老一個面子，不過您得以道心發誓，不去白虎神君那裡告狀。」

「好，我李長庚以道心發誓，絕不去白虎神君處舉發奎宿私自下凡之事。」

「觀音大士也得起誓。」昴宿滴水不漏。

觀音氣得又要動手，李長庚按住她低聲道：「大士你信我一次，且先起誓！」觀音滿心狐疑，注視李長庚片刻，見他目光清澈不似作偽，只好恨聲道：「發菩提心，絕不去白虎神君處舉發奎宿私自下凡之事。」

昴宿滿意地點點頭。雖然他不明白李長庚此舉的目的，但能減少潛在風險，也是好事。橫豎拖延的只是凡間一日，來得及。

「還有，你讓奎宿先把沙僧放了，他可是西王母舉薦來的。」

李長庚知道對這些人講道理沒用，他們唯一聽得懂的語言就是根腳，索性直接亮出沙僧的後台。果然昴日星官半句廢話沒有，直接飄到波月洞裡，把沙僧領了出來。

沙僧仍是一臉氣憤，還不想走。李長庚少不得又安撫了一番，才一起駕雲回寶象國。

半路上李長庚見觀音依舊一臉僵硬，湊過去道：「大士，你平日裡是個六根清淨的人，怎麼今天動這麼大嗔火？」

觀音回眸道：「老李，你說咱們護送玄奘這一路渡劫，揭帖裡的主旨精神是什麼？」

「救苦救難、普渡眾生啊。」李長庚立刻回答。

「沒錯，咱們這一路的劫難設計，都是圍繞這八個字來的——你說仙界那麼重視根腳，為什麼不在揭帖裡宣揚玄奘背景深厚、關係通天？」

「因為這個……總不好拿到檯面上來說吧？」

「沒錯！因為救苦救難、普渡眾生是正理，能堂堂正正地講出來。滿天神佛無論什麼根腳，無論什麼心思，至少嘴上都認定這才是大道，檯面上只能講這個，別的只能放在檯面之下。」觀音頓了頓，「老李，咱倆各有各的心思，但總得有個底線。如果對這樣的事都視而不見，由著黃袍怪逍遙法外，我枉稱救苦救難觀世音菩薩，還有什麼臉面再提護法渡劫？」

聽罷觀音一席話，李長庚心中驀地浮現一隻小猴子的身影，一陣觸動。不知對六耳，自己算不算視而不見、置若罔聞……

「老李，別的事我都服你，唯獨這個，你得理解我。我觀音以女相顯身東土，若連個被拐賣的女子都救不走，以後還怎麼受人香火？」

「我理解。我也知道百花羞可憐，只是怕你太衝動，欲速則不達。」

「對了，你剛才到底打的什麼主意，為什麼只讓昴宿延後一天？」

「我有個想法，只是還有幾個關節沒想明白，所以先穩住他。容我琢磨周全些……」

接下來的一路上，李長庚低頭冥思苦想，觀音也不打擾，轉而去幫沙僧療傷。

三人到了寶象國之後，玄奘和豬八戒都等在驛館裡。見他們進來，玄奘站起身問怎麼樣了，李長庚把星宿府插手的事一說，豬八戒嚷嚷道：「我在天庭時就知道。那個奎木狼就是個蠻霸王，看到中意的女子，就上前騷擾，旁邊其他兄弟還起哄。若有旁人勸阻，他們就硬說是情侶，鬧得巡官都不好管，真是一群下三濫。」

李長庚意外地看了他一眼：「連你都看不上黃袍怪？」八戒撇撇嘴：「什麼叫連我都？我是唐突了嫦娥，但代價是差點上了斬仙台，前程也沒了，還落得這副尊容。同樣欺男霸女，憑什麼他黃袍怪屁事沒有，玩夠了就回天上？我是心理不平衡。」

他這一席話講出來，眾人都無語，不知是該出言支持還是大聲呵斥。

「這二十八星宿，未免太囂張了吧？」玄奘沒上過天庭，無法想像還有這樣的仙官。

「可惜那隻猴子不在，估計只有他才能讓他們吃癟。」豬八戒道。

「孫悟空還和他們打過交道？」

豬八戒笑起來：「原先交情還不淺呢，不知怎麼就鬧掰了。大鬧天宮的時候，二十八宿看見他跟耗子見了貓似的，都不敢上前鬥戰。如果他在，就沒這些破事了，管教黃袍怪直接跪地服軟。」

這時一直沒開口的沙悟淨道：「以啟明殿主和南海觀世音的權威，都救不出百花羞公主嗎？」他瞪著兩隻眼睛，雙腮一鼓一鼓的，顯然氣還沒消。

李長庚耐心解釋道：「昴日星官是個熟知天條的無賴，現在他咬死了奎木狼和百花羞是夫妻，他們的事是星宿府的事。我們兩個雖然品級比他高，但畢竟跨著衙署，沒有合適的藉口，不好公開介入。」

觀音哼了一聲，算是默認。這件事真要在仙界公開討論，認為無傷大雅的神仙大有人在，輿論不一定倒向哪邊。

「可百花羞的書信裡明言是被迫，寶象國國王也不曾收下聘書，這也算夫妻嗎？」玄奘道。

「不過是去找月老補牽一條紅線的事。」豬八戒道。玄奘似乎不敢相信：「紅線也能補牽？」八戒嗤笑一聲，這和尚真是個讀經讀傻了的凡胎，少見多怪。

沙僧把手裡的寶杖重重地往地板上一戳，斜眼看向豬八戒。豬八戒哼了一聲，裝作沒看見。

李長庚道：「我剛才想到一個辦法，但得上天一趟，最快也得一天半才能回來。我之前只把奎宿、昴宿拖住一天，還有半天，得想辦法拖住。」

沙僧大聲道：「大不了，我再去跟他們鬥戰一場。縱然鬥不過，拖延一段時間總可以。」

李長庚搖頭：「奎宿且不說。那個昴宿十分狡黠，一覺察你在拖延，拔腿就會走。我們得想個手段，把他們牢牢釘在原地，知道是圈套也不敢走。」

「此事我去如何？」

眾人聞言，一起望去，發現出聲的居然是玄奘。

玄奘抬起光頭，雙手合十：「我從長安出發以來，虧了幾位護持，把一路上的護法安排得無微不至。但我這一世，也是憑自己的努力才成了東土稱名的大德。如果總是這麼舒舒服服地渡劫，倒顯得我是個被人提攜的紈絝子弟，連先前的辛苦都被抹殺了。有時候，我也想親手做一做，好教人知我玄奘並非嬌生慣養之輩。」

他目光灼灼，讓李長庚頗為意外。原來這人，不是一個目空一切的驕縱和尚嘛。李長庚旋即搖了搖頭：「玄奘你到底是個凡胎，就算有這份心，又怎麼攔得住兩位星官？」

玄奘道：「百花羞公主是我的救命恩人，我若救不出她，因果未了，這西天也不必去了。咱們這一路的劫難，不都是懲惡揚善的戲碼嗎？如今真見著不平之事，反而撒手不管，你們說，是不是有點荒唐？」

在場的人，個個微微點頭。玄奘又道：「至於兩位星官，兩位如果壓不住，再加一個金蟬子轉世，難道他們還不怕嗎？」

李長庚苦笑：「你沒明白。奎木狼屬於星宿府，我啟明殿伸手去管，都隔著好幾層關係，更不要說你和大士是釋門中人。咱們這次是去西天取經，跟波月洞八竿子打不著，你拿職位去壓，正中昴日星官下懷，一扯起衙署權責的皮，可就複雜了。」

玄奘一瞇雙眼：「那如果波月洞和取經扯上關係了呢？是不是李仙師你插手進來就名正言順了？」

「話是這麼說，但哪那麼容易？以昴宿的狡猾，肯定提點過奎宿，不要招惹取經隊伍。」

玄奘沉思片刻，一臉鄭重地道：「我有一計，或許可以把兩位星官扯進取經渡劫中來——不知幾位誰會變化之術？」

「這點神通大家都會，你問這個幹嘛？」觀音奇道。

「我是問，誰有能變化為他人的神通？」玄奘臉色平靜，似乎下了什麼大決心。

第十章

昴日星官次日來到波月洞前，一日期限已過，他準備迎奎木狼夫妻回家。他喔喔喔叫了三聲，洞裡卻只有百花羞一人帶著兩個孩子出來。

昴日星官一怔，忙問奎木狼哪裡去了。百花羞臉色黯然，怯弱弱地說：「我父親知道我要上天，傳來請帖，想要最後見女兒一面，辦了個餞別宴。奎木狼擔心我被扣下，不肯讓我去，只他一人去赴宴了……」說到後來，泫然落淚。

昴日星官一怔，暗罵奎宿貪杯，這時候不老老實實待著，還瞎跑出去喝酒做什麼？但他面上還是充滿笑容，寬慰百花羞道：「哭什麼，嫂子你馬上就要上天做神仙了，爹媽該高興才對。」百花羞泣道：「我十多年沒見到父母，難道最後一面也不許相見嗎？」

昴宿聳聳肩，不去理睬。他忽然看到黃袍怪從遠處飛了回來，連忙挺直了脖子，卻越看越不對勁。奎宿不是醉醺醺的宿醉臉，而是一臉吃了屎似的面孔。

數個呼吸之後，昴日星官就明白怎麼回事了，因為觀音緊隨在黃袍怪的身後，寶相莊嚴，跟押送犯人似的。昴日星官先是微皺眉頭，隨後一拱手：「大士是特來相送的嗎？」

觀音面無表情：「不，我是來安排渡劫護法的。」

「渡劫護法？」

昴日星官納悶地看向黃袍怪，黃袍怪啐了一口：「老子去赴那便宜岳父的告別宴，吃酒吃到一半，看到那個叫玄奘的和尚走過來。我端起酒杯，說了一句長老咱們不打不相識，一切都在酒裡了。誰想到那和尚在我面前就地一滾，忽然變成一隻老虎。然後又躥出一條小白龍，跟我打了幾個回合，轉身就跑。然後這個天殺的……呃，天派來的菩薩就現身了，說我現在正式入劫，需要聽她調遣。」

「怎麼就入劫了？」昴日星官仍是一頭霧水。

觀音手裡一招文書，玉音皇皇：「秉西天如來法旨、天庭玉帝聖諭，今有東土聖僧玄奘西去取經，地不分妖魔鬼怪，人無分神仙精靈，皆有護法渡劫之責。今在寶象國聖僧應劫化虎，徵調波月洞黃袍怪入列聽用，謹遵無違。」

昴日星官看看觀音，又看看黃袍怪。黃袍怪很鬱悶：「我他媽真沒動那和尚一根寒毛，分明是他強行碰瓷，這也算在我頭上了？」

但現在說什麼都沒用了，人家玄奘可是在你的面前化的虎，總不是聖僧自己無聊變的吧？什麼，你不承認？觀音手裡那份文書，落款蓋著佛祖的說法手印和玉帝的先天太極。湛湛清光，沉沉威壓，看看哪個敢拒絕徵調？

昴日星官最擅長拿天條說事，對付他最好的辦法就是用法旨砸回去。如來言出法隨，玉帝口含天憲，有本事你大聲說出來他們兩位的話不頂用。

到了這一步，狡黠如昴宿，也不得不暫且吃下這個啞巴虧。

昴日星官氣得脖子上的羽毛根根綻起，拉著奎宿低聲說了幾句，抬頭冷笑道：「好，好，能為取經貢獻力量，也是造化。老大，你放心，嫂子和兩個姪子權且寄在我這裡，咱們星宿府的眷屬，外人欺負不著。等你演完這齣戲，咱們一併走就是。」

昴日星官知道，他們強行徵調奎木狼的最終目的，還是想救出百花羞。所以他先把她控制住，大不了讓老大陪他們玩完這一場，然後再一起上天不遲。

玩天條嘛，誰怕誰。

黃袍怪和昴日星官多年兄弟，立刻明白他的意圖，悄悄比了個大拇指，然後對百花羞一瞪眼：「愛惹事的臭娘兒們，快滾過去！」百花羞被他囚禁十幾年，早習慣了逆來順受，摟著兩個孩子默默過去。奎木狼轉過臉來，對觀音作揖：「大士，要我怎麼配合？」

觀音面無表情，從袖裡拿出了一張方略：「你隨我走，先去做一下留痕。」她帶著奎木狼離開，臨走前多看了一眼昴日星官。昴日星官心中納罕，卻說不上哪裡不對，他轉眼一看，很快發現了哪裡不對——李長庚不在旁邊。

「莫非是金星老兒跟我太熟，不好意思出面，故而讓觀音頂在前頭？」昴日星官懶得多想，伸出一側翅膀把百花羞母子遮住，安靜等候。約莫過了一個時辰，他猛然伸脖子，警覺地左右看去，忽然發現遠遠的雲端有兩個人影接近。

「是金星老兒憋不住跑出來了嗎？」

昴日星官定睛一看，看著不太像，但有一個人影看著實在熟悉。待得他們接近，昴日星官心頭狂跳，左邊那個是豬八戒，右邊那個卻是……卻是……

一根粗大的棒子迎頭便砸將過來，昴日星官勉強避過，臉色卻變得無比難看。

「喔喔喔？孫……孫悟空？」

孫悟空負手而立，雙目盯著他，緩緩道：「昴宿，你還敢在我面前出現？」昴宿大叫道：「分明是你出現在我面前！」

「有什麼區別？」孫悟空瞇起眼睛，放出危險的光芒。

「喔喔喔，你不是回花果山了嗎？」

看得出來他是怕極了悟空，連聲音都發起抖來。豬八戒在旁邊嗤笑起來：「我原來就知道星宿府怕齊天大聖，卻沒想到會怕成這樣子。大師兄，幸虧菩薩讓我去叫你過來了，不然可看不到這樣的熱鬧。」

孫悟空依舊面無表情：「百花羞，給我留下。」他沒有給出解釋，甚至沒亮出一個說得過去的藉口，就這麼直截了當地提出了要求。

偏偏昴日星官一句都不敢反駁，萬千法條，在這隻無法無天的猴子面前，似乎都失去了效力。孫悟空見他遲疑，掣出大棒子，又一次狠狠地砸下來。

昴日星官一瞬間怔住了。這一棒裹挾著滔天怨氣，彷彿有著無比強烈的恨意。他這一恍惚，棒子已經砸到面門前，嚇得他亮出翅膀遮住頭頂，猛然跳開，卻顧不得羽翼下的百花羞母子了。

一根釘鈀從側面輕輕一引，登時把母子三人捲開數丈，脫離了昴日星官的控制範圍。

昴宿勉強避開這必殺一擊，渾身冷汗涔涔。他心想，咱倆是有舊怨不假，但不至於一照面就下死手吧！他還想辯解幾句，悟空一晃棒子，又是滔天怨氣彌漫過來。昴日星官在驚恐躲閃中，生出一種奇怪的感覺，這恨意似乎不只是針對他，他只是代人受過。

此時豬八戒把百花羞母子拉到一邊，直接往沙僧那裡一塞，笑嘻嘻道：「你在寶象國好吃好喝，由你看住吧。我可是跑了一趟花果山，來回不知費了多少力氣呢。」沙僧一橫寶杖，把百花羞護過去，冷言道：「豬悟能，你我的架可還沒打完呢。」豬八戒「嘿」了一聲：「隨時奉陪。」

這時觀音帶著奎木狼做完留痕，回轉過來。一見到悟空，觀音笑道：「你來得正好，來來，過來打殺了這黃袍怪，了結這一樁劫難。」

奎宿見到孫悟空出現，也嚇得瑟瑟發抖，此時聽到菩薩這麼說，不由得大叫：「不是演個戲而已嗎？」觀音道：「玄奘被你變虎，沙僧被你所擒，白龍馬被你所傷，八戒去花果山請回悟空，一戰擒魔，救出百花羞——這方略你不是早看了嗎？配合一下而已。」

奎木狼才瞧見那猴子砸昴宿的狠勁，哪裡敢去？對觀音喊道：「我與那猴子有舊怨，我怕他假戲真做！」觀音道：「放心吧，如果你出了意外，我們會嚴厲追究他的責任。」然後對悟空一點頭：「今天那三十九尊神祇還在休假，沒人看顧這裡，你可不要因此亂來。」

奎木狼見這邊說不通，又向百花羞喊道：「娘子啊，你前世乃是披香殿的玉女，難道忘了當年的情分嗎？快來求情！」

他不說還好，一說百花羞終於繃不住，掩面大哭。沙僧寬慰道：「你莫怕，前世記憶歸前世，與你這一世沒關係的。」

「我前世記憶早回來了……」百花羞泣道，「但我前世，也不是情願的啊。我本來在披香殿好好做個侍香的玉女，那奎木狼借著值守的機會，屢次過來調戲，周圍還有他的兄弟們起哄，到處亂說。最後天庭傳遍了，都以為我倆有私情，反而罵我勾引人的更多。我受不了騷擾，只好轉來下凡，誰知他又追了過來……」

沙僧聽完，怒氣勃發，當即手執寶杖也衝入戰團。豬八戒嘆了口氣，自言自語道：「落水狼合該痛打。」拖著一根鈀子也過去了。黃袍怪本來還指望百花羞求情，沒料到這女人什麼舊情都不念，居然還引來兩個打手。

悟空面無表情，在旁邊掠陣威懾，八戒沙僧圍著黃袍怪猛打，直打得他頭破血流、遍體鱗傷，一身黃袍幾乎染成紅色，淒慘至極。

昴日星官不知何時偷偷轉回來，對觀音喊道：「大士，不要鬧出人命！白虎神君那裡須不好看。」觀音也不搭理他，笑盈盈地捧著玉淨瓶錄影。直到黃袍怪慘叫一聲，被一杖打落雲下，啃了滿嘴汙泥，她這才徐徐開口道：「行了，渡劫的部分錄夠了。」

昴日星官一步過來，把奎木狼攙起來：「那……我們可以走了嗎？」

「就這麼走了？」觀音道。

「百花羞留下給你們！」奎宿咬牙切齒地說了一句，昴日星官鬆了一口氣，奎老大只要肯服軟，這事就好轉圜了，要女人哪裡沒有？

這時沙僧越眾而出，出言斥道：「你侮了人清白，難道就這麼裝作無事一樣上天繼續當神仙？」豬八戒站在旁邊眼皮一跳，總覺得這小子在影射什麼。他怕沙僧再說出更難聽的話，一晃釘鈀：「廢什麼話，把他拿下多打幾下不就得了？」

昴日星官躲開豬八戒的一鈀，怒極反笑：「菩薩您也說了，護法渡劫結束了。你們可沒有理由繼續扣留他！就算要懲戒奎老大，也要按流程來，否則就是違規！」

他這麼一說，玄奘的三個徒弟都住了手。昴日星官暗叫僥倖，二十八星宿的上級是四大神君，就算觀音他們要懲戒奎木狼，按流程也得經由幾位神君集體裁定、星宿府蓋印認可之後，方才有效。他用這個辦法拖住他們，至少可以穩住眼前的局面。

見對面眾人都沒有動手的意思，昴宿一扯奎宿就要上天。不料天邊忽然出現了一個人影，大袖飄飄，正好攔住他們的去路。

昴日星官一看，一直沒露面的李長庚終於出現了，他鷹鉤鼻微微翹起：「李老仙，你也要來攔阻我們回天上？」

「沒有，沒有，我攔兩位星官做什麼？我是去披香殿那邊辦了點事，剛回來。」李長庚樂呵呵道，還主動讓開一條路。

奎宿和昴宿眉頭一跳，卻不敢走了。這老傢伙無緣無故缺了席，卻跑去披香殿，一定有什麼害人的勾當。

披香殿是天庭的一座偏殿，平時並沒什麼人常駐，玉帝把這裡當成一個放置計時裝置的地方。如果下界有什麼人不敬神仙，玉帝就在這裡擺下個懲戒的計時裝置，無非是雞啄米山、狗舔麵山、燭燒緊鎖之類的小機關。

這裡平日都是二十八星宿分四班輪值，主要負責巡視四周以及設置計時裝置。所以奎木狼之前才有機會去調戲侍香玉女。

昴日星官硬著頭皮一拱手：「您老……去那兒幹嘛？」李長庚樂呵呵道：「有下界給啟明殿上報，說凡間有一個國君糟蹋了供天素齋，侮辱了天庭，玉帝很不高興，說要罰他們一直無雨，直到米麵吃光、鎖鏈熔斷才算完事，所以我把文書轉給披香殿按流程處理，讓他們加急設置三座新的計時玩意兒。」

奎宿和昴宿一聽，齊齊跳了起來，臉色大變。

披香殿的上一班執勤是北七宿，馬上要下值了，來不及設置。按規矩，這一份工單會順延到下一班，由新輪值的西七宿設置。啟明殿既然要求這件事加急處理，西七宿便只能提前做工作交接。

原本昴宿已經算好了時辰，可以趕在輪值之前把奎宿接回去，這一下子全被打亂了。這個時辰，恐怕白虎神君已經提前點完了卯，發現了奎宿私自下凡的罪過。

「喔喔喔，李老仙，你竟違背誓言，就不怕道心……」昴宿厲聲大叫。

李長庚兩手一攤，仍是一派仙風道骨。昴宿這才反應過來，李長庚並沒有違背誓言，他從來沒去白虎神君那裡舉發，只是轉發了一封啟明殿的文書，添了一筆加急處理的意見，如此而已，挑不出任何違誓之處。

這老陰——不對，這老神仙看著忠厚，背地裡卻隔著好幾層山發力。昴宿自負精通天條，在他面前卻只能自嘆弗如。

李長庚樂呵呵道：「對了，這次奎宿參與渡劫，辛苦不少，我一定在揭帖裡大大揄揚。」

奎木狼哼了一聲，一把拉過昴日星官咬牙道：「我看那傢伙只是詐唬罷了。就算耽誤了披香殿點卯，也不過是曠工而已，能有多大罪過？我扛下就是！」昴日星官卻一臉黯淡，搖搖頭：「老大，你沒聽見嗎？他要在揭帖裡誇你呢。」

「他誇就讓他誇好了，又不是罵。」

昴宿「哎呀」一聲，無奈地解釋道：「老大你想，神君看到揭帖會怎麼想？好哇，你們把本職工作曠掉，下凡去為啟明殿幹私活？還幹得那麼起勁？他李長庚的面子，比我白虎神君還好用嗎……」

這麼一分說，奎木狼才知道這招真正的厲害之處。他們不怎麼懼怕天條，但如果無視了上司的權威，可是要倒大楣的。偏偏李長庚無論發文書催辦還是發揭帖表揚，都是極其正面的做法，對玉帝交代的事情積極上心，對同僚幫襯心存感激，沒有任何問題，就算拿到三官殿去審也挑不出毛病。

奎木狼氣得雙眼充血：「那怎麼辦？我媳婦硬生生被他們弄沒了，難道還讓我受罰嗎？」昴日星官深深「喔」了一聲：「玄奘變虎，是為了拖你下水；觀音徵調，是為了拖延時辰；猴子現身，是為了留下嫂子；最後再是李老仙上天，壓實咱們的罪過——這一環扣一環的，早早就算計好了，逃不掉的。」

「但我不明白，到底為什麼啊！明明跟他們一點關係也沒有。」奎宿抓著頭皮，百思不得其解。昴宿勸道：「如今說這些也沒用了，我去跟他討個饒，你認個，趕快把這事了結算了。」他見奎宿低頭不語，便走到李長庚面前，苦笑起來：「老李你真是好手段。我們兄弟認栽，您給畫個道吧。」

李長庚咳了一聲：「奎木狼調戲侍女，此是一罪；強搶凡女，此是二罪；擅離職守，私自下凡，此是三罪。我會稟明神君，罰他去為太上老君燒火，如何？」奎宿一怔，這燒火可不是好差事，苦累煙燻不說，傳出去也傷顏面。他剛要張嘴，旁邊昴宿卻一扯他尾巴，示意他趕緊答應。

燒火再苦，畢竟只屬於勞役，比起上斬仙台或者挨仙鎚可好多了。太白金星到底還是放了咱們一馬，還不見好就收？

奎宿知機，趕緊低頭認，說願認罰，認罰……

「大士覺得如何？」李長庚轉頭問觀音。

觀音「嘖」了一聲，一臉不滿足，但也只能無奈地點點頭。這懲戒太輕了，但她也明白，對天庭的很多神仙來說，強搶凡女並不是什麼大事，擅離職守的罪名反而還大一些。李長庚回天庭這一番運作，極其巧妙，最多也只能爭取到這樣的懲戒。

「百花羞，你覺得呢？」沙僧問。

百花羞沉默不語，半晌只微微點了一下頭。昴宿和奎宿各自一拱手，互相攙扶著灰溜溜地上天領罰去了。待得奎宿的身影消失在天際，百花羞整個人突然癱軟在地上。

十三年了，直到此刻，束縛她多年的桎梏方才消失。

李長庚頗高興。這場意外的衝突，總算有意外的收穫。他先前借調了兜率宮的金、銀兩個童子下凡，如今把奎木狼罰過去，老君的人情就抵銷了。

他對觀音道：「這一次寶象國事件，屬於咱們計畫外的，可得好好申報幾次劫難，不然太虧了。」觀音屈指算了算，惡狠狠道：「黑松林失散二十一難、寶象國捎書二十二難、金鑾殿變虎二十三難……哼，這次得好好賺它一把，不然難消我心頭之恨。」

這一把，就把白虎嶺的損失補回來了，兩個人都是喜氣洋洋的。

「那這次揭帖怎麼寫？」李長庚又問。這次的劫難是觀音力主介入的，所以還是交給她來決定比較好。

「照實寫！」觀音毫不猶豫地道，「就說取經隊伍弘揚正氣，救苦救難，懲戒了天界私自下凡的神官，解救了被拐女子，怎麼狠怎麼說。這是正理，誰來也挑不出毛病。」

「好，好。」李長庚忽然又感慨，「這次若非玄奘捨身化虎，也留不住那奎木狼。一個凡人，甘願如此犧牲，幾可以與佛祖捨身飼鷹暗合，值得特別渲染一下——他現在怎麼樣了？」

「還在驛館裡休息呢。他一個肉身凡胎，變成老虎太勉強了，元氣大傷，得調養一陣了。」觀音回答，「我沒想到，他對百花羞這件事，居然這麼用心。」

「是啊，我也沒想到。」李長庚也一臉不可思議。原本他以為玄奘就是個傲慢和尚，倚仗金蟬子的身分目高於頂，沒想到還挺有血性。

「對真有能力的人來說，額外照顧反而是一種侮辱。」觀音看看他，忽然笑起來，「老李，你這次為了個不相干的女子，得罪了星宿府，是不是有點後悔？」

「嗐，我在啟明殿謹小慎微了幾千年，難得陪你們瘋一次，也沒什麼不好。再說了，我也想明白了：誰能做到人人都不得罪？至少得守住正理本心！」

豬八戒在一旁忽然問道：「那倆娃娃怎麼辦？」觀音和李長庚這才想起來，還有兩個遺留問題在這裡。沙僧看向百花羞：「你想如何處理他們？」百花羞決絕道：「我不想再見到他們了。」豬八戒看了沙僧一眼，說：「那我把這兩個孽障摜死？」

百花羞臉色變了變，終究沒吭聲，就連沙僧也把眼垂下去，有些不知所措。

李長庚站出來打了個圓場：「這樣好了，大士你在揭帖裡多寫一句，就說倆孩子都讓八戒摜死了，徹底斷了奎木狼的念想，也與百花羞再無任何關係。回頭把孩子送遠點……嗯，就送南極仙翁那裡，洗去記憶做個供奉童子，從此永絕後患。」

大家都說這個辦法好。觀音大袖一擺，把兩個娃娃收走。李長庚看看孫悟空站在旁邊，依舊誰也不搭理，過去拱手道：「大聖，多謝從花果山銷假回來，有勞你了。」

「別誤會，我不是為了行俠仗義，我只是跟奎宿和昴宿有私仇。」孫悟空冷冷道。

李長庚心中微微一動，面上卻道：「無論如何，寶象國這一劫，若非大家同心協力，不能救出百花羞來。」孫悟空譏諷道：「哼，若非這一劫是真劫，我才懶得回來。這一路陪你們演得還少嗎？」說完自顧自駕起雲頭走了。

李長庚知道他的脾氣，也不深問，帶上眾人一起返回寶象國。百花羞徑直回了王宮，與父母抱頭痛哭。李長庚他們回了驛館，去探望玄奘。

玄奘臉色依舊蒼白，肉身變虎這事確實很傷身體。但他頗為興奮，追著問前方情況，得知處理結果後，不由得嘆道：「還是罰輕了，只是燒火就搪塞過去了？」觀音道：「我意亦難平，所幸至少救出了百花羞，不算白跑一趟。」

玄奘雙眸閃動：「倘若我們不路過寶象國，百花羞的下場會是如何？就算這次救下百花羞，取經路外，又有多少百花羞沒遇到？」觀音被這麼一問，一時不知該如何回答才好。玄奘道：「我知道佛祖是好意，派兩位來一路護持，確保玄奘一路無風無浪地到達靈山。但等我到了西天取回經文，成了佛，怕不是每日忙著講經說法，更無暇看顧這些受苦受難之人了吧？」

「這……倒也不是這麼說。」

「那我去這個西天，到底是為了什麼？」

觀音一聽，話頭不對——這是不打算去西天了？李長庚趕緊過來打圓場：「今天不說這個，我推了國王的宴請，包了一桌素齋，自己人關起門來好好吃一頓。」

以往取經隊伍與護法是盡量不接觸的，不過這次寶象國大家齊心協力，一起吃頓慶功宴也屬正常。

這場宴會氣氛其實不算熱烈。沙僧故意與八戒隔開坐，不時冷眼瞪過去；孫悟空坐在兩個師弟之間，一臉淡漠地嚼著花生米；玄奘身上有傷，手臂轉動不便，只用一邊的手夾菜，連累旁邊的觀音也只能矜持地坐著，手不斷摩挲那個碎裂的玉淨瓶。

李長庚一見氣氛有點冷，決定先提一下，他舉起酒杯，朗聲道：「今日諸位秉持正理，勠力同心，老夫忽然心有所感，口占一絕，權且為……」

眾人不約而同舉起酒杯，不待老神仙吟出，咕咚咕咚都喝下去，然後推杯換盞，紛紛再續，李長庚終究沒找到一個插嘴吟詩的機會。

宴會散了以後，微有醉意的李長庚一拍沙僧的肩膀：「對了，沙悟淨你來一下，我問你個事情。」沙僧愣了一下，老老實實跟他去了驛館外頭。

「玄奘失陷黑松林時，你是不是和豬悟能在打架？」李長庚開門見山。

「是。」沙僧還算是個光棍，坦然承認。

當初玄奘誤入黑松林，被黃袍怪所擒，兩個弟子對外解釋是因為去討齋飯，失了照顧。但李長庚是何等眼光，一眼就看出了問題。

「為什麼打架？」

沙僧緩緩抬起頭，雙眼古井無波：「因為我問起他，可曾對當年廣寒宮之事有所悔悟。那豬卻嘴硬，說他已遭貶謫，恩怨兩清，誰也不欠誰了。我氣不過，就跟他打了一架。」

「所以你還真是廣寒宮那邊的根腳？」李長庚點頭問。

「不錯，我為了受辱的嫦娥仙子，前來阻豬悟能的仙途。」沙僧毫不避諱。李長庚瞇起眼睛，重新打量眼前的沙僧——捲簾大將果然只是個化名。

「你知不知道，豬悟能是玉帝安排的？」

「知道。」沙僧坦然道，「那又如何？我是為嫦娥仙子的清名而來，甘願承受任何代價。」

好傢伙，不知嫦娥給了他什麼承諾，值得他如此賣命。李長庚暗暗盤算，這傢伙的腦子有點一根筋，只認死理，只有找對了口徑，才能拿捏住。

「那你們在黑松林那一仗，怎麼不打了？」

「因為玄奘被擒了啊。我們都知道這不在渡劫計畫之內，所以另約再戰，先去救人。」沙僧說到這裡，面上微微露出困惑，「接著就趕上百花羞的事，我本以為那頭豬與奎木狼是一丘之貉，沒想到他還挺賣力。」

「所以你看，他確實已有所悔悟，又已為當年之事付出了代價，何必死死追究不放呢？」李長庚試探道。

「一碼歸一碼。除非他承諾絕不回歸天庭，否則沒商量。」沙僧的態度很堅決。

李長庚奇道：「你既然一心要阻他的仙途，就該隱忍不發，暗中搜集豬八戒的罪狀才是，怎麼還主動跳出來？我看你打起奎宿，比寶象國主都積極，不知道的還以為百花羞是你女兒呢。」

沙僧雙腮鼓了一鼓：「我……我沒忍住。」

「啊？」

「我一看到百花羞，就忍不住想到嫦娥。如果當年天蓬得逞，嫦娥會不會也是同樣的下場？然後……然後我就忍不住怒意勃發，就要跟奎宿幹。」

李長庚「嘖」了一聲，這傢伙心性太差，真是個不合格的臥底。沙僧又道：「所以廣寒宮的公道，我必須討回，否則嫦娥也不過是另一個百花羞罷了。」

李長庚無奈地拍拍腦門，轉了一圈，又回到原地了。沙僧這種一根筋的人最難打發。他只得道：「如果解決了豬八戒的問題，你是不是就自願離開取經隊伍？」

「當然。」

「即使你知道，未來到了西天，取經人員會有功果可以拿，也不後悔？」

「我不關心那個。」

「行。」李長庚點點頭，「你先不要找豬悟能的麻煩，等我來安排。」

沙僧鞠了一躬，轉身離開。李長庚嘆了口氣，沙僧鐵了心要搞掉豬八戒，否則不離開；豬八戒如果離開，又沒法跟玉帝交代。這取經隊伍的人事太敏感了，每一次變動，都牽扯著無數因果。

「看來要解開這個結，還得從根上解決啊。」

李長庚一路沉思著回到驛館，對觀音道：「大士，我告個假。」觀音一怔：「下一難平頂山，不是你一手安排的嗎？你怎麼還走了？」

李長庚笑道：「我的報銷積了太久沒報，再不做，趙公明的黑虎該來撓我了。」他不好明說，但觀音一定明白。果然，觀音一聽這話，登時不追問了。靈山那邊風起雲湧，天庭這邊也是暗流湧動，他們倆誰都不輕鬆。觀音叮囑道：「玄奘還要休養一陣，老李你記得在烏雞國之前回來就行。」

李長庚叫了推雲童子，朝著天庭飛去。推雲童子問去哪兒，李長庚長嘆一聲：「自然是廣寒宮。」

第十一章

李長庚抵達廣寒宮時，嫦娥正好從練功房出來。以廣寒宮的溫度，她居然練得汗水津津、頭頂生煙，雙頰紅撲撲的，可見相當刻苦。這姑娘從飄上天庭的一介凡女做到仙界名媛，絕非幸致。

旁邊玉兔叼著一方汗巾蹦躂著過來，嫦娥一邊擦汗，一邊問李長庚：「仙師找我何事？」李長庚也不想繞圈子：「我想跟仙子你談談捲簾大將的事。」

嫦娥繼續擦著頭髮，絲毫不見驚慌：「我明白了。要不您去桂樹那兒等等，我沐浴一下，換身裙衫就來。」

李長庚很滿意，嫦娥沒有試圖裝糊塗，說明她足夠聰明。他既然到廣寒宮來，說明已掌握了很多情況，沒必要浪費時間去辯解。

李長庚向桂樹那邊看了一眼，樹下有一個結實的身影揮動著斧頭：「呃……吳剛在旁邊沒問題嗎？要不要迴避一下？」

「沒事，他那個人沉迷於砍樹，旁的什麼都不關心。你跟他聊砍樹無關的，他睬都不睬你。」

嫦娥一轉身進宮殿了。李長庚信步踱到廣寒宮外的桂樹旁，吳剛果然沒理他，砍得極為投入，每砍一斧，還俯身過去仔細研究。樹身剛出現裂口，旋即恢復原狀。

李長庚饒有興趣地看了一陣，忍不住問吳剛：「你在這裡天天砍這個，不煩嗎？」吳剛爽快地放下斧子：「李仙師你不知道，砍桂樹看著千篇一律，其實每一斧下去呢，桂樹上的裂痕走向都有細微的不同，復原的速度也不一樣。只要掌握了規律，你就可以砍出想要的任何裂隙。」

不等李長庚開口，吳剛一斧子下去，樹幹上出現了一道裂痕，他指給李長庚看：「您瞧，我右手握斧的力道調整到四成七，這條細縫就會向右分叉，延伸二尺六寸。」他默算片刻，又道：「等會兒它復原的時候，會先從這個分叉處癒合，要三十六個呼吸之後，才完全復原。」

兩人靜靜地看了一陣，桂樹果然在三十六個呼吸之後復原如初，一點痕跡也看不出來了。吳剛持斧哈哈一笑，極為得意：「我現在已經練到了隨心而動、意到形成的境界，腦海中有什麼圖像，手中就劈出什麼裂隙。這手絕活，除了我可沒人能做到。」

他猶恐李長庚不信，手起斧落，又狠狠劈下去。只見「咔嚓」一聲，桂樹裂隙四開，竟勾勒出一張苦悶疲憊、心事重重的老人面孔，與李長庚神似。

這確實是神乎其技，李長庚嘖嘖稱讚了一陣，突地又湧起一股同情：「這又有什麼意義？桂樹原來什麼樣，還是什麼樣，有你不多，無你不少。你自以為精通了伐木之技，到頭來卻連一絲裂隙都留不下來。」吳剛撓撓頭，沉思片刻方道：「好像是沒什麼意義。不過……」他拎起斧子，「哪個人不是如此？」

他這句看似無意的反詰，卻讓李長庚為之一怔，呆在原地啞口無言。吳剛見他半天不吭聲，自顧自揮動斧子，又砍起樹來。

嫦娥很快換好常服出來，走到桂樹之下。李長庚沒有過多寒暄，直接開口相詢：「捲簾大將是你求西王母安排的吧？」嫦娥點點頭：「我還以為能瞞得久一點，沒想到仙師這麼快就看出來了。」

「他用的降魔寶杖，是用你們廣寒宮的桂樹枝做的，我若再猜不出來，啟明殿主不要做了。」李長庚呵呵一聲，旋即道：「而且捲簾大將在寶象國忍不住自己跳了出來，我想裝糊塗都難。」

他講了寶象國發生的事，嫦娥輕輕嘆息道：「唉，我素知這傢伙是個藏不住事的脾氣，反覆叮嚀他要隱忍，要小心，誰知他還是沒憋住——也罷，能憋住就不是他了。」

「他到底是誰？」李長庚問。

嫦娥抬起雙眼：「他乃我廣寒宮的一位舊客。」

李長庚一愣，廣寒宮裡就那麼幾口子，玉兔、吳剛俱在，嫦娥還有什麼同住者？嫦娥淡淡一笑：「李仙師忘了嗎？我廣寒宮本叫蟾宮，裡面可還住著一位三足金蟾呢。」

李長庚一拍腦袋，暗叫糊塗。他怎麼把這位給忘了，這位三足金蟾比嫦娥在廣寒宮住的年頭還久，只是不怎麼愛露面，這三條腿的蛤蟆不太好找，所以他第一時間甚至沒想起三足金蟾來。

嫦娥道：「您知道的，我當初告別丈夫來到仙界，是想闖出一番際遇。可惜我不是走飛升正途，沒人接引，一上來沒有著落，連個落腳的宮闕都沒有，只能四處流浪。是金蟾好心，打開蟾宮收留了我。他一直覺得自己太醜，躲在蟾宮不愛出來見人，難得有人陪他聊天，他高興得很。到後來，他索性把整座宮闕都讓給我，改名叫高冷宮，說比較符合我的氣質。我嫌太直白，才改叫廣寒宮。」

李長庚捋了捋鬍鬚，沒有多說什麼。

嫦娥繼續道：「天蓬擅闖廣寒宮那次，金蟾比我還氣憤。等到天蓬轉世進了取經隊伍後，他跟我說，若那頭豬回歸天庭，只怕廣寒宮將再無安寧之日。我彷徨無計，金蟾主動說，他要下凡為妖，去阻天蓬仙途，這可把我給嚇壞了。阻撓天蓬就是阻撓玄奘取經，這事非同小可。」

李長庚一點頭：「你說得對。他如果私自下凡去襲擊取經隊伍，罪過可就大了。」

嫦娥道：「但金蟾他堅持要下凡，還拍著胸脯說不會連累我。他根本不明白，我擔心的是他的安危。」

「所以你去找了西王母？」

「對，我勸他不住，只能退而求其次，求西王母把他塞進取經隊伍，哪怕只塞一段時間也成。這樣一來，他不必與天蓬正面衝突，只暗暗搜集罪狀就好——唉，沒想到他到底沒忍住。」

「你其實——想為他安排一條出路吧？」

「李仙師目光如炬。他只要在取經隊伍裡安分守己，洗一下履歷，總好過蟄居廣寒宮裡幾千年。我還特地央求吳剛大哥砍了一段桂樹枝給他防身，就是怕出什麼意外。」

李長庚瞇起眼睛：「這麼說來，你原本所求的，是金蟾的前程，而不是八戒離隊？」嫦娥頷首：「是，只要他能有個前程，我也算報了收留之恩。」

李長庚搞明白這其中曲折之後，總算鬆了口氣。

他在啟明殿幹得最多最熟的活是協調，協調的關鍵是，不怕你提的要求奇怪，就怕不知你要什麼。只要掌握了各方的真實訴求，東哄哄，西勸勸，怎麼都能協調出一個多方都能接受的方案。

他沉思片刻，伸出兩個指頭：「你勸勸金蟾，讓他不要跟天蓬較勁了。我給你兩個保證：一保金蟾有個前程；二保天蓬就算回天庭，也絕不會來騷擾你。」

嫦娥眼波流轉，神情微微一黯：「第一個保證，我代金蟾謝謝仙師；第二個保證，卻……唉，李仙師你不明白，我如今看似風光，人人仰慕，其實也是如履薄冰，戰戰兢兢。不知有多少登徒子暗中覬覦廣寒宮，不是大能的親戚，就是金仙的門人徒孫，個個根腳都不得了。在他們眼裡，我不過一個娛情的戲子，高興時捧上天，想要糟踐也就是一句話的事。我一個無權無勢的弱女子，只能靠著多方周旋，才算稍得安靜。」

李長庚不由得想起沙僧的話——「嫦娥也不過是另一個百花羞罷了」，輕輕嗟嘆一聲，從奎宿的蠻橫做派和昴宿的滿不在乎，也能看出天界風氣如何。嫦娥若不靠著西王母，恐怕自身難保，但西王母那裡索要的代價，只怕也不小。

嫦娥仰起頭：「我相信回歸之後，天蓬他不敢再來騷擾我，但保不住其他神仙起心思。李仙師你想，一個人若是做事沒有代價，怎麼能保證別人不效仿？他們若見到天蓬像無事人一樣回歸天庭，是不是就更加肆無忌憚了？金蟾雖然衝動，但他的擔憂也確確實實是真的。」

李長庚奇道：「除了天蓬，還有誰騷擾過你？」嫦娥苦笑道：「那可多了，巨靈神、奎宿、二郎神、孫悟空……」

「等會兒……」李長庚打斷她，「孫悟空？什麼時候？」

這怎麼可能，孫悟空是作惡多端，卻從來沒聽過他在這方面有過劣跡。

嫦娥道：「嗯，他倒是還好，只是在天蓬來的前一天，他和二郎神……」

她突然「呃」了一下，似乎意識到自己說錯話了，趕緊閉嘴。

李長庚沒有追問，兩人很有默契地把這個話題略過了。他聽得分明，在

「孫悟空」名字後面還有個「二郎神」，那可是玉帝的親外甥。

他不敢深入，把思路拉回到之前的話題上，對嫦娥道：「這樣如何？我讓天蓬受一回女子的苦，傳諸四方，讓全天下都知道。」

「他怎麼受女子的苦？」嫦娥眼神閃動。

「下界有個女兒國，有條河叫子母河。只要喝了子母河的水，男人也會懷胎。我讓天蓬去遭一回罪，揭帖裡大大地宣揚一番，這不就算替仙子你出了氣嘛。」

嫦娥冰雪聰明，一聽便知太白金星的意圖。對男子來說，懷胎這事傷害不大，但侮辱性極強，將來宣揚出去，說這是唐突嫦娥的報應，懲戒效果比上斬仙台還好。她知道阻不住天蓬的仙途，如此操作，也算是有了果報。

李長庚道：「我保證取經隊伍到了女兒國，優先為你安排這個。你記得把那二桿子勸回來就行。」

「那他準備怎麼離隊？」嫦娥問。金蟾若想要有個好前程，就不能單純被逐出隊伍，得有個說法。

「捨生取義。」李長庚都想好了，「到了烏雞國，讓他替玄奘擋下一劫，身負重傷，不堪取經重任，榮退歸天。憑他這份履歷和表現，授個中品仙職，輕輕鬆鬆。」

金蟾有這麼一條出路，也不枉在取經隊伍裡潛伏一遭，嫦娥歡歡喜喜答應下來。

經過這麼一番妥協平衡，金蟾、嫦娥、天蓬各得其所，李長庚也少了一樁麻煩，大大地鬆了一口氣。

嫦娥對啟明殿主親自來解決十分感激，投桃報李，主動說她等會兒就跟西王母講一聲，這讓李長庚很是欣慰——如此一來，便把瑤池的因果還掉了。

嫦娥還說要獻舞一支，被李長庚婉拒了。現在千頭萬緒，哪裡有心思看這個。李長庚心情輕鬆地離了廣寒宮，走出幾步，看到吳剛還在那兒興致勃勃地砍樹，忽然冒出個念頭。

他走過去，叫住吳剛，問他二郎神什麼時候來過廣寒宮。吳剛根本不理睬。李長庚想了想，換了個問法：「你能劈出二郎神來廣寒宮那一天的圖影嗎？」

吳剛精神一振：「他來過好幾次，你說的是哪次？」

李長庚道：「和孫悟空來的那次。」

吳剛抄起斧子，狠狠往桂樹上一劈，登時出現一片砍痕，那砍痕裂得恰到好處，正好勾勒出一幅畫面。

這畫面裡有四個人，二郎神、奎宿、昴宿還有孫悟空，四個人都面帶醉態，栩栩如生。這傢伙雖然是個癡人，這伐桂的技術確實到了精熟的境地。過不多時，裂縫消失了，桂樹的表面恢復平滑。

李長庚「嗯」了一聲，面沉如水。難怪天蓬之前說，那倆星官跟孫悟空原先在天庭一起廝混，如今一看，果不其然。

天庭發的揭帖裡，從來沒提過這件事。這可以理解，二郎神是玉帝的外甥，又是擒拿妖猴的主力，他與孫猴子的關係自然要遮掩起來，就像這棵桂樹一樣，了無痕跡。

「他們在廣寒宮都做了什麼？我賭你肯定劈不出那種程度的畫面。」他問。

吳剛眉頭一挑，似乎很不服氣。他靜思片刻，又一斧子劈下去，只見桂樹的裂隙又顯現成一幅畫面：四個人站在廣寒宮門前，張著大嘴，揮動各自的兵刃，對著宮內齜牙咧嘴地叫喊，宮闕裡的嫦娥抱著玉兔正瑟瑟發抖。

吳剛的技藝確實超凡入聖。那斧子劈下去，帶有無窮後勁，一個呼吸便有二十四重力道傳遞到桂樹之上。只見樹體不斷開裂癒合，每次裂隙皆呈現出微妙差異，竟疊加出了動態效果。仔細觀瞧的話，可以發現二郎神站在最前面，昴宿、奎宿左右起哄，三人興奮異常；只有孫悟空站在後頭，意態半是尷尬半是緊張，被二郎神回頭叫了一嗓子，才敷衍似的揮動下棒子。只見這四人叫喊一陣，見宮門沒開，便醉醺醺地離開了，桂樹動態至此方告完結。

李長庚微微鬆了一口氣，看來還好，比天蓬入室動手的情節輕多了。

但再仔細一想，不對啊——

天蓬騷擾嫦娥，是在安天大會之後。而安天大會，是天庭為了慶祝孫悟空伏法搞的慶典。在這前一天，那應該就是孫悟空大鬧天宮前夕。那個時間點，猴子不是剛從瑤池宴溜走，去兜率宮盜仙丹嗎？怎麼還有閒工夫跟二郎神去廣寒宮騷擾嫦娥呢？

在寶象國時，李長庚發現昴宿和奎宿對孫悟空的恐懼程度，實在有點誇張。不是實力懸殊的那種恐懼，更像是唯恐被說破祕密而產生的恐懼。

現在看起來，他倆的恐懼似乎有某種緣由。

想起通臂猿猴去世時，孫悟空仰對天空說的那幾句話，李長庚隱隱覺得，五百年前的大鬧天宮似乎沒那麼簡單。

不過想要弄清楚大鬧天宮的真相，可不是一件容易的事情。別看當年動靜極大，盡人皆知，可公布的很多細節都語焉不詳，就連啟明殿也接觸不到第一手消息。

李長庚一邊琢磨著，一邊走出廣寒宮。恰好觀音傳來訊息，說取經隊伍已經開始跟平頂山二妖接洽了，還表揚說兩位童子到底是兜率宮的人，職業素養頗高。就連當地找的小妖都很主動，與取經隊伍互動得有聲有色，將來揭帖內容會十分精彩。

李長庚稍微放下心來，心裡琢磨著趕緊去啟明殿做報銷，可腳下不知為何，卻轉向了兜率宮。

老君正在煉丹，旁邊奎木狼撅著屁股，灰頭土臉地吹著火。奎木狼見李長庚來了，把頭低下去，滿臉煙塵，根本看不出表情。

老君樂呵呵道：「怎麼樣？我那兩個童子機靈吧？」李長庚讚道：「大士多有誇讚，如果凡間的妖怪都有金、銀二童的素質，這九九八十一難的渡劫簡直是如履平地、一帆風順。」他把大士的簡報給老君看，上面正講到孫悟空搞出一個假法寶，去騙小妖怪的兩件真法寶。

老君大喜，這麼一安排，他去申報法寶損耗就更加名正言順了，對李長庚的態度更是熱情。他走到丹爐旁，讓奎木狼把爐門打開，拿長柄簸箕一撮，撮出一堆熱氣騰騰的金丹，拿給李長庚說隨便吃隨便吃。

李長庚心念一動，拉住老君笑道：「人家金丹都是論粒吃，你倒好，一簸箕一簸箕地撮，當我是偷金丹的猴子呀。」老君嘿嘿一笑：「別聽外頭瞎傳，孫猴子可沒那膽子來我這裡偷吃。」

「不可能，孫猴子大鬧天宮之前來兜率宮偷金丹當炒豆吃，那是天上地下都知道的事。老君你又亂講。」

李長庚知道，從老君這裡套話最有效的方法，就是否定他的可靠性。果然，老君一聽，頓時憋不住了，主動開口道：「哎，那些人知道個貔貅？我告訴你個事吧，保真，別外傳啊！那孫猴子雙眼受不得煙，兜率宮天天濃煙滾滾的，他從來都是繞著走，怎麼可能會主動跑來？」

「但……揭帖裡可是說，兜率宮損失了幾百粒金丹呢。」

「哎呀，不這麼說，怎麼跟天庭要賠償？」老君哈哈一笑。

李長庚心裡「咯噔」一下。老君向來擅長無中生有，騙取補貼。他這麼說，說明孫悟空在大鬧天宮前根本沒來過兜率宮。

天庭揭帖裡說，孫悟空攪亂了蟠桃宴，然後乘著酒興去了兜率宮偷吃金丹。但現在他知道了，那個時間點，孫悟空明明是和二郎神，以及奎、昴二宿一起醉闖廣寒宮——那麼他們到底在哪裡喝得酩酊大醉？是不是蟠桃宴？這宴會究竟是孫悟空一人攪亂，還是說……

李長庚忽然又回憶起一個細節，忙問老君：「我看天庭揭帖裡說那猴子被擒上天來，在您的爐子裡足足煉了七七四十九日，但看日期，怎麼距離事發只有一天呢？這不會也是虛飾吧？」

老君捋鬚：「這你就不懂了，兜率宮的丹爐啟用時間是一日，但這一日投入的火力，卻是用足四十九日的量。帳目上當然要按四十九日報嘍。」

「怪不得揭帖裡說猴子踹翻丹爐，就是因為一次投入火力太大，丹爐變脆了吧？」李長庚不經意道。老君「哼」了一聲，拂塵一交袖：「老李，你不懂煉丹別瞎說，我的爐子可沒那麼脆。他就算想踹，也怎麼都踹不翻。」

奎木狼在旁邊燒著火，悶悶「嘿」了一聲。李長庚耳朵很尖，聽見他這一聲，看過去。奎木狼趕緊把頭低下，繼續燒火。

李長庚突然湧起一種直覺，這裡頭有事，而且事不小。裡面有各種遮掩與篡改的痕跡，搞不好就要翻出五百年前的舊帳。

他本想再問問奎宿，但話到嘴邊，及時停住了。

這不是自己該涉足的領域。一個要做金仙的人，可不能沾染太多無關的因果，李長庚強行壓下探索的念頭，婉拒了老君分享八卦事件的邀請，返回啟明殿。

織女正好站在殿門口要走，見到李長庚回來，歡歡喜喜打了個招呼。

李長庚一見是她，忍不住又多問了一句：「五百年前的瑤池宴，你趕上了沒有？」織女噗哧樂了：「您老記性真變差了，那一年的瑤池宴，不是被孫猴子給搞砸了嗎？根本沒辦成。」

「當時鬧成什麼樣？」

「那可厲害了，我聽說所有能砸的全被砸碎了，能喝的全被喝光了，還有好多力士與婢女受傷了，那陣仗鬧得，跟一夥山賊過境似的。」

一聽這形容，李長庚眉頭一跳。織女道：「要不我去幫你問問我媽詳情？」

「哦，那倒不用，不用，我隨口問問。」李長庚趕緊放她下班去了，然後推門進了啟明殿。

說來也怪，他此時坐在堆積如山的桌案之前，第一次有了想做報銷的意願。原因無他，因為他現在有更不想做的事情，所以迫不及待想要沉浸在報銷裡逃避。

李長庚心如止水，沉神下去，一口氣把之前積壓的報銷全部做完，心中悵然若失。他看看時辰，把報銷玉簡收入袖中，親自送去了財神殿。

財神殿裡元寶堆積如山，好似一座金燦燦的迷宮。李長庚好不容易繞到正廳，先看到一隻通體漆黑的老虎趴在几案上，占據了大半個桌面。趙公明蜷著身子擠在案角一隅，正專心撥動著算盤。那黑虎不時還伸出爪子，弄亂他的帳目，趙公明一臉惱怒，卻也無可奈何。

李長庚走過去，把報銷玉簡往桌上一擱，黑虎抬起脖子威脅似的齜齜牙。趙公明懶洋洋地翻了翻玉簡：「怎麼才送來？都過了期限了。」李長庚道：「陛下交代的事情太多了，這不，才忙完。」趙公明把手放在黑虎下巴上輕輕撓著：「這個我不管，財神殿自有規矩，過了期限，這一期的帳就封了，我也沒辦法。」

「通融一下吧，數目挺大的。這是為公事，總不能讓我自己出吧？」李長庚賠著笑臉。

趙公明眼皮一抬，數落起來：「平時我天天跟你們說，報銷要早做早提，你們都當耳旁風，每次過了期限，倒來求我了。」李長庚道：「都是為了天庭嘛。我們在凡間跑得辛苦，很多實際情況，無法按你們財神殿的規矩來。」趙公明一瞪眼：「說得好像我們不知變通似的，這錢一文也落不到我口袋裡，我幹嘛這麼勞心——這報銷就算我給你過了，到了比干那兒，也會被駁回來，他可比我還無心呢。」

李長庚蹲下身子，討好地拍拍黑虎的腦袋：「這次的報銷都是取經護法的費用，陛下特批的嘛，趙元帥再考慮考慮。」

「取經護法？玄奘？」趙公明突然雙目睜大。李長庚點點頭。趙公明撇撇嘴：「我就不明白了，明明取經是靈山的事，怎麼還得天庭出這筆費用？」李長庚雙手一攤：「這你可就問道於盲了，上頭商量好的事，我就是執行而已。」趙公明嘆了口氣：「算了，你給我寫個說明，把相關文書都附齊了。」

「好，好。」李長庚如釋重負。趙公明又抱怨起來：「上頭只知道瞎許諾，事先也不跟財神殿通個氣，真對起細帳來，都是一屁股糟亂——之前五行山的帳還沒結清楚，這又多了一筆。」

「五行山？這費用也是咱們出？」

「孫悟空鬧的是天宮，不是靈山。佛祖過來幫忙平事，你好意思讓人家出錢嗎？」趙公明絮絮叨叨地抱怨，「我跟你說，一涉及這種天庭和靈山合作的帳，就亂得不得了。那筆錢名頭上是五行山建設，一看細項，什麼亂七八糟的都往裡擱，什麼瑤池修繕錢、老君爐的燃料補貼、花果山的靈保費……

李長庚的心突地一緊。

等會兒——大鬧天宮之後，花果山還能拿到靈保費？這都哪兒跟哪兒啊？

「這個花果山的靈保費，是怎麼回事？」

趙公明連黑虎都顧不上摸了，憤憤道：「誰知道呢？靈霄殿之前出了份文書，說天地靈氣維持不易，要保護一批無主的洞天福地，撥了這筆款子——沒明說給誰，但現在哪個洞天福地還是無主的啊？可不就剩下群龍無首的花果山了嘛。」

李長庚奇道：「所以這錢就直接撥給花果山了？」

「沒，這錢是直接從通明殿提，走陰曹地府的帳。也不知道地府怎麼做靈保的，難道是照顧那群猴子生死不成？」趙公明也是滿心困惑。

李長庚對財務還算熟悉，通明殿是玉帝的小金庫。聽趙公明的意思，這錢是從玉帝的小金庫裡出的，撥付給陰曹地府用於花果山靈保專項項目。這個流向有點詭異，從來都是公中的錢往小金庫裡轉，哪有反向操作的道理？

李長庚還想探問，但內心再次響起警報，這不是自己該管的事。他及時剎住了車，收住好奇心，把話題轉回到自己的報銷上來。趙公明絮絮叨叨又教訓了半天，勉為其難收下報銷玉簡，警告李長庚說下不為例。

從財神殿出來，李長庚回到啟明殿，決定好好修行一陣，腦子裡卻雜事纏繞，無論如何也靜不下心來。廣寒宮那次意外的闖入、兜率宮無中生有的金丹失竊、莫名其妙的花果山靈保專款……種種蹊蹺之處，似乎被隱隱的一條線串聯起來。

李長庚在啟明殿幹了那麼久，太熟悉仙界的運作邏輯了，一切不合理的事情背後，都有一個合理的理由，只是你不知道罷了。他反覆告誡自己，不要去想這種事，卻無論如何也沒法把這濁念趕出靈台，修行效果可想而知。

他心浮氣躁地站起身來，決定換個環境，回自家洞府去試試。李長庚出門喚了一下，半天沒動靜，這才想起來老鶴還在運回啟明殿的路上。李長庚心中有些哀傷，只怕牠這次折騰回來，就真的是最後一次相見了。

他喚了朵祥雲過來，一路盤算著如何才能讓老鶴體面離開。等祥雲到了九剎山，李長庚下了雲，沉思著往洞府裡走，卻不防撞到一人。他定睛一看，不是六耳是誰。

六耳連連抱拳告罪，李長庚的火氣「騰」地冒了出來：「我不是說得慢慢查嗎？你怎麼還追到洞府門口了？」六耳道：「打擾仙師清修。只是之前仙師讓小妖變化成孫悟空，去打了三回妖怪，小妖有些疑惑前來請教。」

李長庚態度依舊強硬：「你放心。你的酬勞我已經上報了，不日就能報銷回來。」六耳趕忙道：「不是催款，不是催款，為仙師做事情還要什麼酬勞？」他深吸一口氣，方道：「小妖是有些不解。」

「哦？你不解什麼？」李長庚壓下火氣。

「仙師在白虎嶺叫我變化成孫悟空的模樣，去打了三回妖怪。我適才看了揭帖，才知道是為了替孫悟空的缺。」

李長庚心裡「咯噔」一聲，立刻解釋道：「你想多了，那只是渡劫護法的一個環節而已。」六耳卻道：「李仙師你知道的，他阻我仙途，毀我前程，您讓我去幹這個，不是幫仇人成事嗎？」

「這是為了取經渡劫的大局，不存在幫誰不幫誰的問題。」李長庚只能板起臉。

「我幫了孫悟空，他回頭西天取經成了，豈不是更無法查了嗎？您騙我這麼幹，是害我自己啊！」六耳說著說著，情緒激動起來。李長庚知道這事早晚瞞不住，心一橫，把六耳拉到旁邊：「實話跟你說吧，孫悟空取經這件事，是上頭金仙們的意思。你跟我在這裡吵鬧也無用，還不如想想實在的，看如何補償好。」

六耳怒道：「我就要討個說法，難道也這麼難嗎？」

李長庚為難地揉了揉太陽穴。沙僧是，六耳也是，他最怕的就是這種只要個說法的愣頭青，要別的還可以協調交換，一說討個說法，就幾乎沒有轉圜的餘地了。

仙界有些事可以說但不必做，有些事則可以做但絕對不能說。你讓對方私下裡怎麼賠償都行，但要逼對方公開表態，性質就截然不同了。之前在廣寒宮，李長庚寧可讓豬八戒受一回懷胎的罪，也沒提讓他公開致歉的事情，就是這個道理。

六耳見李長庚沉默不語，不由得冷笑道：「仙師非但沒幫我解決，還要利用我去為那猴子做事，真是好算計。」李長庚上前一步，想要勸慰解釋，不料六耳後退一步，咬牙狠狠道：「既然啟明殿做不了主，那我直接去三官殿舉發孫悟空，我可知道他的好勾當。」

啟明殿是負責解決糾紛的，若六耳鬧去三官殿，則是正經的官司了。李長庚聞言大驚：「他什麼勾當？」

六耳冷笑：「這還要感謝仙師，提醒我可以冒充孫悟空。我在花果山查到一些東西，本來還想跟仙師參詳，既然仙師太忙，便等著看結果就是！」說完轉身就走。

李長庚大驚，想要攔住六耳，不料那猴子身形一扭，很快便不見了蹤影。

第十二章

李長庚回到洞府裡，比剛才更加心浮氣躁。這個六耳，居然膽大妄為去了花果山，也不知從那裡挖出什麼了黑料。

未知的隱患，比確定的危險更令人心神不寧。李長庚打坐了一陣，本想著跟三官殿提前打個招呼，可手碰到笏板，終究還是放棄了，暗罵自己又犯了老毛病。

六耳去找三官殿舉發，那是他自家的事，與啟明殿有什麼干係？畢竟只是一樁冒名頂替修仙的小案子，六耳掌握的東西再多，也動搖不了取經大局。這些事情，三官殿自會權衡，自己主動去提醒，反而顯得太刻意了。

還是那句話，想要修成金仙，要盡量避開因果，怎麼還要主動去招惹呢？

李長庚心裡舒了一口氣，卻怎麼也高興不起來。講良心，他很同情這小猴子，也做了一些工作，但這對六耳並無什麼實質性幫助。救苦救難這四個字，做起來談何容易。

他努力驅散這些濁念，開始打坐修行。搬運了幾個周天之後，李長庚莫名進入一種奇妙境界，在自己的識海裡觀想出兩個元嬰。

左邊的元嬰乃是正念所化，說你對六耳仁至義盡，啟明殿已經接過訴狀，轉過文書，給過批示意見，該做的都做了，流程上沒有任何問題；右邊的元嬰是濁念所化，氣呼呼地說觀音能幫百花羞，你為什麼不能幫六耳？他無權無勢，一心只靠著啟明殿主持公道，你不上心，他可就徹底沒指望了。

兩個元嬰各施神通，廝打起來。李長庚萬萬沒想到，他成天在外面調解糾紛，現在連自己的道心也要鬧起來。他左勸右拉，突然想到一個可能性，頓時心驚肉跳。

莫非……那通背猿猴的死，跟六耳有關？

孫悟空說過，通背猿猴是幫他初叩仙門之猴。這麼說來，斜月三星洞冒名拜師的蹊蹺，也許他是知情者。作為受害者，六耳順藤摸瓜找到花果山，用了什麼吸收壽元的邪法吸死通背猿猴，也不是不可能。

如果是這樣，那事情可就嚴重了。

李長庚在啟明殿多年，深知很多事情壞就壞在消息掌握不全，以致決策失當、舉止被動。他的元神沉入識海，對正念元嬰說：「此事須打聽清楚才好。提前知道因果，方能避開麻煩。」然後又對濁念元嬰道：「此事先打探清楚，再看有沒有機會為六耳伸張。」

兩個元嬰聞言都消停下來，李長庚揉揉眼睛，從蒲團上站起來，決定去陰曹地府走一趟，找通臂猿猴的魂魄查問一下。

李長庚從洞府走出來，縱身一躍，直奔九泉而去。他住的這個洞府位於山淵之底，飛符不易收發，倒是去九泉方便得緊，連老鶴都不必叫，一路往下就行了。

不一時，太白金星便到了酆都城門口，等候片刻，崔判官從裡面急急忙忙迎了出來。李長庚看他一臉疲累，想起之前他急吼吼的樣子，關切道：「地府的事還沒忙完嗎？」崔判官搖搖頭，一臉「死無可戀」的表情。

李長庚說啟明殿有一樁案子，需要詢問一下通臂猿猴的亡魂。崔判官苦笑道：「你跟我來吧，到了第一殿就知道了。」

第一殿歸秦廣王管，就在奈何橋附近。兩人匆匆上路，一路上陰風陣陣，鬼哭狼嚎，和李長庚之前聽見的聲音一樣。他忍不住好奇道：「十八層地獄的受苦之聲，居然可以傳到這裡？」崔判官摸摸自己的禿頭：「地府那場亂子還沒結束，我們這些判官、無常和鬼差，一直沒日沒夜地忙——哭鬧的不是鬼，而是他們。」

「什麼亂子，居然持續那麼久？哪隻大妖打過來了？」

崔判官「嗤」了一聲：「這可比十隻大妖的破壞力還大呢。」然後說起緣由來。

原來幾百年來，人間日漸興盛，入地府的魂魄也比從前多了數倍，生死簿明顯不夠用了。於是閻羅王決定要將生死簿重新祭煉一下，以便容納更多的魂魄。結果祭煉過程不知出了什麼岔子，導致生死簿直接失常了。

生死簿一失常，地府登時一片混亂。新死的無法查驗壽期，投胎的沒法送入輪迴，魂魄越積越多，連奈何橋都堵住了。閻羅王一邊緊急找人來修，一邊讓所有的判官都下沉到鬼門關，讓他們把亡魂一個一個手動超渡。

李長庚大吃一驚，這亂子確實不小。他忙問：「這麼說，通臂猿猴的亡魂現在沒法查？」

「這個我無法回答你，得問專業意見。等你見到秦廣王，去問他吧。」崔判官含糊道。

李長庚無語，一路來到秦廣王的殿前。只見眼前黑壓壓的一片，鬼聲鼎沸，無數魂魄亂糟糟地聚成一團。幾百個鬼吏雜處其中，聲嘶力竭地維持著秩序。鬼魂每時每刻都在增加，但鬼吏就那麼多，眼見著黑無常累白了臉，白無常累黑了面，連哭喪棒都垂下來了。

秦廣王此刻沒在殿上辦公，正站在奈何橋前，叉著腰跟孟婆吼著什麼。崔判官走過去，小心翼翼說了一句話，秦廣王皺著眉頭朝這邊看一眼，對孟婆大聲道：「我不管你的孟婆湯夠不夠，總之絕不許任何一個鬼魂帶著記憶過橋！」

說完他大手一揮，轉身走到李長庚面前。李長庚於近處端詳，心中感慨。秦廣王以前頭髮豐茂能紮住玉冠，如今卻稀疏得很，只能勉強靠束帶固定了，比起崔判官也不遑多讓。

「李仙師你來有什麼事？」秦廣王口氣硬邦邦的。

李長庚道：「啟明殿需要提審一個殘魂，不知……是否便當？」他左右環顧。秦廣王一指奈何橋：「你也看見了，我第一殿都亂成什麼樣子了，現在可不是搜魂的好時候。」李長庚堅持道：「此事關乎取經隊伍，還請多幫忙。」

秦廣王還沒回答，一個無常匆匆飄過來，嘶嗚了幾句，秦廣王怒吼道：

「休息個屁！陰間又沒晝夜之分，讓他們繼續幹！」吼完了他才轉回臉來對李長庚道：「就算我想給你開放搜魂的許可權，也沒辦法。如今整個生死簿亂成一鍋粥，什麼時候恢復根本不知道——誰讓閻羅王幹的這貔貅事！」

這怎麼還罵起同僚來了？李長庚趕緊避開這個話題，試探著問：「盡人——呃，盡鬼事就好，我回去也跟上面有個交代。」

啟明殿主的上面，可不就是靈霄殿？秦廣王只得無奈道：「行，你跟我來吧，我找人試試，搜成搜不成，可不保證。」

這一路上，秦廣王不斷罵罵咧咧，罵閻羅王不懂生死簿，一拍腦袋非要搞擴充，現在出了亂子，還要負責維護生死簿的第一殿擦屁股。李長庚只當聽不懂。

他們很快來到一間架閣庫前。這架閣庫占地廣大，裡面堆放著無數生死簿子，浩如煙海。這些簿子不停地在繁複的架閣之間自行挪移，望過去令人眼花繚亂。

在架閣庫內外，無數道士各自盤坐在蒲團上，口中不停念著玄奧法訣。李長庚寧心細聽，才聽出他們吟誦沒有別的，唯有「陰陽」二字。兩個字交替循環，綿綿不息，構成一道道虹色氣機，灌注至架閣庫內，與那些生死簿子互相感應。

崔判官告訴李長庚，這是請來祭煉生死簿的道士，到現在還沒弄完呢。

秦廣王喚來陣中一個胖道士。這道士一對虎目，綴著兩個大大的黑眼圈，還披著一件髒兮兮的斑斕方格道袍。秦廣王語氣不善：「我說虎力大仙，你們祭煉得如何了？眼看可就要過死線了。」虎力大仙雙手一攤：「大王，我們中所有師兄弟都在沒日沒夜地作法，若不是已經在陰間，早活活累死了。」

「放心，你們弄癱了生死簿，肯定死不了，繼續用心做事。再者說，你們當初接下祭煉單子時，可是答應得好好的，現在跟我說來不及了？」

虎力大仙不吭聲，只是低頭數著自己的道袍格子。

秦廣王知道罵他也沒什麼用，只是出出氣罷了，一指李長庚：「現在有個臨時需求。舊簿子現在能搜魂嗎？這位仙師想要查詢一下。」

虎力大仙為難道：「新舊簿子現在糾纏一處，陰陽交錯，難以拆分，查起來牽涉不小。」秦廣王不悅道：「且不管新的如何，難道舊簿子如今都不能查了？你們是幹什麼吃的？」虎力大仙不卑不亢：「貴府生死簿從不備貳，既無注解備考可參，又無更新記錄可查，層累堆積，龐雜繁複，如今已呈混沌之相，牽一髮而動全身。我等法力淺薄，只能做簡單修補，一旦觸及根本，後果難測。」

秦廣王對陰陽道法不熟，不耐煩地擺手道：「別跟我說這些技術，我只要結果，成還是不成？」

「我只能試試看，不保證。」

虎力大仙不再解釋什麼，行了一禮，匆匆轉身走了。秦廣王望著他的背影，搖頭罵道：「擴充生死簿是正理沒錯，但也得找對人，這幾個牛鼻子陰陽道法水準差、工錢貴，還捅出這種婁子來，真是廢物。」

「這……那大王為何選他們來擴充生死簿？」

「哪裡是我選的！」秦廣王氣得臉都漲紅了，「天下通曉陰陽道法的道士那麼多，玄門正宗要的工錢是多了點，但道法高明啊。偏他閻羅王非要指定這家太乙玄門，說他們資歷深厚、精通陰陽，硬讓他們來祭煉。瞧瞧，出事了吧？」

李長庚趕緊攔住他，再往下說，就是犯忌諱的事了。過不多時，虎力大仙跑過來說：「我們試了一下，簡單的查詢似是可以，但不太穩定，我得帶著仙師入庫去現場查。」秦廣王「嗯」了一聲，說：「那你們快去做。」

虎力大仙帶著李長庚走進架閣庫內，在繁複的架閣之間七繞八轉，最後在一處角落停下腳步。虎力大仙費力地蹲下身子，雙手放出陰陽二氣，仔細在架子上挪移簿子，折騰了許久還沒見結果。

李長庚探頭看了一眼，好奇道：「我去過茅山那邊，他們都是用九數合和推衍之法，你們為何不用？」虎力大仙面無表情：「地府就給一點點預算，用不起那麼高級的東西。」李長庚道：「大王不是說你們要價挺高的嗎？這個也買不起？」

虎力大仙嗤笑起來：「那是發包價，一層層分下來，到我們車遲國道門手裡，只得這點微薄之數。有多少錢，出多少力，能維持成這樣，已經算不錯了。」

「等等，車遲國？你們不是太乙玄……算了，你慢慢搜。」李長庚及時閉上了嘴。太乙玄門是道家正統，八成是拿了自家道籙中標，然後又轉給車遲國的野道士。其中奧妙，不必深究。

虎力大仙忙了許久，抬頭道：「應該可以了，仙師你想查誰？」

李長庚說：「東勝神洲傲來國花果山，通臂猿猴，我想查查他是怎麼死的。」虎力大仙依言去查，生死簿裡卻吐出一堆鳥篆亂符。他抓抓頭頂的虎毛，趴在地上查找了一陣，如是者三，才開口道說：「查不出來。」

「怎麼會查不出來？」

虎力大仙鼓搗了一陣，向李長庚解釋：「仙師你看，所有花果山的猴屬生靈，名下都標記了一個延遲法訣。一旦壽元將盡，會先啟動這個法訣，阻止向生死簿發送請求，觀其屬性，乃七陰四陽，朱離青退……」

「說人話。」

「按道理，這些猴子不會老死，就算他們壽數到了，也不會觸發無常來拘。」

李長庚眼睛一亮，竟然還有這樣的操作？

「但那隻猴子確實老死了啊，崔判官都見著亡魂了。」

虎力大仙聳聳肩：「生死簿不是失常了嗎？什麼錯都有可能出現。我估計是哪兒出了問題，導致這個法訣失效。」

李長庚思索片刻又問：「那現在我能鎖定通臂猿猴的亡魂嗎？」

虎力大仙搖頭：「他肯定就在奈何橋附近，只是暫時檢索不到。因為所有的猴屬壽元，在生死簿裡是個似空非空集，能自動運作，但一旦你發送查詢請求，生死簿就會傳回訊息說是空的——大概是幾百年前出的一個惡性故障，至今還沒修復。」

「那為什麼不去修復？」

虎力大仙一陣苦笑：「仙師不懂陰陽之術，這事沒那麼簡單。這生死簿這幾千年來，不知疊加了多少法訣、符咒與封印，早已積重難返，有如屍山。我們就算知道緣由，也根本不敢動其根本，萬一又失常了呢？」

行吧……李長庚放棄了追索，同時也微微鬆了一口氣。看來這純粹就是個誤會，是通臂猿猴運氣不好，趕上生死簿失常了而已，不是六耳動手。只要沒出人命官司，萬事好辦。

現在回過頭想，通臂猿猴去世在前，六耳替悟空打白骨精在後，原本也不可能是六耳動的手。六耳最多就是趁孫悟空和通臂不在，去花果山偷東西罷了。

「唉，我真是老糊塗，關心則亂，關心則亂……」李長庚拍拍腦袋，又問虎力大仙：「那個延遲法訣是什麼？能看到具體細節嗎？」

「許可權太高，是金仙所設的，我看不到，只知道來源是……嗯，通明殿。」

通明殿？李長庚雙眼一瞇。果然，這就和財神殿那邊對上了。玉帝的那一筆靈保支出，就是用來維持這個法訣的。唯一可疑的是，玉帝為什麼要這麼幹？

「這法訣設置了多久？總能看到吧？」

「我看看啊……」虎力大仙嘰哩咕嚕念誦一段咒語，很快生死簿就有了感應，「五百年前。」

五百年前？李長庚心臟狂跳。他是來查通臂猿猴死因的，可不是要來觸碰什麼忌諱的。

李長庚趕緊驅散腦海裡的疑惑，給了虎力大仙一張名刺：「我看你為人倒實在，能不能幫我一個忙。等到……嗯，生死簿正常了以後，幫我查查這個亡魂的下落，有消息告訴我。你的道門是在車遲國對吧？回頭我可以多介紹點工作給你。」

虎力大仙面無表情地接過名刺：「若上仙有意垂憐，就幫我跟秦廣王說個情，讓我早點轉世投胎就好。」

「嗯？轉世？」

「下輩子我不想修這陰陽道法了，太累了。」

李長庚離開地府，回到自家洞府，正趕上觀音聯絡過來。

聽得出，她心情不錯，說平頂山渡劫剛剛結束，順利申報了「平頂山逢魔二十四難」和「蓮花洞高懸二十五難」兩次劫難，中規中矩。她把揭帖也寫完了，老君的五件法寶在整場劫難裡可謂是物盡其用，每一件都發揮了作用。估計老君日後少不得以此為由頭，去申請一筆巨額補貼。

李長庚心不在焉地嗯嗯兩聲，觀音又問：「下一站就到烏雞國了，老李你考慮清楚了沒有？沙僧怎麼離隊？」

李長庚把廣寒宮的前因後果講了一遍。觀音聽了之後，大為感動，連聲說金蟾居然有這樣的決心，可謂是有情有義，難怪在寶象國第一個挺身而出。李長庚道：「大士若覺得他不錯，盡可以挽留嘛。」觀音「嘖」了一聲，說若她能做主，真想讓他踏踏實實走到西天了。這樣的人成正果，不比豬悟能更好？

李長庚知道觀音只是感慨幾句罷了，遂繼續道：「我跟嫦娥說過了，給沙僧安排一個捨生取義的戲碼，體面地離隊——不過你得先給我講講，烏雞國的那個三弟子，到底什麼情況。」

觀音簡單地介紹了一下。原來此間烏雞國的國主，是個凡間善信，如來見他虔敬，許了他一個金身羅漢的果位。這次取經途經烏雞國，正好把他捎上，補過一個流程。

「道道地地的凡人？居然不是靈山哪位大能的根腳嗎？」李長庚感到有點驚訝。

觀音說靈山安排人選也是有講究的，既要考慮族屬，也要涵蓋不同經歷。孫悟空罪孽深重，回頭是岸；黃風怪野性難馴，佛性早種；烏雞國主一生虔敬，終得善果。三者分屬妖、怪、人三族，又代表了求法的三種類型，如此才能充分顯現佛法無邊。

只可惜被天庭這麼一攪和，三個徒弟的布局全亂套了。觀音說到這裡，又忍不住哼了一聲。

李長庚訕訕一笑，不去接這個話題：「那這樣好了。烏雞國這一劫，我安排一個厲害的妖怪跟他們鬥一場，這樣沙僧負傷也就不突兀了。」

「這個不勞你安排，大雷音寺那邊會派人員來配合，你等我把那封文書找出來啊……」觀音停頓了一下，「來的是文殊菩薩座下的青獅，配合取經隊伍渡劫。」

「咦？居然是他。」李長庚頓時想起三官殿裡文殊那張笑瞇瞇的面孔。

「不光是妖怪，這一劫的方略，大雷音寺都已安排好了，咱們照章執行就行。」觀音為李長庚念道，「文殊菩薩先會化為凡僧，去考驗烏雞國主的心性，卻被他浸在御水河裡三天三夜。作為報復，文殊菩薩派出坐騎青獅下凡，化身假王奪了他國王之位，把他扔在井底三年——這個前置工作已經完成了。現在只要玄奘他們到烏雞國，救活國王，趕走假王，這件事就算圓滿結束了。」

李長庚邊聽邊捋鬍子，看來大雷音寺對渡劫護法也很熟練。這個方略中規中矩，是最常見的「考驗心性」套路，只不過加了一點花頭，多了一段假國主李代桃僵的戲。

以他的專業眼光來看，這個花頭略顯做作，有失自然圓融之意——比如說，假國主三年在位，偏偏王后與太子還在，假國主與這兩個人的關係該怎麼處理？方略裡做了個補充，說假國主不許太子進入皇城，又疏遠王后不行人事。

但這補充實在沒必要。考驗烏雞國主，把他扔入井裡失蹤三年就算了，太子或王后攝政，何必節外生枝讓青獅去假扮國主呢？大雷音寺還是經驗不足啊！累贅了。

他忍住批評的衝動：「那我把沙僧安排在救出國王之後跟青獅大戰一場，

英勇負傷，光榮隱退，如何？」

「挺好。然後沙僧彌留之際，把降魔寶杖交給烏雞國主，讓他替自己把取經之路走下去。烏雞國主感念聖僧恩德，毅然遜位辭國，追隨取經隊伍而去。再加幾句勉勵的話語，一篇上好的揭帖不就成了？」觀音很是興奮，這故事越發完美了。

李長庚始終覺得，這方略存在不合理之處。不過此事關係到第三個徒弟的人選，他怕觀音多心，也就不提了。

兩人三言兩語交代完。李長庚遲疑了一下，他本想讓觀音問一下悟空，他在花果山到底藏了什麼黑料，但到底還是沒有開口——還是那句話，清靜無為，少沾因果，專心在自己的事上就好了。

放下笏板之後，他一看，鎮元子、白骨精和太上老君陸續傳來了三則訊息。

鎮元子得意揚揚地炫耀說那一劫效果顯著，他如今開了個新業務，在人參果樹下舉辦人參果宴，來訂的客人絡繹不絕，利潤比單純賣果子還高。他拍胸脯說：「老李你得證金仙那天，我給你包一天。」

白骨精的訊息噓寒問暖，但繞來繞去，還是落到催帳付款上面。太上老君則是詢問接下來還有沒有類似的劫難，他還有一頭坐騎青牛可以使用——看來平頂山一劫，他賺得盆滿缽滿，意猶未盡。

李長庚一一回覆之後，這才爬回蒲團，開始盤腿打坐。這次他總算找到了修持的感覺，幾個周天運轉下來，洞府外頭忽然傳來劇烈的拍門聲。

李長庚拂塵一揮，把洞府大門打開，卻見王靈官滿臉焦急道：「你跟那個小猴子說了什麼？」李長庚一怔：「六耳？沒說什麼啊？他去找你了？」王靈官一跺腳：「哎呀，那傢伙跑去三官殿了！」李長庚有些驚訝，卻也沒覺得多意外：「那小猴子真是亂來，怕不是被趕出來了？」

王靈官道：「被趕出來倒好了！現在雷部到處在找他，這不，問到我這裡來了。」李長庚大驚，六耳亂投衙門，最多把他叉出去就算了。雷部出手，這是要抓欽犯的架勢啊。王靈官道：「你不是一直跟那猴子有聯繫嗎？所以我趕緊來問問，他到底舉發的是什麼事？」

李長庚道：「還能有什麼？不就是孫悟空冒名頂替那樁小事嗎，至於這麼大反應嗎？」王靈官道：「真沒別的了？」李長庚突然想起六耳臨走前那句話，他在花果山發現了孫悟空的勾當。

莫非這勾當……不是與冒名頂替有關？李長庚當即給三官殿的一個仙吏傳

信。對方悄悄告訴他：「六耳向三官殿舉發，好像是說孫悟空大鬧天宮時還有同黨，一直被他隱匿包庇。」

李長庚感覺一下子被九霄神雷劈中了天靈蓋。

這猴子，真是無知者無畏——大鬧天宮這麼敏感的事，也是能隨便觸碰的嗎？況且天庭已有定論的事，你卻舉發別有內情，這是多大的干係？瘋了吧？不對，這也許正是六耳的目的。他知道冒名頂替的罪名治不了孫悟空，那就捅個更嚴重的出來。

他強抑震驚，又問六耳的舉發具體說的是什麼，對方乾笑一聲：「老李，你別為難我了，地官大帝正親自過問，所有接觸過這份資料的人都得接受排查——你打聽這個幹嘛？」

李長庚連忙解釋：「那猴子之前來過啟明殿，如果你們需要，我可以提供點資料。」對方「哦」了一聲，李長庚隨口問道：「真是地官大帝親自過問啊？級別夠高的。」

「是呀，很久沒見到三位大帝親臨一線了，嘖嘖。」

三官大帝分別是天官大帝、地官大帝和水官大帝，職級相同，各自分管一攤。能讓地官大帝出手，重視程度可謂是頂格。三官殿辦事一向散漫，突然變得這麼果決迅速，著實蹊蹺。

他下意識看往靈霄殿的方向，那小猴子這下子，可是捅了一個超大的馬蜂窩啊……

不過還是那句話，這些因果跟李長庚無關。他已經向三官殿報備了六耳中訴冒名頂替的案子，盡到了告知的義務。

送走了王靈官，李長庚回到洞府，這下子徹底沒心思打坐了。三官殿透露出的那個消息，始終在他靈台之中攪擾——孫悟空大鬧天宮時包庇同黨？那同黨到底是誰？

按照官方的說法，從煉丹爐裡逃出來，到被鎮五行山這段時間，孫悟空都是單打獨鬥，所有舉動都在眾目睽睽之下，沒什麼疑問。所謂「包庇同黨」，應該是發生在他被擒拿上天之前。

但在那個時間點，孫悟空能包庇的同黨是誰？花果山？那些野猴子根本就不夠格；他那一幫拜過把子的妖王兄弟？這倒有可能，但那些大妖都在人間，從來沒上過天，就算上過，也犯不著讓三官殿這麼緊張。

值得被孫悟空包庇的，只能是天上的某些神仙。

李長庚剛聯想到廣寒宮，靈台猛然產生一種警惕，應該是正念元嬰冒出來喝止了他。不能再這麼琢磨下去了，否則可有些不妙。此事跟自己無關，無關。

他這麼迷迷糊糊地修持了不知多久，毫無成果，乾脆也不打坐了，離開洞府回到啟明殿。

恰好這時老鶴也被童子牽回來了，氣息奄奄，恐怕大限將至。李長庚來到獸欄，親自細緻地為老鶴梳理著羽毛。原先他經常為牠洗羽，後來工作太忙，慢慢就全交給童子去做了。

老鶴眼神渾濁，神志倒還清醒，看到主人來了，主動彎下脖子，張開雙翅，靜待梳理。李長庚捲起袖子，用拂塵蘸著晨露，一羽一羽洗過去。隨著汙穢被沖刷，心中的煩憂也被一點一點濯淨，當年的感覺似乎回來了。

那時自己的境界雖說不高，可比現在開心多了，甚至還有餘暇騎著白鶴去四海閒逛。

「老鶴啊老鶴，你倒好，可以轉生投胎，從頭來過，我卻還得在啟明殿折騰。嘿嘿，說不上誰比誰開心呢。」李長庚搖著頭，把拂塵上的鬚子一絞，一滴滴渾濁的黃水滴落。

正在這時，獸欄旁傳來隆隆聲。這聲音李長庚很熟悉，一抬頭，看到哪吒站在旁邊，腳下踩著風火輪。這次哪吒比上次嚴肅多了，一拱手，道：

「李仙師，地官大帝有請。」

這次他沒和上次一樣說三官殿有請，而是明確指出是地官大帝相邀，可見性質要嚴重得多。李長庚拍拍老鶴：「我的坐騎行將轉生，能否等我送走牠再說？」

哪吒搖搖頭：「金星老，這不能耽誤，你也不能帶任何東西或跟其他任何神仙講話。」李長庚心裡一緊，這可不是協助調查的架勢。

哪吒又道：「這事我哥不知道。」這是暗示他別想跟觀音求援。李長庚一陣苦笑，這是天庭事務，就算去找觀音，又有什麼用？三官殿實在太小心了。

他迅速盤算了一下，他與六耳之間，只有幾份冒名頂替案的資料交接，不涉其他事。六耳也從來沒透露過他在花果山發現的內容，經得起審查。於是李長庚最後為老鶴洗了一下丹頂，伸手抱了抱牠的頸項。

老鶴似乎知道，主人這一去，便再也見不到了，發出陣陣微弱的悲唳，掙扎著要起來馱他。李長庚眼窩發熱，連連安撫，頭也不回地走出獸欄，跟著哪吒離開。

到了三官殿，還是那間熟悉的斗室，這次等待的只有地官大帝和另外一個仙吏。李長庚淡定地坐下，地官大帝上來就問：「李仙師啊，六耳現在何處？」

李長庚一愣，三官殿還沒逮住他嗎？

「他投書到三官殿後，本來等候在殿門口。警鼓一鳴，我們急急命門神去收押，他卻徑直走脫去了下界，至今不知下落。」

李長庚暗暗驚嘆。這六耳到底是山野生長的妖怪，極為敏銳。一聽三官殿警鼓響起，掉頭就走，三官殿做事慢吞吞的，哪裡抓得著他。

問題是，六耳怎麼還能觸動警鼓？那可是非大事不響的。

「六耳之前是不是到過啟明殿？」地官大帝板著臉問。

「到過。」李長庚不待他們細問，主動把事情詳細說了一遍，然後說六耳的訴狀就在啟明殿，可以讓織女送過來。

若是往常情形，光是「織女」這個名字，就足以讓對方知道深淺。不料對面兩位這次絲毫不為所動，依舊冷著臉，讓他繼續說。李長庚也沒什麼好隱瞞的，把六耳幾次來尋他的事都說了，包括取經路上冒充悟空三打白骨精，也一併講了。

地官大帝聽完，不置可否：「李仙師可知道六耳下落？」李長庚道：「我與六耳的來往，就這麼多了。他去了哪裡，我可不知道。」地官大帝身子前傾：「六耳舉發的資料，你看過嗎？」

「我知道六耳在花果山找到一些東西，但他惱我不肯幫他，根本沒拿出來給我看。」

「此言確實？」

「以道心發誓。」

地官大帝忽然冷笑：「那麼你為何去兜率宮，問老君打聽孫悟空竊金丹的事？」

李長庚沒料到對方的質疑點居然在這裡，一時愣住了。他心思飛快地轉動，立刻意識到，這應該是奎宿告的密。當時他跟老君聊天，只有奎宿在旁邊燒火，肯定是他向三官殿舉發的。

他千算萬算，居然忘了這裡還伏著一個意外。可見一飲一啄，莫非前定啊。李長庚略微收斂心神，解釋道：「我去兜率宮，是為了感謝老君調派金、銀二位童子下界襄助護法。孫悟空竊金丹，是我們無意中閒聊談及的。」

「無意？」地官大帝重複了一下李長庚的用詞。

「這是老君主動挑起的話頭。大帝需要的話，我可以把整個談話寫下來，請老君確認。」李長庚也有點惱了，他好歹是啟明殿主，怎麼跟審犯人似的？

「你之前是不是還去了廣寒宮？」

李長庚沒想到他們已經調查得這麼細了，遂坦然道：「那是為了處理取經隊伍裡二弟子與三弟子的糾紛。」

「我們也需要一份你和廣寒仙子的對話記錄，以備查驗。」地官大帝道。李長庚道：「我身為啟明殿主，身繫關要。如果要我配合調查，麻煩先給一個說法出來。」

李長庚算定了，地官大帝手裡肯定不會有成文的批示，故而故意將他們一軍。地官大帝皺眉道：「啟明殿主，你也是老神仙了，該知道這件事的嚴重性。」

「悟空竊金丹也好，天蓬闖廣寒宮也罷，都是揭帖裡明示的消息，盡人皆知。我談論公開訊息，怎麼就嚴重了？」

「不是說那兩樁事，我是說六耳舉發的這樁事。」

「我連他舉發什麼事都不知道，怎麼體會到嚴重性？」李長庚一攤手。

這個反問讓地官大帝噎了一下：「天條所限，我不能說。但我老實告訴你，老李你最好不要隱瞞。現在是我在跟你談，不要等到九天應元雷神普化天尊來跟你談。」

三官殿管的是人間福禍、天條稽查，若是雷部正神來問，就是直接審案了。

李長庚的態度不卑不亢：「我適才說的，句句屬實，真的沒有半點隱瞞。」地官大帝敲了敲桌子：「不要有對抗情緒。我問你，他剛去完你的洞府，就去三官殿舉發，其中必存因果。那個六耳不過是一個下界小妖，哪裡來的膽子和見識，敢去三官殿舉發？一定是背後有人挑唆。」

李長庚無奈道：「我不是已經解釋過了嗎？六耳最初向啟明殿投狀子，是關於孫悟空冒名頂替修仙案，因為我遲遲未予解決，他才鋌而走險，想要去三官殿給孫悟空鬧個難看。」

地官大帝壓根不信：「扯淡！屁大點事，多少年了，到現在還能有這麼大仇怨？」

李長庚聞言正色道：「若是從前，我也不信。不過取經護法這一遭走下來，我有個心得，好教大帝知道。都說仙凡有別，那些下界生靈固然難以揣度仙家心思；我們仙家，也不要輕易以自家高深境界，去評判他們的境遇。」

地官大帝臉色一冷：「你什麼意思？」

「我之前在寶象國經手過一件事，有個凡間公主叫百花羞，被下凡的奎宿一關就是十三年。對奎宿來說，不過是趕在點卯之前下凡去玩玩，十幾天一彈指的工夫，對那凡間女子來說，卻是小半生的折磨——你我天上的一日閒情逸致，她們人間就是一年的血肉消磨。」

「啟明殿主，你扯遠了！」

「我只是提醒大帝，做神仙雖然遠離凡間，至少要修一修移形換位的心法。咱們與天地同壽，凡人卻是朝生暮死。蚍蜉固然不理解巨龜，巨龜又何曾能理解蚍蜉？六耳這些年來孜孜不倦地舉發，可見此事已成其心魔，他真的會因為這所謂癬疥之疾，做出偏激行為。」

「這麼說，你是在替六耳辯護嘍？」

「不，我只是想說：很多人間執念我們無法理解，但不代表那些痛苦就不存在。」

「哼，姑且假設你說的話有道理，但區區一隻小妖，又怎麼能接觸到大鬧天宮的祕密？是不是有人故意吐露給他，唆使他出頭？」

李長庚彈了彈袍角：「所以這件事，果然是和大鬧天宮有關？」

地官大帝眼皮一抖，先前他聽說靈山兩個菩薩過來，審了一通啟明殿主，卻鎩羽而歸，如今自己一審，果然不好對付。他虎起一張臉：「你不要試圖打聽，這不是你該知道的。快回答我的問題。」

李長庚聞言失笑：「大帝，我若不知祕密，怎麼去挑唆六耳舉發？若我知道祕密，你現在藏著掖著，又有何用？」

地官大帝發現自己不知不覺被李長庚繞進去了，惱火地一拍桌子：「反正經過初步排查，李殿主你這次回天庭後的舉動和言談，已經逾越了合理範疇，我勸你早點交代清楚比較好。」

李長庚淡然道：「我一定事無巨細，一一稟明，絕無隱瞞。」

他知道此事背後肯定有玉帝意旨，所以並沒打算對抗。之前展現出的種種姿態，不過是要殺一下地官大帝的威風，爭取到更主動的位置罷了。

地官見他服了軟，也不好繼續逼迫，遂留下紙筆，讓他把這次回天庭後的事情全部寫出來，不得有半點遺漏。李長庚也不客氣，開口道：「聽聞三官殿的茶很好喝，能不能給我來一杯？」地官大帝冷哼一聲，吩咐人端來一杯，然後起身離開斗室。

李長庚先緩緩啜了一口茶，然後提起筆，在紙上龍飛鳳舞地寫起來。隨著仙紙上落下的墨字增多，他的思路越發清晰。

關於在廣寒宮、兜率宮和地府的談話，他並沒有隱瞞，因為三官殿肯定會去找嫦娥、老君和崔判官交叉求證。唯獨和吳剛之間的交流，被他刻意忽略了——太白金星沒撒謊，吳剛提供的關鍵訊息，是透過劈樹的裂隙交流的，從來沒講出來。

只要那段「對話」沒暴露，他就不算犯大錯。

太白金星在啟明殿做得甚久，雖說多是俗務瑣事，無關修道宏旨，但他得以洞悉仙界種種糾葛與規則。此時他腦中反覆推演、弊利刪留，正好理清思路，與腦內的過往經驗印證。寫著寫著，他感覺到玄機沖發，道心守中，舉一氣而演萬物，萬千因果自行衍變。有意無意間，一個可能的真相徐徐浮現在靈台之中。

那一場震驚三界的天宮人亂，恐怕不是孫悟空幹的，至少前一半不是。他是替另外一人背了鍋，而且那一人的身分——幾乎可以肯定是二郎神。

這一夥人平日裡就放浪形骸，嘯聚亂來。李長庚猜測，當日他們大概是去蟠桃園喝酒，喝得酩酊大醉，不知誰起頭，跑去瑤池把蟠桃宴攪了個亂七八糟，然後又乘著酒興去騷擾了廣寒宮。

這樁禍事呢，說大也不算太大，無非是打傷了十幾個力士侍女，損失了幾十罈仙酒，砸碎了幾百套上品盤碗碟盞而已；說小，可也不小，蟠桃宴是頂級大宴，上中下八洞神仙都會蒞臨，突然被迫取消，影響極其惡劣。

玉帝和這個外甥關係雖然一般，畢竟是自家人。自然有體己的金仙出面混淆事機，把他從這場禍事裡擇出來，再尋個旁人把罪名擔下。昴宿和奎宿都是正選星官，只有孫悟空是下界上來的，沒有根腳，又有鬧事的前科，扛下這口鍋最為合適。

為了防止有心人窺出端倪，金仙還刻意撥亂時序，隱去了廣寒宮之事，前後安排了蟠桃園竊桃、兜率宮竊丹兩次假事故，和蟠桃會的亂子連綴在一起。

如此一來，在揭帖裡體現出來的，便是一個嚴絲合縫的故事：孫悟空先在蟠桃園監守自盜，然後大鬧瑤池蟠桃會，再去竊取金丹，酒醒之後畏罪潛逃下界——這故事因果分明，動機清晰，風格也符合孫悟空能力與脾氣兩頭拔尖的一貫形象，絕對是高人手筆。

是以揭帖一公布，天庭無人疑心，就連李長庚聽說之後，都覺得「這確實是猴子會幹出來的事」，不疑有他。

說起來，這也算是護法的一種，所有的劫都是安排好的，所有的亂子都是刻意演出來的。

反正孫悟空你就是個僥倖上天的外人，管的不是畜牧就是果園，本來也沒什麼前途。扛下這一樁因果，雖說於名聲有損，但私下裡多拿些補償，也不算虧。

李長庚能想像，金仙為了說服悟空，大概許諾了不少東西，也做了不少威脅，或者這兩者本來就是一回事——比如說，花果山群猴的性命。你好好合作，群猴安享長壽；你不好好合作，群猴生死便不能保證了。即使是孫悟空這樣桀驁不馴的大妖，終究也有軟肋。這就是為什麼天庭會平白多了一筆花果山靈保撥款，想必這便是孫悟空扛下罪名的條件，要保證花果山的猴子們長生不死。

李長庚推演至此，不由得嘆息一聲。

孫悟空鬥戰的本事不小，但玩心眼還是太過稚嫩。黑鍋這種東西只要扣在頭上，甭管你冤枉不冤枉，都得落一頭灰，再也沒有洗乾淨的可能。你若錯信了別人的花言巧語，糊裡糊塗先扛了罪，回頭人家一翻臉，你連辯解都沒機會。

太白金星跟二郎神打過幾次交道，此神心性偏狹多疑，就算有孫悟空出面頂罪，他也不會踏實，非坐實了猴子的罪名不可。後來那十萬天兵討伐花果山，八成就是他慫恿的，二郎神甚至還親自上陣。

真正的肇事者上門來抓背鍋的，這未免欺人太甚。以孫悟空的火爆脾氣，肯定忍不了這種欺騙——怎麼著？我平白認了個罪，你們倒來勁了？這和之前說的不一樣啊。最終導致他情緒徹底失控。

二郎神的目的，大概就是蓄意挑起猴子的怒火。只要你一鬧起來，就徹底沒理了，他可以名正言順地鎮壓。唯一漏算的是，孫悟空動起真火來，鬥戰實力恐怖如斯，一步步打到靈霄寶殿前，至此事態完全脫離了控制。

李長庚一直納悶，當初玉帝為何放著三清四御不用，偏要請佛祖來處理。現在來看，八成是玉帝擔心孫悟空在天庭交遊廣泛，存在真相洩露的風險。找個外來的和尚制服猴子，又是在五行山異地關押，可保無虞。

對佛祖來說，亦是樂見此舉。孫悟空是在天庭犯下大錯，然後被靈山鎮壓。他鬧的事越大，越顯得佛法無邊。將來再安排一齣皈依釋門的戲，簡直是渾然天成的弘法宣傳素材。

李長庚推演至此，擱下了毛筆。這些推演，並無太多實據支撐，許多關鍵處皆是腦補。但他並非斷案的推官，只要幾塊碎片飄在恰當的位置，便足可窺到全貌。

天庭會有這樣的事，李長庚是絲毫不意外的。他在啟明殿那麼多年，聽過太多類似的案子。神祇子弟親友犯了事，尋個無根腳的來替罪，實在是屢見不鮮。遠的不說，單是取經渡劫裡面，就有不少黃風怪這種戴罪的妖怪，在靈山大能麾下奔走。

從前這樣的事，受害者都是沒勢力沒本事的小人物，不知埋沒了多少委屈，多少冤枉。這次趕上替罪的恰好是孫悟空，是個有能力有脾氣的主，這才從一樁酒後胡鬧的小事故演變到大鬧天宮的亂局。整樁事盤下來，竟不是什麼複雜的大陰謀，而是一個個私心串聯所導致的結果。

現在李長庚總算明白，為什麼奎宿和昴宿見到孫悟空，如同見到鬼一樣。他們不是怕這猴子，而是怕他身上擔著的巨大干係。萬一猴子真要揭開祕密，只怕連他們兩個當事人也要倒楣。

只是兩個星官不知道，孫悟空在五行山下早就認命了。天庭還在持續撥款給花果山，維持著群猴壽命，他也只能忍氣吞聲，服從安排。

怪不得取經路上，孫猴子一路譏誚冷笑。他本來就身在一個大劫的表演之中，又陪著玄奘等人在取經路上演這麼八十一難，著實荒唐。大羅金仙有本事遮掩天機，卻終究難以遮住猴子那看透了荒謬的空洞眼神。

李長庚吹乾墨汁，把供狀從頭讀了一遍，突然啞然失笑。

要說這天機，還真難遮掩。連大羅金仙都沒算到，這件事最後會被一隻小小的六耳獼猴給掀開。那小猴子對仙界局勢一無所知，自以為找到孫悟空包庇同黨的短處，傻乎乎地跑去舉發，引起了三官殿如臨大敵一樣的盤查，最後連李長庚都被捲進來了。

李長庚忍不住想，倘若六耳第一次去啟明殿，他及時幫忙處理，是不是就不會牽出後頭這麼多麻煩。一因化萬果，誠不我欺。李長庚略帶慚愧地發現，自己一直說要幫六耳，也打心眼裡同情他，但到頭來，其實並沒給予他什麼實質性幫助。

他突然想起玉帝在文書上的批示，有了明悟。為何玉帝批了個如此曖昧的先天太極？你事做成了，那是陛下指點英明；反過來你事做砸了，也可以說陛下早有訓誡。無論如何，都是玉帝洞見在先，這才是不昧因果、得大解脫的高妙境界啊！自己就是陷得太深……

一縷神念猝起，倏然點亮靈台。是了是了，早知道不去管這些事，便不必沾染因果；不明確表態，便不用惹出麻煩；收起同情與憐憫，也就無須為沒完沒了的瑣事負疚了。

李長庚頓覺一股靈氣直貫泥丸，導引著真氣周遊於全身，霎時走遍千竅百脈，全無滯澀，如洋洋長風，一吹萬里。那正念元嬰精神抖擻、通體明光。卡了幾百年的修行，居然在這個節骨眼上鬆動了。

第十三章

地官大帝回來的時候，李長庚已經寫完了，坦然地喝著茶。地官大帝覺得這老頭和之前有點不一樣，卻也說不上哪裡不一樣。他拿起供狀掃了一遍：「我們先研究一下，李殿主你先回去吧。」

這個反應，在李長庚的意料之內。

六耳舉發這件事，雖然犯了大忌諱，但明面上不可說。明面上不說，三官殿便沒有正當理由拘禁啟明殿主這個級別的神仙——大家互相默會就得了。

地官大帝提醒，讓他不許下凡，只在自家洞府裡等待通知。李長庚問那下界取經的事怎麼辦，地官大帝說聽陛下安排。

若是之前的李長庚，是要去爭上一爭的。不過他如今境界距離金仙又近了一步，也便淡然了，笑了笑，飄然出了三官殿。

一出殿門，他跟觀音說了一聲，對面立刻傳音過來。看得出，觀音很緊張。取經隊伍已到了烏雞國，正是更換弟子的關鍵時刻，他失聯這麼久，觀音難免會有不好的聯想。

李長庚也不好多說什麼，只講被三官殿請去喝茶。觀音知趣，沒有追問，只說起下界烏雞國的進展。

如今玄奘師徒已經在井下救得烏雞國主，那國主化成第四個弟子，前往烏雞國王城而去，一切都依方略執行。觀音說老李你若有事，就暫且歇歇吧，這一劫沒啥問題。李長庚嗯嗯幾聲，擱下笏板，忽然發現自己居然沒事可做了。

報銷已提交，渡劫不用管，啟明殿也暫時不用去。他平時忙碌慣了，陡然閒下來，坐在洞府裡不知該幹什麼才好。

正巧鎮元子傳信過來：「老李，聽說你喝茶去了？」李長庚心想你小子消息倒靈通，回了個「嗯」。鎮元子大為興奮：「因為啥事？」李長庚沒好氣地說：「我幫你賣人參果的事暴露了，現在三官殿的人已經到五莊觀前了，記得把天地二字藏起來。」

「我呸！我堂堂地仙之祖！還怕這個？！」鎮元子笑罵了一頓，口氣忽然變正經：「說真的，老李，若是做得不順心，辭了官來我五莊觀吧。你在仙界關係那麼熟，可以幫我多賣幾筐。」

「嗐，我堂堂啟明殿主，去幫一個地仙賣水果，成什麼話？」

「喲呵，你還看不起地仙了！我這工作可清閒了，六十年才賣一次果，不比你在啟明殿一天十二個時辰提心吊膽強？」

「我是要修金仙的，跟你不一樣，對自己有要求。」

「要求個屁，瞧你現在忙得跟哮天犬似的，戰戰兢兢，可有一刻清閒？」

一聽哮天犬，李長庚又想起大鬧天宮的事，一陣煩悶，趕緊換了個話題。兩人互相損了一陣，這才放下笏板。他從蒲團上站起來，走出啟明殿，想去畜欄看看老鶴。

看守童子為難地表示，老鶴已然轉生而去，凡蛻也被送走火焚了。李長庚不能離開天庭，只得手扶欄杆，原地站立良久。

不知是早有了心理準備，還是境界上去了，他竟沒覺得多麼悲傷，只有些淡淡的悵然。也不知是在哀悼老夥計，還是在向從前的自己告別。李長庚向崔判官打了個招呼，懇請他額外照顧，安排老鶴託生個好去處，然後回轉啟明殿。

他閉上眼睛，潛心修持起來。不知過了多久，李長庚忽然聽聞一陣仙樂飄飄而來，鐘磬齊鳴，一抬頭，看到一張金燦燦的符詔從天而降。他伸手取下符詔，發現此符詔乃靈霄寶殿所發，說李長庚年高德劭，深諳仙法，敕准提舉下八洞諸仙宮觀。

「提舉下八洞諸仙宮觀」這個職位，主要是管下八洞的太乙散仙們。那些散仙平日裡四處閒遊，沒個正事。提舉只是要定期關心一下他們，發點仙丹、蟠桃什麼的，再籌辦幾場法會就夠了，實在是個品優職閒的好差事。

李長庚對這個安排早有心理準備。他的供狀沒有破綻，三官殿不可能給出什麼拿得上檯面的罪名。但畢竟他和六耳關係密切，接觸過敏感資料，無法百分之百洗清嫌疑。所以最好的辦法，就是暫時調離啟明殿，安排個閒職明升實降，先冷處理一段時間再說。

他把符詔擱在旁邊，把取經以來發出的揭帖合集取過來，慢慢讀起來。從雙叉嶺到平頂山，少說也有十幾篇，都是他和觀音一個字一個字摳出來的。如今李長庚不管取經的事了，以一個讀者的眼光去閱讀，心態輕鬆，感覺大為不同。

裡面每一處遣詞造句，都透露著微妙用心，背後都藏著一番角力。李長庚一路讀下來，居然有一種玩賞的感覺。

讀著讀著，李長庚突然「嗯」了一聲，心中忽地生出一股怪異的感覺。他翻回去又讀了幾篇，翻到三打白骨精一段，雙目一凜，發覺了一個極大的問題。

他下意識要抓起笏板去提醒觀音，可猛然想起自己已決意不沾因果，專心打磨金仙境界，於是悻悻地放下笏板，回到蒲團前修持。

這一次打坐，兩個元嬰又冒了出來。正念元嬰滴溜溜地轉著圈，說你已窺到了金仙門檻，正該穩固道心，澄清元神，不要讓不相干的俗務拖累了升仙之道；濁念元嬰急切擺著小手，說觀音與你早有約定，眼見她即將有難，豈能在關鍵時刻袖手旁觀？這是最起碼的道義，總不能昧著良心不管了吧？

兩個元嬰各執一詞，吵得不可開交，又打了起來。李長庚反覆念訣，就是壓不下去，因為這倆都是本心所誕，自己念頭不通達，他們就沒有消停的時候。李長庚天人交戰了好一會兒，濁念元嬰到底勉強壓服了正念元嬰，把它按在地上狠抽了幾下，得意地看向元神。

他長嘆一聲，心想自己的濁念果然還是太盛，元神未至精純。算了，新因不沾，舊果總要了掉。

烏雞國這裡有兩樁因果，既然答應了觀音和嫦娥，不如趁著現在還沒到金仙的境界，最後再管一次，也算對他們有交代了。

李長庚把笏板從身旁撿起來，給觀音傳音過去。對方的聲音很小：「怎麼了？我正在烏雞國王宮呢，馬上真假國主就要對質了。」

「我跟你說，大雷音寺這個方略，有問題。」

「怎麼回事？」觀音立刻緊張起來。

「假國主是真國主，真國主是假國主。」李長庚來不及解釋，只點了這麼一句。所幸觀音和他已經磨合出了默契，沉默了兩個呼吸，隨後低聲說謝謝老李，匆匆掛掉。

李長庚知道觀音聽懂了，至於怎麼處置，就只能看她的臨場發揮了。他擱下笏板，閉上眼睛，繼續修持。

烏雞國的渡劫方略，是大雷音寺指定的。當初李長庚讀下來，特別不能理解，為什麼設定了真國主失蹤三年，還要額外安排青獅去演假國主三年？你這是測試心性，又不是謀朝篡位——這個安排純屬多餘。

他剛才翻到三打白骨精這一難，看到六耳替孫悟空「打殺」了白骨精，猛然聯想到了烏雞國，才發現這安排並非累贅，而是包藏了用心。

取經弟子的名額，靈山諸位大德都想要。黃風怪是阿儺的根腳，如今文殊菩薩肯定也想把青獅運作進隊伍。當初李長庚被審查的時候，文殊菩薩一直在問沙僧的事，顯然對三弟子的名額十分上心。

之前觀音講過，取經三個弟子的搭配有講究，青獅並不符合明面上的條件。於是文殊菩薩煞費苦心，通過大雷音寺，在烏雞國的劫難裡額外加了一場多餘的設定。這個設定看似累贅，但在一種情況下成了無可替代的妙筆：烏雞國主與青獅倒換了兩次身分。

明面上，是烏雞國主沉入井底，青獅代其上位，兩人倒換了一次身分；實際上，他們還多倒換了一次：真正沉入井底的是青獅，而以假國主身分在烏雞國生活了三年的，才是真國主。

如此一來，青獅便可以在井底等待玄奘，然後按部就班地演下去。等沙僧離隊之後，青獅就能順理成章地進入取經隊伍，以烏雞國主的身分西去。將來少不了一個金身羅漢的果位，不比當菩薩坐騎強？

至於文殊菩薩怎麼說服真烏雞國主配合，背後做了什麼交易，李長庚不知道。事實上，他並沒有什麼真憑實據，只是靠著方略裡一個不太自然的設定，推理出這種可能性罷了。

此事若是他自家多疑，還則罷了，若真被猜中，只怕觀音處境會很不妙，所以他必須送出這個警告。至於觀音信不信，信到什麼程度，能不能扳回一手，就看她自家手段了。

李長庚內觀了一眼，兩個元嬰小人算是消停了，各據丹田一角打坐，互不理睬。不過那濁念元嬰的體形，看起來似乎比正念元嬰小了一點，大概是又削去了一層因果的緣故吧？看來自己的濁念，又少了一點。

過不多時，織女從外頭走進來。看見李長庚，她還是那句話：「李殿主，我媽找你。」

李長庚輕輕笑起來，心裡踏實了。

被調去提舉下八洞，分兩種情況：一種是上頭徹底放棄他了，安排一個閒職做到天荒地老；另一種只是暫時的調整。後一種情況，在任命之後很快會有一場談話，主要是安撫一下情緒，申明一下苦心。

這也是仙界慣常的套路。李長庚輕捋長髯，看向啟明殿口。他這個提舉下八洞諸仙宮觀，正好是西王母的下屬，她召去談話理所當然。

織女似乎沒意識到這個職位變動的意義，還笑嘻嘻地說：「李殿主這回你得聽我媽的了。」李長庚笑了笑：「只要把本職工作做好，聽誰的都一樣。」

李長庚跟著織女，再次來到瑤池，還是在那個小亭子裡，玉露茶依舊清香。西王母笑意盈盈地示意他落坐，照例又問了幾句斬三屍的閒話。李長庚說最近境界通透多了，整個人根骨都變輕盈了。西王母很是高興：「你那麼忙還沒擱下修持，足見向道之心如金石之堅，值得下次蟠桃會講給諸路神仙聽聽啊。」

李長庚啜著茶水，心裡卻一陣琢磨。不知那一場大鬧天宮，西王母在其中扮演什麼角色？按說蟠桃宴被迫停辦，她是最大的受害者。不過到了金仙這境界，無不可交換之事，大概玉帝與她也有一番默契……

正想著，正念元嬰突然「唰」地睜開眼睛，狠狠地抽了元神一個耳光，李長庚立刻收回了心思。關於大鬧天宮的一切，不過只是他個人的猜測，沒有證實，也不可能證實。再說就算證實了，又如何？到底是二郎神還是背後有什麼神仙，西王母到底什麼心思，真那麼重要嗎？孫悟空已被安排了起復之路，還是在靈山那邊，人家自己都不鬧了，你一個局外人還較什麼勁？

元神在正念元嬰的幫助下，把濁念元嬰按在地上狠抽，抽到它動彈不了，李長庚的情緒也慢慢平復下來。閒扯了幾句之後，西王母忽然道：「金蟾的事，真是辛苦你了。」

李長庚心裡一動，果然西王母從一開始就知道廣寒宮的事。他忙道：

「金蟾能力很不錯，這份功德是他自己掙來的。」西王母道：「本來呢，我也只是受人之託，讓他去下界鍛鍊一下。沒想到他居然成了正選弟子，這都多虧了你平時用心提點。」

「啊？」李長庚一怔，旋即明白過來，這肯定是烏雞國那一難完結了，但——怎麼沙僧還留下來了？西王母看出他的疑惑，拿出一張揭帖：「小李你是太沉迷修行，都忘了外頭的事了。」

李長庚拿過揭帖一看，整個渡劫過程和之前大雷音寺的方略沒太大區別，只有一點不同：那烏雞國主得救之後，自願把王位讓給玄奘。玄奘堅決不受，烏雞國主便回歸王座，師徒四人繼續西行。

至於那頭作祟的青獅，則被文殊菩薩及時接回了天上。而沙僧既沒和妖魔大戰，更沒有犧牲，不顯山不露水，在揭帖裡幾乎沒有存在感。

但李長庚知道，揭帖越是平實，說明背後越是風起雲湧。觀音八成是用上了什麼極端手段，逼退了青獅，讓文殊菩薩無功而返。只是烏雞國主為何放棄當金身羅漢的機會，卻無從得知。

糟糕，糟糕，那我豈不是失約於觀音了？李長庚內心微微一震，緩緩放下揭帖：「這是金蟾的緣法到了啊。」西王母道：「既化解了恩怨，又保舉了前程，這都是小李你耐心勸解的緣故，真是高明，高明。」

看來嫦娥果然沒有失約，他安排好了金蟾，她也向西王母吹了風。李長庚暗自鬆了一口氣，他隱隱感覺到，這份因果，似乎也與五百年前的事有關係……但不必細想。

「自從取經這事開始以後，小李你忙上忙下的，委實辛苦。織女一直跟我說，李仙師一心撲在護法上，沒日沒夜地操勞，她看著都心疼。」西王母慢條斯理地講著話。

其實織女每天一下班就走，有時候還提前下班，哪看過李長庚加班的模樣。西王母這麼說，其實是充分肯定了他之前的工作成績。

「不過咱們修仙之人呢，不能一味傻出力，也要講究法門。有張有弛，才是長生之道。」西王母講到這裡，意味深長地頓了一下，「如今從啟明殿主改成提舉下八洞，你可有什麼想法？」

「修仙之道在其心，不在其形。大道無處不在，哪裡都有仙途上法。」

西王母聽李長庚表了態，很是欣慰：「我知道你在忙西天取經的事，不過那說到底是靈山的活。咱們天庭幫襯到這裡，也算仁至義盡了。你這樣的道門菁英，總不能一直為他們釋門鞍前馬後地忙活，長此以往，主次也不分了。」

李長庚連連頷首。西王母這一番話，既是敲打他之前的舉止有些逾越，也是暗示天庭從烏雞國之後，不再主導取經的護法方略，最多就是配合一下。

也對，玄奘的二弟子三弟子都是天庭的根腳，靈霄殿占了不小的便宜，是時候收手了，不然真的跟靈山「主次不分」了。而且這樣一來，李長庚調任別處，也有了明面上的理由，顯得不那麼突兀了。金仙們的考慮，真是滴水不漏。

這時濁念元嬰又晃晃悠悠從地上站起來，擦擦鼻血。李長庚小心翼翼道：「聽說金蟬子不在靈山傳承序列之內，正途弟子們一直有些不滿，我道門確實不好介入太深。」

這是一個偽裝成陳述句的問句。佛祖何以一心扶持玄奘西行？到現在他也沒想明白。

西王母哪裡聽不出他的意思，眼睛一眯：「小李你這元嬰還不太精純啊！」李長庚連忙俯首，一身冷汗，自己怎麼一下沒把持住，又多嘴了。西王母見他態度誠懇，淡淡說了一句：「靈山之事，互為因果，等你得證了金仙境界就明白了。」

她這一句話訊息量很大。李長庚一時間腦子飛快轉動。互為因果？就是說，佛祖扶持金蟬子，引起正途弟子們結黨表達不滿，這句話也可以反過來理解——因為正途弟子們結黨，佛祖才要扶持金蟬子？

靈山傳承有序，意味著所有修行者都要循正途修行，皆會化為體系的一部分。李長庚知道，體系這玩意兒一旦成長起來，就會擁有自我的想法，就連佛祖的意志也難以與之抗衡。佛祖大概對正途弟子結黨多少有點無奈，這才決定開個方便法門，從正途之外引入些新人。

怪不得大雷音寺在取經途中各種微妙的小動作，與法旨有微妙的不協調；怪不得佛祖寧可從阿彌陀佛那裡借調觀音來當護法。但金蟬子到底是什麼來歷？竟能承擔如此大任……

西王母的聲音適時響起：「小李啊，我都說了，靈山的事，天庭幫襯到這裡就可以了，要分清主次。」

李長庚趕緊把思緒收回來，對，對，靈山的事跟自己有什麼關係？

西王母道：「這次我把你從啟明殿借調過來，是需要有人幫我看顧那些太乙散仙。那些傢伙釣魚弈棋飲宴一個個積極得很，請他們去聽場法會，好嘛，都跑回洞府閉關去了，還得三催四請。你資歷深，手段高，肯定有辦法。」

「太乙散仙都是仙班菁華，我一定用心照顧。」

李長庚敏銳地捕捉到了西王母話裡的關鍵——借調。既然是借，自然有還，也就是說，他只是臨時來幫襯一下罷了，根腳還是落在啟明殿。

西王母見他明悟，滿意地端起茶杯啜了一口，眼神變得深邃：「我看你頭頂三花形體清晰，境界應該是臨近突破了。我作為過來人，送你兩句忠告：超脫因果，太上忘情。」

直到離開瑤池，李長庚還是暈暈乎乎的。

西王母那一句話既是警告，也是承諾。很顯然，他錄下的供狀固然天衣無縫，但金仙們仍疑心他推演出了大鬧天宮的真相，這才有了臨時調職的舉動。只要李長庚識相，不要再觸及此事因果，未來調回有望；倘若能斬斷無關俗緣，更是金仙可期。

至於怎麼斬斷，這就要看他自家是否能做到太上忘情了。

李長庚心中感慨，沒想到六耳這一鬧，既是自己的劫數，亦是自己的機緣。之前遲遲沒有進境，就是太過感情用事，以致因果纏身，看來以後要貫徹忘情大道了。

一念及此，體內那兩個正在打架的元嬰又發生了變化。濁念元嬰憑空縮小了一圈，正念元嬰卻越發精純起來，奮起反攻，把濁念元嬰一腳踹翻在地。

回到啟明殿，李長庚先傳音給觀音，對方很快就接了。此時他心裡頗為忐忑，沙僧沒有離隊，等於他沒完成承諾，只怕觀音要大大地發一次雷霆了。

「呃，大士……烏雞國的事完了？」

「完了。」觀音回答。她聲音如常，甚至還有幾分欣喜的味道。

「怎麼回事？為什麼沙僧還在？」李長庚小心翼翼。

那邊傳來一陣輕笑：「老李你別擔心，這次是我做主，把他留下的。」

「啊？怎麼回事？」

「你之前不是傳信來提醒我嘛。我來不及重新布局，索性傳信給悟空，讓他直接揪住青獅變的國主往死裡打，把他打回原形。結果打到一半，藏在半空的文殊趕緊冒頭，說別打了別打了。但青獅已然現出原形，李代桃僵之計演不下去了，文殊只好說了幾句場面話，把坐騎撈了回去。」

李長庚沒料到，觀音直接來了個暴力掀桌，一力降十會，把文殊打了個措手不及。

觀音笑吟吟道：「我還質問了文殊一句，假國主竊據王位三年，穢亂宮闈，傳回靈山是不是影響不太好？」李長庚開始沒聽明白，再仔細一琢磨，不禁連聲道：「你可真狠，真狠……」

大雷音寺給的方略，是真國主被困井下，青獅扮的假國主在王城。文殊以此為基礎，讓兩人調換了身分，青獅假扮的國主在井下，真國主依舊待在王城。

這個計策，固然可以讓青獅混入取經隊伍，但也會造成一個意想不到的後果。

大雷音寺的方略裡曾加上一個道德補充，說假國主不行人道，從不碰王后。但人家其實是真國主，跟老婆住一起哪有不行敦倫的？

觀音敏銳地抓住了這個錯位矛盾，堅稱是青獅淫人妻子，穢亂宮闈。這一下子，拋了個難題給文殊：如果他辯稱睡王后的是真國主，自己的李代桃僵之計就要破產；如果他說睡王后的是假國主，那就承認青獅犯了淫戒，還是要被嚴厲懲戒。

「那文殊後來怎麼回應的？」李長庚很好奇，他覺得這局面根本無解。

觀音道：「文殊還是很有決斷的，他在青獅胯下一掏，說他這坐騎是騸過的。」李長庚眉頭輕挑：「這……這是真的嗎？」觀音哈哈一笑：「原本不是真的，他掏過之後，就是真的了。」

李長庚倒吸了一口氣，胯下一涼。這文殊下手真是果決，為了脫開干係，居然現場把坐騎給騸了——這青獅也是倒了血楣，平白從公獅變成獅公公。

「但是就算青獅離開，三弟子的人選也該是真正的烏雞國主啊？」

觀音聳聳肩：「那個烏雞國主跟我坦白了。他其實壓根不想去西天取經，就想在烏雞國陪老婆孩子。所以他當初才故意把文殊沉到護城河裡三天，以為這樣就不必去靈山了。居然真有這樣的人，我也是服了……」

李長庚「嗯」了一聲，青燈古卷伴佛前途固然前途大好，但也有人寧願守著一畝三分地過日子，這烏雞國主，不過是另一個鎮元子罷了。

「青獅沒機會去，這烏雞國主也沒心思去。如果從靈山再調一個來補額，又是一番蠅營狗苟，我都煩了，還不如維持現有隊伍。金蟾這人不錯，疾惡如仇、是非分明，我很欣賞。他到西天成就金身羅漢，我是能接受的。」

李長庚沒想到，這個他頭疼了許久的難題，居然會以這種方式化解，真是仙算不如天算。心中一塊頑石，總算穩穩當當落在地上。

「對了，劫難都申報了吧？」

「烏雞國救主二十六難，被魔化身二十七難。老李，咱們正好完成三分之一的定額了。」

觀音樂呵呵地說，李長庚遲疑片刻，開口道：「大士啊，我剛接到調令，不在啟明殿了，去提舉下八洞諸仙宮觀。」

對面陷入了沉默，良久方道：「是因為黃袍怪的事嗎？」李長庚本想說不是，但話到嘴邊，覺得還是不要提真正的緣由比較好，免得她也沾上因果。

「跟那個有點關係。」他含糊地回答。

這不算撒謊，若沒有奎木狼出首，他也不會被三官殿審查。

觀音很內疚：「都是我連累你了，老李。若不是我硬拉著你去管閒事，你也不會……」李長庚灑脫一笑：「大士不必如此。你之前說，咱們做神仙的，得以普渡眾生為念。哪怕是演出來的，也是因為內心認定這是正理。黃袍怪那件事，我一點也不後悔。只是不能陪大士一起護法渡劫，誠為憾事。」

此言一出，對面半晌方徐徐道：

「說實在的，當初我剛接手這事時，是不怎麼看得起老李你的，覺得你就是一個油膩圓滑的老吏，正好做我的踏腳之石。後來被整了幾次，我一度覺得你是個笑裡藏刀……啊，不對，這個詞還沒傳到下界——我一度覺得你是個陰險的老神仙。直到真正做起護法，我才體會到這裡面有多複雜。你能理順千頭萬緒，平衡方方面面，還得提防宵小作崇，實在太不容易了。若非有你，我就算熬得過黃風嶺，也絕闖不過烏雞國。真的，謝謝你老李，謝謝！」

觀音的聲音，居然帶了一絲哽咽。

李長庚有點害羞地抓了抓玉冠，正要發幾句感慨，卻猛然想起西王母那八個字的教誨，趕緊把情緒強行按住，語氣盡量淡漠：「大士不必難過，我只是調職，又不是兵解，他日總會相見。」

觀音敏銳地注意到了對方語氣的細微變化：「既然如此，在這裡……預祝李仙師早悟大道，成就金仙。」

李長庚忽然又想到一件事，又叮囑道：「倒是有件事，大士千萬留神。」

「什麼？」

「烏雞國後面的路，得你自己走了。」

觀音會意。接下來正途弟子們的小動作肯定更多。比如那頭青獅，平白被騙了，難保不會在前路糾集同夥，含恨報復。

「我有心理準備，誰讓我在這個位子上呢？」觀音苦笑，「老李你心心念念要成就金仙，我又何嘗不想更進一步？」

這一仙一菩薩，俱是輕輕一嘆。

「對了，老李，你如果那邊工作不忙，在取經隊伍這裡掛個顧問吧，也不要你做什麼，就有個由頭，能時常聚聚。」

「那是自然。雖然我不能參與護法，但偶爾通個風、報個信，在天庭協調一二，還是能做到的。」

李長庚話說出口，才意識到自己又要沾染因果了。他胸中忽然湧現一股衝動，這衝動頗有些古怪，正念元嬰沒有阻止，濁念元嬰也不搭不理，任由他的元神脫口而出：「我突然得了一首臨別詩，送給大士……」

話沒說完，觀音那邊已經把傳音掛掉了。

這樁因果就此了結，不知為何，李長庚心中一陣輕鬆，也一陣悵然。要做到太上忘情，何其難也！他在心裡提醒自己，不能再忍不住去多管閒事了，要無情，要淡泊，要清靜無為……

接下來的日子裡，李長庚嚴格遵從這個原則。他職權雖改，殿閣卻沒變，仍在啟明殿內辦公。下八洞實在沒正經事可管，他就喝喝茶，看看各地的揭帖，誰來問都是一臉和藹的笑容，口中總是好好好。

可惜的是，修行始終沒什麼進境。李長庚努力讓自己清靜無為，和麻煩保持距離，但每次打坐總覺得心思仍不夠純正，那個濁念元嬰雖然整天被打得鼻青臉腫，卻怎麼也消不掉，讓他距離金仙的門檻始終差著一口氣。

歸根究柢，是因為西天取經傳來的揭帖，他篇篇不落，看得很是仔細。在揭帖裡，觀音帶著取經隊伍，依舊頑強地向前推進。李長庚能看出來，觀音一會兒收一個童子，一會兒放出一條金魚，可見每一難背後恐怕都有一番折衝樽俎。

李長庚刻意霧裡看花，不去琢磨其中深意，但還是有兩次例外。一次是在車遲國，他跟觀音打了個招呼，把劫難給了虎力大仙和他兩個師弟，下凡去託個夢，算是還了地府的因果；另外一次是女兒國，豬八戒「誤喝」了子母河的水，算是還了對嫦娥的承諾。

順帶一說，這一劫中，昴日星官居然下凡來幫忙，治好了孫悟空被蠍子蜇的傷。李長庚初覺詫異，再一細想，大概昴日星官是天庭派下來試探悟空態度的。當年那場隱祕之事被六耳揭破一角，天庭著實慌亂了一陣，他們得確定當事人心思沒變化才安心。

這種試探，恐怕不只一次。李長庚憑著經驗猜測，這幾位星官甚至包括二郎神，都會輪番下界，打著護法旗號去摸孫悟空的底。以現在猴子的態度，冰釋前嫌是不可能的，但也不至於上來就翻臉，最多是不理不睬，他的怒火早在五行山下熄滅了……

算了，算了，這些事與己無關，不必多想。

眼見著一樁樁事情了卻因果，李長庚感覺身體逐漸輕盈，心中暗喜。看來這些時日刻意淡泊還是有用的，至少「超脫因果」有希望了。

他擱下揭帖，正打算繼續修持一陣，忽然看到虎力大仙傳音過來。他以為對方是來感謝的，隨手接起。沒想到虎力大仙硬邦邦來了一句：「仙師，我們檢索到通臂猿猴的下落了。」

第十四章

再來地府，這裡依舊是一派陰風慘慘的風景。李長庚和虎力大仙一起走向奈何橋，一路上遊魂明顯少了很多，鬼哭聲也消停了不少。

「看來生死簿修好了？」李長庚恭喜道。虎力大仙撇撇嘴：「勉強好了，但地府非說是我們祭煉出了問題，到現在扣著尾款不給。若不是仙師在車遲國讓我們做了一單，只怕我們小道門都餓死了。」

「那到底是不是你們的問題？」

虎力大仙苦笑著搖頭：「我們做過排查，那次失常，正是因為生死簿裡猴屬那個似空非空集的緣故。地府跟我們做交接的時候，壓根沒提這事。我們按正常步驟來祭煉，一處錯，處處都對不上榫頭，可不就出岔子了？須怪不得我們。」

李長庚不知他這是在反諷還是單純在討論技術。虎力大仙興致勃勃道：

「仙師你可知道，那似空非空集是誰改出來的？」

「誰？」

「閻羅王。」

「啊？不可能吧？」

「是用他的名錄登的。我們去跟閻羅王求證，一對時間，正是孫悟空大鬧地府的時候。是他強奪了閻羅王的名錄，上去改出來的。」

李長庚眉頭一挑，沒想到這事還能追溯到孫悟空身上，一時有些猶豫。可惜這時也不能反悔了。奈何橋頭，崔判官拘著一個魂魄走過來，影影綽綽的，好似猴子的形狀，又似他物，身形忽聚忽散，看不真切。

「通臂猿猴？」李長庚上前問。

魂魄微微動了一下，似有感應。崔判官道：「這是我們好不容易檢索出來的，發現時他已經快魂飛魄散了，連形體都模糊不清，如同一團黑氣。李仙師有什麼話，得盡快問。」

虎力大仙趕緊施展陰陽大法，調整了一頓，通臂猿猴的魂魄才變得清楚了一些，勉強能看出五官。

「解析度只能調到這個程度了。他不能言語，只能點頭或搖頭，不過無法說謊。」虎力大仙解釋，「他此時三魂七魄不全，說謊需要運用大量魂力，超出了他目前的處理能力……」

李長庚沒理會技術性解釋，拘著通臂猿猴來到奈何橋旁一處無鬼之地：「我來問你，當初孫悟空離開花果山，前往斜月三星洞拜師，是不是你安排的？」

通臂猿猴的魂魄呆呆注視著李長庚，緩緩點了一下頭。

「菩提祖師的弟子名額，是不是你篡改了一隻妖怪的履歷得來的？」

通臂猿猴遲疑片刻，點點頭。

「那隻妖怪，是不是叫六耳？」

答案依舊是點頭。

李長庚又問道：「那孫悟空知道這件事嗎？」

通臂猿猴搖搖頭。

「孫悟空為什麼要闖入地府，篡改生死簿？」李長庚問出來，才想起通臂猿猴只能點頭或搖頭。他調整了一下問題：「孫悟空大鬧地府，篡改生死簿，是為了掩蓋他的出身嗎？」

通臂猿猴搖搖頭。

李長庚連問了數十個問題，卻始終不得要領。眼看通臂猿猴的魂魄差不多要散去，李長庚細思片刻，發現自己還是順著陰謀論去問了。其實很多事情沒那麼多算計。他迅速調整思路：「他篡改生死簿，是為了你能多活幾日？」

通臂猿猴點頭，形體激烈地抖動起來，幾乎要化為飛煙。

果然！

李長庚長長吐出一口氣。通臂猿猴在孫悟空藝成之後，壽數就已經快到頭了。石猴與他感情至厚，這才強闖地府，改了生死簿強行續命。後面天庭與孫悟空談判，想必是從這個舉動裡得了靈感，用通臂猿猴和其他猴子的壽數做交換……停！打住！

正念元嬰發出斷聲警告，再往下就又要進入危險領域了。

李長庚想了想：「這件事，是有人指使你的嗎？」通臂猿猴搖搖頭。他微皺眉頭，換了個方式：「你是自己把這件事辦成的？」通臂猿猴點頭，這個回答出乎李長庚的意料，他不甘心地追問了一句：「是你出於自願，賄賂三星洞負責招收門徒的管事，讓他替掉了履歷？」

通臂猿猴最後勉強點了一下頭，然後坍縮回一團灰濛濛的陰氣。李長庚沒奈何，把那殘魂拘回奈何橋前，交給崔判官去走轉生流程。

其實李長庚本心是不想碰這事的，這不符合「太上忘情」的要旨。但考慮到六耳至今仍下落不明，恐怕會成為自家的心魔。為了金仙境界，他覺得還是盡快把這樁小事了結了比較好。

先斷因果，才好忘情。

他回到啟明殿，略加查詢，愕然發現當年在斜月三星洞負責招徒的管事，幾百年前就得道飛升了，如今在三官殿任職——恰好就是陪同地官大帝審訊李長庚的那位仙吏。

嘿，這傢伙也真坐得住。地官大帝和李長庚就六耳的動機吵了半天，他一個當年的知情者，卻在旁邊一言不發。

正好，之前李長庚在三官殿喝了兩次茶，如果不把對方的人帶到啟明殿來喝一杯，豈不是禮數有缺？李長庚二話不說，發下文書，指名道姓讓那位仙吏前來問話。

三官殿和啟明殿平級，可不代表李長庚和那個仙吏平級。仙吏很快慌慌張張地趕過來，一見面就作揖賠笑，解釋說：「之前是職責所在，並不是針對李老仙師，下官在談話時可是一言不發，半點不曾為難。」

李長庚笑瞇瞇地端過一杯茶來，看著仙吏勉強喝下去後，才慢條斯理道：「我如今提舉下八洞，不管啟明殿這塊了。這次喚你來，是私下有事請教。」

仙吏眼前一黑，這話聽著更嚇人了。私下請教，意味著明面上的限制就沒了。他在三官殿對人事安排極為敏感，知道太白金星這「提舉下八洞」不過是臨時安置，不能當成真的閒職看待。萬一哪日得證金仙，想讓一個小吏生不如死，都不必自己動手。

仙吏擦了擦額頭上的汗水：「我一定知無不言，知無不言。」

李長庚道：「你飛升之前，可是在斜月三星洞菩提祖師座下做事？」

仙吏連連點頭：「在下當時是在三星洞裡做一個都管。」

「孫悟空替掉六耳的履歷，是你操作的？」

仙吏臉色一變，連忙推脫道：「我不太記得了。」

李長庚也不催促，就這麼笑瞇瞇把茶杯朝對面推了一推。仙吏登時繃不住了，身為三官殿的人，輪到自己被盤問的時候，才知道抗拒有多難。他囁嚅道：「飛升以後，俗世因果都已斬斷，真的不太記得了。」

李長庚和顏悅色道：「你心裡莫有負擔，我不是來追究責任的，只想求個明白而已。」

仙吏如坐針氈，只得承認是他經手，然後簡單解釋了幾句。

菩提祖師講究有教無類，所以三星洞每隔幾年招收的外門弟子，有一定比例，分別是妖、怪、精、靈這四種。那一年，恰好有一個叫六耳的猴妖申請入門，各項考核都通過了，履歷送到這位都管手裡。恰好通臂猿猴找過來，懇求他塞一隻石猴進去，都管便抽出六耳的履歷，把石猴替進去。

那兩隻猴子相貌彷彿，經歷類似，就算站在面前，尋常人也分不清楚，別說只看履歷了。三星洞外門只知道本年度招了一隻開靈智的猴子，至於是哪隻，卻完全沒有細察。

仙吏解釋完以後，李長庚好奇道：「通臂給了你什麼好處，讓你做這樣的事？」

仙吏愣了一下：「他送了我一船新鮮瓜果。」

「什麼？」

「花果山的瓜果口感好，汁水足，甜度高，保存時日又長，我在天庭都很少吃到……」

李長庚趕緊打斷他的話：「你不要說假話，那可是菩提祖師門下弟子的名額，干係何其重大，一船水果就搞定了？」

仙吏賠笑：「仙師想差了。菩提祖師的真傳弟子，名額確實金貴，做不得假。但外門弟子每年都要招幾百個，冒籍頂替常見得很——誰知道孫悟空後來獨得了祖師青睞呢？」

李長庚一怔，旋即拍了拍腦袋：「是我想差了，想差了……」

他原來一直疑惑，通臂猿猴一隻野猴子，怎麼有本事篡改六耳的履歷？如今聽仙吏一分說，才反應過來，根本是自己的思路錯了。

他老覺得那兩隻猴子能耐大、成就高，下意識覺得他們的履歷被替換，必有高人在背後指點。其實在拜師之前，無論石猴還是六耳，還只是毫不起眼的小妖。在三星洞都管的眼中，區區一個外門弟子的道籍罷了，多大點事，一船花果山的瓜果足夠了。

至於孫悟空後來從外門混到內門，又從內門混到祖師真傳，那是他自家努力的結果。到了他上天成名之後，仙吏對此更是諱莫如深，提都不敢提。

所以，並沒有什麼驚天陰謀，不過是凡塵中每日都會發生的事罷了。恐怕三星洞外門還有其他被冒名的倒楣鬼，只是連發聲都沒機會，不知埋沒了多少在地府裡。

孫悟空和六耳一個資質高絕，成就驚人；一個執著頑固，只認死理，這才讓這一樁冒名頂替的勾當格外刺眼。

李長庚感慨了一通，遣退了仙吏，展開玉簡，奮筆疾書，把調查所得寫成一份文書。

這是一份關於六耳舉發孫悟空冒名拜師之事的正式回應。李長庚沒做絲毫隱瞞，如實落筆，把前因後果寫了個分明。雖說他自己就是神仙，但還是忍不住要嘆息命數之玄妙。

通臂猿猴為了悟空，竊走了六耳的資格；悟空感念通臂猿猴的恩情，闖進地府為他改了命數。幾百年後，生死簿因為這一個小小的錯謬，導致失常，直接把通臂猿猴帶下地府；而六耳借著這個機會，從花果山處窺見了天庭的祕密一角，引發了後面的一連串大亂。

他從前聽元始天尊說法，說西天靈山的金翅大鵬拍動一下翅膀，會導致東海龍宮一場風暴，以此譬喻世事無常，因果交替，總有那「遁去之一」居中變化，任大羅金仙也無法算盡天數。如今一看，果不其然。

當然，這些感慨自然是不能寫的，李長庚把文書範圍嚴格限定在「冒名頂替」之內，不涉其他。寫完了玉簡，李長庚鄭重地用了一個啟明殿的印，填上六耳第一次遞訴狀的日期，提請靈霄寶殿裁定。

李長庚知道，這份文書什麼也改變不了，但至少對六耳是一個交代。雖說那小猴子不知躲在哪個山溝裡咬牙切齒，但既然答應過要給他一個說法，那就給他一個說法。

靈台之內，濁念元嬰再三跟正念元嬰保證，這是其在啟明殿的最後一項調查，也是成就金仙前的最後一樁因果。從此之後，李長庚便可以毫無掛礙了。正念元嬰將信將疑，但見濁念元嬰鼻青臉腫，估計鬧不出什麼花樣，也便睜一隻眼閉一隻眼了。

讓守殿童子把文書送出去之後，李長庚啜了口茶，把袖管裡六耳的一縷妖氣取出來，想把這個好消息告訴那野猴子。可是做了半天法，卻不見回應。這野猴子從三官殿逃下去之後，一直沒有蹤跡，就連千里眼和順風耳都尋不見。

「算了，等風頭過去，過些日子再去尋他吧。」李長庚無奈地把妖氣收回，繼續喝茶。過不多時，守殿童子送完文書回來，順便把最新的揭帖擱在案上。

李長庚喝飽了茶水，又閉目養神了一陣，這才懶洋洋地把揭帖拿過來。這一看不要緊，「哐當」一聲，茶杯跌落到了地板上。

這揭帖已推進到了四十六難。上面講突然出現一個假猴王，與真猴王一番爭鬥，不分勝負，打遍天上天下，最後到了如來佛祖面前，才真相大白，假猴王被當場打死，原來是一隻六耳獼猴。揭帖總結說，這猴子其實是孫悟空自己的心魔所化，一體兩心，善惡兼備，唯有刻苦修持，方可揚善泯惡，戰勝自我云云。

李長庚自然不會信揭帖總結出的大道理，他當即傳音給觀音，問怎麼回事，那邊觀音長長嘆息一聲，說：「老李我也不瞞你，這一難，其實是個意外。」

取經隊伍原本要去火焰山，結果半路休息的時候，突遭襲擊。襲擊者是一隻猴子，長得和孫悟空一模一樣，從路旁衝出來，舉著棒子就砸。孫悟空本來沒打算和他起衝突，他卻不停糾纏，最後兩個一路打到靈山腳下，他瘋了心，居然連佛祖法座都要衝擊，結果被護教金剛們合力擊斃了。

「那隻假猴王，就是三打白骨精時替悟空出手的那位吧？」觀音問。

李長庚默然點頭。

「他幹嘛襲擊取經隊伍？是老李你沒結錢，過來討薪嗎？」

李長庚還沒回答，觀音自己又給否定了：「不對，不像是討薪，他那做派跟主動求死似的，嚷嚷著什麼『我才是真的，我才是真的』，對著孫悟空狠打，不管不顧，滿眼絕望。唉，那神情，和孫悟空幾乎一樣。所以我一度都被迷惑了——老李你知道他這是怎麼回事嗎？」

「許是受了什麼委屈，無處宣洩吧？」李長庚口氣虛弱地答道，然後面無表情地放下笏板。

世人包括觀音在內，都以為六耳變成孫悟空，是為了騙過取經人的眼睛。只有李長庚明白，那不是他的本意。他只是走投無路之後，被迫用最極端、最絕望的行為向三界發出吶喊：「孫悟空」這個名字、身分和命運，本是屬於他的。六耳唯有如此，才能爭取到一個說法。

可惜的是，揭帖公布出來，他非但沒討回身分，自己反倒被說成是孫悟空的心魔，又一次背上被替代的命運。

李長庚回顧至此，忍不住想，倘若當初自己查實了這樁小事——不，哪怕自己態度只是稍微用心一些，也許結局便大為不同。

不對，不對。當初如果自己硬著心腸不管，趕六耳下界，他早早失望，也就沒這事了。正是自己偶發善心，給了他虛假的希望，卻又沒辦法解決，才導致這一場悲劇。

不要去學吳剛伐桂，徒勞地砍了那麼久，卻一絲痕跡也沒留下，到頭來都是一場空。這……這不正是太上忘情的真意嗎？

李長庚陡然感到一絲靈光乍現，俯身把茶杯從地上撿起來，連忙坐回到蒲團上修煉。體內的正念元嬰「嗷」了一聲，飛撲過去把濁念元嬰壓住。濁念元嬰靈力虛弱，動彈不得，只是嘴裡還在聒噪不已。

李長庚心裡堵得厲害，根本無法凝神。他索性不修了，大袖一擺，默默走到南天門外，跟王靈官打了個招呼，來到六耳當初站立的地方。

南天門外罡風陣陣，李長庚把懷裡的報告副本取出來，蹲下身子，打出一團三昧真火。只見玉簡徐徐化成一團光焰，嫋嫋飄散，幻化成一個頭如花環的身影。只可惜罡風猛烈，這玉煙到底沒能飄進南天門。那身影弓了弓身子，很快消散開來，淡不可見。

隨著那個身影消散，李長庚的濁念元嬰也不再嚷嚷，眼皮緩緩闔上，被正念元嬰一記鎖喉掐暈過去。

從那一天起，李長庚變得比以前更加沉默，連取經的揭帖也看得少了，只偶爾了解一下進度，每天一心撲在下八洞的事務上。與他接觸的同僚，發現老李眼眸越發深邃，難以捉摸，講起話來也越發滴水不漏。鎮元子偶爾傳音過來，還會抱怨說老李現在講話跟發公文似的。

幾天之後，啟明殿忽然接到一封協調文書，本來是分派給織女的。織女正好剛把衣服織完，急著下界去給孩子試，就央求李長庚替自己跑一趟。李長庚為難道：「我如今雖然暫在啟明殿辦公，但工作在下八洞，怎麼好越權呢？」

織女嬌嗔，扯一扯他的袖子：「哎呀，我聽我媽說，您的調令就快下來了，馬上就能回啟明殿，不差這幾天。這原本就是您的事務嘛，熟門熟路，就幫我去一趟吧。」李長庚耐不住她糾纏，只好答應下來。

織女高高興興地離開，他打開文書一看，整個人淡淡笑了一聲，拂袖出了啟明殿。

殿外正候著一隻五彩玉鳳，氣質高雅端莊，造型極為華麗。這是李長庚新得的坐騎，他熟練地跨上去，一擺拂塵。玉鳳迎風鳴叫一聲，展開斑斕雙翼直衝雲霄，一路上金光四射。

只是轉瞬間，他便飛到了南天門。在那裡，一個熟悉的身影正在等待。

「大聖，好久不見。」李長庚打了個招呼。

「金星老兒。」孫悟空仍是那一副萬緣不沾的懨懨神情，似乎身上還有傷。

李長庚關切道：「大聖這是怎麼了？」

孫悟空道：「下界不太平。」

取經隊伍之前在獅駝國遭了一場大劫，一場真正的野劫。文殊、普賢的坐騎再加上如來的舅舅聯手下凡發難。那三位根腳深厚，算計複雜，事情最後演變成了一場聲勢浩大的靈山內鬥。就連事後發布的揭帖，都寫得險象環生，可見真正發生的故事有多驚人。好在取經團隊發揮超常，勉強扛了過去，不過那三位也沒受什麼懲罰，復歸原職而已。

天上的事都是如此，就像吳剛去砍桂樹，無論多熱鬧，終歸不復有一絲痕跡。孫悟空還要詳細講講，但李長庚一擺手：「順利渡劫就好，個中曲折大聖就不必轉告了。」

悟空也不勉強，拿出一個錦囊，給了李長庚：「如今我們走到陷空山了，這方略有一段，需要上天對質。金星老兒隨便帶個路就好。弄得太假沒人在乎，弄得太真反倒有人要不自在了。」

他的語氣冰冷依舊，說不上是客氣還是諷刺。不過李長庚多少能理解，經歷了那樣的事之後，很難對這個世界再有什麼親近感。

李長庚掃了一眼方略，並沒什麼出奇之處。無非是天王府的義女下凡作亂，孫悟空請天王與哪吒前去收妖，都是濫俗不過的套路。觀音也是沒辦法，正途弟子那邊的手段此起彼伏，不是彌勒佛的童子搗亂，就是文殊、普賢的坐騎復仇，觀音光應付那些就已經疲於奔命，哪有時間搞原創劇情，大部分時間都是隨便糊弄一下。

不過這個感慨，只是在李長庚心中微微起了波瀾，他旋即收住道心，淡然道：「天王府比較遠，請大聖隨我來吧。」

兩人上了玉鳳的背，朝著天王府飛去，一路上誰都沒講話。飛著飛著，李長庚忽然感覺到，內心的濁念元嬰一陣悸動。它已被正念元嬰打服了很久，趴在地上奄奄一息，誰能想到這時它居然又迴光返照了。

「大聖，反正到天王府還有一段時間，有樁事不妨做個談資。」

「講。」

李長庚在鳳頭負手而立，把六耳與通臂猿猴的往事娓娓道來。孫悟空聽完之後，沉默許久，面孔有了些微變化：「此事當真？」

「若大聖問的是天庭是否認定，那是沒有。我提交的文書並無批覆，更無人追究。不過此事是我親自查實，應該錯不了——所以此事既是真，亦是假。」

一股強烈的氣息猛地從猴子身上炸開，慌得那隻玉鳳差點從半空掉下去。

「怪不得，怪不得……我離開花果山之前，通臂猿猴他指點我去西牛賀洲靈台方寸山，說那邊才有機緣。嘿，我本以為真是自家的機緣，原來和這場取經一樣，不過是安排好的一場戲罷了。為了我，通臂猿猴他可真是……可真是什麼都幹得出來。」

李長庚原以為孫悟空就算不否認，也會含糊以對，沒想到他這麼乾脆就承認了。

「真假孫悟空那一劫，金星老兒你看到了吧？」悟空突然說。

「嗯，略有耳聞。」李長庚盡力掩蓋住表情。

「現在回想起來，六耳那一次襲擊，確實處處蹊蹺。他扮作我的模樣，一邊喊著『我才是真的』，一邊追著我打。我不明白，哪裡來的這麼個大仇家。等鬧到佛祖駕前，我想他乖乖就地一滾也就結束了，最多是被降服而已，傷不到性命。誰承想，他一聽佛祖說我是真的他是假的，眼睛變得比我的火眼金睛還紅，抄起棒子衝著佛祖就砸去了，然後……被護教金剛們砸成齏粉，我想阻攔都來不及。」

孫悟空是親身經歷，比觀音轉述得更加清楚。李長庚不由得閉眼微嘆，然後勸解道：「六耳也是冤屈難伸，心中激憤之故，希望大聖不要心存芥蒂。」

「明明是我負了他，哪裡輪得著我心存芥蒂？」孫悟空負手低頭，語氣低沉，「金星老兒你還記得我官封弼馬溫時那次鬧事嗎？」

「記得記得。」

「我在菩提祖師那裡拚命修道，只為了早日出人頭地，好能遮護花果山的猴兒們。好不容易上了天庭，卻因為沒有根腳，只被分配做一個弼馬溫。為什麼要鬧？因為我不甘心。我辛苦修來一身本事，比九天神仙都高明，可那些好差事，都被他們的親眷分完了，我憑什麼只有這點功果？沒想到，到頭來，什麼弼馬溫，什麼齊天大聖，鬧了半天，打根上我就是占了別家的命！」

李長庚道：「也不能這麼說。大聖天資聰穎，道心可用；六耳性情偏激，就算走上這條仙途，也未必有大聖走得遠。」

孫悟空諷刺一笑：「走得遠？我成了齊天大聖又如何，不也是替別人扛了劫難和黑鍋，可見報應真的不爽。」

一觸及這個話題，李長庚立刻不作聲了。

孫悟空卻說得毫無顧忌：「那一樁事，我只存了一份當日二郎神哀求我替罪的留聲，深藏在水簾洞內，原指望哪日萬一能用來澄清。沒想到居然被六耳找到，反而害了他，唉……」

至此李長庚才徹底明白，為何三官殿反應那麼大。這留聲若傳出去，二郎神可就完全暴露了。所以六耳被當眾打死，未必不是護教金剛們存了什麼別的心思。

「我很理解六耳的心情，很理解，真的……」悟空很少說這麼多話，他仰起頭顱，雙眸中多了些許靈動，似有流光微溢。

「我被迫替二郎神扛下黑鍋時，先是鬱悶不解，不明白天底下怎麼會有這樣的道理；然後發現根本講不得道理，便開始憤怒，和六耳一樣，恨不得天上地下盡皆打碎，一舒胸中惡氣——可惜啊，我大鬧天宮，卻僥倖沒死，被佛祖壓在五行山下，慢慢也就認命了。」

李長庚不知道他說的「可惜」，到底是可惜誰。

「這點破事，我在五行山下花了五百年，總算琢磨明白了。這天地之道，無非就是大家替來換去，演來裝去。我偷了六耳的命，別人又拿我的命去替罪；我演了這一場劫，又在更大的一場假劫之中。那篇揭帖說得也沒錯：我倆真的是一體兩心，他是被鎮前憤怒的我，我是死心後苟活的他。」

玉鳳背上，唯有呼呼的罡風吹過，兩人一時都沉默下來。

李長庚張張嘴，濁念元嬰捅了他一下，讓他問問大鬧天宮是否如推測的那樣，卻被正念元嬰一拳打翻在地，掙扎幾下。

李長庚終究沒發出聲音來，孫悟空似乎猜出他的心思，嘴角微翹：「我觀金星老兒你寶光沖和、仙氣濃郁，怕是快證金仙了吧？怎麼還關心這些閒事？」

李長庚一擺拂塵，臉上的感慨緩緩消去，變得寶相莊嚴：「此事與我實無干係，今日偶然談起而已。我是怕大聖不明其中因果，以致日後道心有礙。」

孫悟空哈哈大笑起來：「金星老兒，你若證不得金仙，就算知道真相，有害無益；等你證了金仙，言出法隨，真不真相的也就不甚緊要了——你說你忙個什麼勁？」

李長庚「呃」了一聲。

悟空道：「你如此做派，想必還沒修到太上忘情的境界吧？我教你個乖：超脫因果，不是不沾因果；太上忘情，不是無情無欲。」

李長庚一怔，這和自己想的好像有點差異，連忙請教。孫悟空卻無意講解，只是擺了擺手：「莫問莫問，還得你自家領悟才好。不要像我一樣，太早想透這個道理，卻比渡劫還痛苦呢。」

他言訖大笑起來，笑聲直衝九霄雲外，大而刺耳，比吹過天庭的罡風更加凜冽。

第十五章

寶幢光王佛撐著無底船徐徐過來，靠近凌雲渡。玄奘師徒四人站在渡口，翹首以待。

觀音站在半空雲頭，向下看去；周圍那三十幾位神祇也各自就位。更遠處的靈山正殿，也已張燈結綵，諸多神佛次第而立。

過去的十四年裡，這支取經隊伍歷經幾十場「劫難」，終於順利抵達了靈山腳下，只差最後一步流程。只要他們登上無底船，渡至彼岸，就算是大功告成。

隨著一聲清脆唳鳴，一隻玉鳳從天空飛落。李長庚身為取經顧問，自然也在受邀之列，前來觀禮。觀音見太白金星來了，正要熱情地迎過去，後者卻淡然一笑，來了一個稽首。觀音停住腳步，嘴唇動了動，只得雙手合十，回贈一禮。

「啟明殿主，有勞。」

李長庚道：「職責所在，談何有勞，不過十幾天的辛苦而已。倒是大士一路專心護持，最見功德。」

這話說得一點沒毛病，就是有點生分。觀音注意到，李長庚的寶光已濃郁到了極致，只差最後一步就可以得證金仙。他這次來，是代表天庭，自然行止謹慎。

玄奘師徒還在等候船隻靠過來，觀音順手拿出一本金冊，遞給李長庚。李長庚翻了翻，發現是歷劫揭帖的合集，有些好奇道：「怎麼只有八十難？我記得定量是八十一難吧？」

觀音微微一笑：「這是我替玄奘留的。」

「玄奘？」

「老李你看。等一下他們登上這條無底船，凡胎肉身便會墮入水中，順流沖走，唯有一點真靈能到達彼岸。如此才可以斷絕濁世因果纏繞，修成正果——但玄奘跟我說，他不想這樣。」

「都臨門一腳了，他難道不想成佛了？」饒是李長庚心性淡泊，也嚇了一跳。

觀音笑道：「且賣個關子，到時候你就知道了。」

兩人把注意力放回凌雲渡口。

寶幢光王佛的船緩緩靠岸。在一片莊嚴的鐘磬聲和誦經聲中，玄奘、八戒與沙僧三人依次踏上渡船。只見三具軀殼相繼蛻下，撲通撲通落入水中，順流而下。三個真靈立於船頭，互相道賀。

唯有孫悟空站在渡口邊上，久久未動。他緩緩抬起頭來，似乎看向雲端上的太白金星，又似乎不在看他，而是在與更高空的什麼人對視。

太白金星沒有回頭，他已經是半個金仙了，知道哪些事能做，哪些事不能做。他能感覺到，背後高空有幾道視線掃過，似有催促之意。

猴子最後一次露出譏誚冷笑，從耳裡取出金箍棒，一下折斷，然後舉步踏上船去。

李長庚知道，猴子是徹底死心了。先前二郎神與奎、昴二宿輪番下界，在金山，在祭賽國，在小雷音寺，打著護法的旗號一遍一遍地試探，他卻再也沒有任何過分的舉動。

那隻大鬧天宮的猴子，大約確實是死了。

孫悟空登船的一瞬間，只見一個黑漆漆的影子，從猴子的身軀裡分裂出來。這影子似有自己的靈智，掙扎了幾下，似乎不願與本體分離，欲要黏回去。孫悟空狠狠一縱身，那影子才與本體脫開，似是絕望，又似是憤怒地朝水中墮去。

而在無底船頭的孫悟空，如同褪去了一層色彩。冷峻厭世的神情消失了，雙眸也不再閃著譏誚與鋒芒，眉眼間變得慈和，不見任何稜角。

孫悟空向其他三人含笑道賀。那和煦溫暖的笑容，似是千里萬里之外的陽光照徹琉璃，只見燦爛卻無甚溫度。那是一種遙遠的和善，是斬斷了一切俗因之後的通透。

李長庚突然間，徹底明悟。

為何玉帝與佛祖會安排孫悟空參與西天取經？只要他一上無底船，便會捨下軀殼與濁念。從前的憤懣、怨懟與各種因果牽絆，便統統被拋卻。那一樁不可言說的大祕密便可徹底消失，再無任何隱患。而對靈山來說，一個天庭頑妖皈依我佛，成了正途之外的佛陀，又是何等絕妙的揄揚素材——畢竟那可是天上地下獨一個的孫悟空。

天庭消了隱患，靈山得了揄揚，悟空有了前途，可謂皆大歡喜。這……這才是太上忘情的妙旨真意啊。

他原先一直卡在悟道的邊緣，試過淡泊心性，試過清靜無為，卻始終不能理解那八字的精髓。眼見那些金仙明明一個個沾起因果來爭先恐後，七情六欲也豐沛得很，與「超脫因果，太上忘情」八字豈不矛盾？

如今見證了孫悟空拋卻凡軀，想透了玉帝與佛祖的用意，李長庚這才想透了那段提點的真解：超脫因果，不是不沾因果，而是只存己念；太上忘情，也不是無情無欲，而是唯修自身。

一切以自身修行為念，不為下界之事動搖心旌。如此一來，因果可以沾而不染，情欲也可以掛而不礙，境界截然不同。

李長庚的靈台，宛如吹過一陣玄妙的靈氣，霎時蕩開了蒙昧雲靄。他感覺自己體內最後那一點點濁念元嬰，在悟空陽光似的微笑感化下，終於化為一縷青煙，被擠出丹田，不知飄向哪裡去了。如今體內只有一個正念元嬰，盤踞正位，道心精純無比。

觀音感覺到身旁一股磅礴的法力升騰而起，她側過頭來，看到李長庚周身散出金光虹影，整個人神意洋洋，很快隱沒在一片耀眼的寶霓之中。

「恭喜仙師。」觀音雙手合十，禮拜讚嘆，只是眼底終究多了一絲淡淡的遺憾。不過她突然見到，玉淨瓶裡水影波動，柳眉微微一抬。

數日之後，通天河。

一本本濕漉漉的真經被攤開放在石頭上，師徒四人正在埋頭整理。他們頭襯圓光，慈眉善目，一派和諧氣象。根據方略指示，天道有不全之妙，所以需要補上這一難，才算圓滿。

觀音站在河邊，手持玉淨瓶向水中望去。過不多時，一隻老黿從水裡浮上來，笑嘻嘻道：「大士大士，我演得可好？」

「辛苦你了，如此一來，最後一難終於可以銷掉了。」觀音滿意地頷首。老黿又道：「那兩位我也帶到了。」

觀音敲了敲瓶子：「老李，出來了，出來了。」一縷濁念從玉淨瓶中飄出，幻化成一個白頭老翁的模樣：「咳，別叫我老李啦。金星本尊已經回天庭，我不過是留下的一縷濁念罷了。」

「所以才叫你老李——我再見了本尊，恐怕要叫一聲李金仙了。」

老黿爬上岸，碩大的殼上趴著兩具軀殼，一具是孫悟空，一具是玄奘，正是前幾日從凌雲渡分離下來的殘蛻，居然順水漂到了此處。

李長庚嘖嘖稱奇：「沒想到這通天河，居然能直通靈山。」

「要不怎麼叫通天河呢？」觀音道，「老李你沒趕上之前那場劫難，實在可惜。我難得來了靈感，連如來送的那尾金魚都用上了，可以說是我最具創意的方略了。」

「怪不得那尾金魚自稱靈感大王啊。」

兩人講話間，兩具軀殼同時起身，互相望了望，向觀音一拜。李長庚仔細觀瞧一眼，卻突然大驚。

那悟空渾身濁氣，確實是殘蛻無疑；而玄奘無論怎麼看，神魂都完滿無漏，分明是正念真靈。

「老李你猜得不錯。」觀音微微頷首，「當初在淩雲渡口，玄奘墮到水裡的是他的真靈，去見如來的乃是殘蛻。瞧，那殘蛻如今正在河那頭拾掇經文呢。」

李長庚滿心不解，不知道玄奘為何這麼做。玄奘真靈道：「仙師可還記得我十世之前的法號？」

「金蟬子……」李長庚念出這名字，眉頭一揚。

是了，是了。這個真靈，是佛祖分出自己的舍利，套了個玄奘的容器罷了。等一到靈山，玄奘墮下，金蟬脫殼，靈山便多了一尊正途之外的佛陀——「金蟬」二字，原來早有深意。

但這個真靈，怎麼又跑來這兒呢？

真靈還是玄奘的相貌，臉色肅然：「我原本的宿命，是一心回到靈山，成就上法。但先後轉世了十次，沾染了十世善人的心思，菩提心頗有變化。我這一路走來，雖說被兩位護持，什麼真事都沒做，世間苦難卻看到了不少。尤其是寶象國那一劫，對我觸動尤大。兩位應該也都知道，這一世我親娘也是因為這般遭遇才沒的，她也是一個百花羞。」

菩薩和神仙一時神情落寞。

「離開寶象國之後，我一直在想，世間受苦受難的人那麼多，又豈獨在取經路上？我若成就佛陀，高坐蓮台之上，日日講經，享用三界四洲香火，固然圓融無漏，又怎麼救苦救難？」

李長庚笑了：「看來你和我一樣，都做不到太上忘情。」

「我怕成佛之後，從此離人間疾苦遠了，對下界苦難不再敏感，反失了本意。所以便借著凌雲渡口脫殼的機會，交換了身分。」

「佛祖知道這事嗎？」

「他老人家只要多得幾位正途之外的佛陀就好，是真靈還是殘蛻，並無分別。」真靈朝對岸努努嘴。

「接下來你打算如何？」

「我求了大士把最後一難設在通天河，自己被老鼉馱來這裡，借曬經的機會與取經隊伍會合。」

「這……我就不明白了。你既已解脫，為何還要回取經隊伍？」

「我向觀音大士要過靈山的規劃。取經隊伍去長安交付完經文，全員返回靈山繳還法旨，成就真佛，然後，就沒然後了。真經在長安怎麼讀、怎麼解，反倒沒人在乎了，這豈不是本末倒置？凡事該有始有終，所以玄奘凡胎會替我到西天成佛，我則以玄奘的身分留在大唐，在長安城裡譯經說法。」

真靈說到這裡，下巴微抬，傲然之氣溢於言表：

「貧僧不要憑著金蟬子的身分輕鬆成佛，在靈山享受極樂，而要以玄奘之名留駐凡間，方不負大乘之名。」

李長庚點點頭，又看向孫悟空的殘蛻。

「別看我，我就是殘蛻，真身在那頭傻樂呢。」孫悟空的殘蛻冷笑。那邊的孫悟空真靈面容慈和，一頁一頁耐心地曬著經書，如老僧禪定。李長庚一笑，看來猴子的軀殼分離時，連毒舌本性也被帶走了。

「你也要跟隨玄奘回東土嗎？還是回花果山陪你的猴崽子？」

殘蛻沒有回答，反而開始產生某種變化。李長庚看到他的頭上，緩緩浮現六隻耳朵，有如花環一般。

「悟空你……」

「我去地下一趟，哪怕搜遍整個地府，也要尋回六耳的魂魄。他只有魂魄，我只有軀殼，正好還他一段因果。」

說完之後，悟空殘蛻向兩人一拜，嗖的一聲消失了；而玄奘真靈，也在行禮之後，轉身走向取經隊伍，步履堅定。

通天河中，波濤起伏。觀音與李長庚並肩而立，後者忽生感慨：「之前我在廣寒宮，看到吳剛砍樹，說他無論怎麼砍，桂樹還是一如原初，不留任何痕跡。結果被他反嗆了一句，說哪個不是如此。如今看來，畢竟還是留下了些許裂隙，不枉辛苦一番了。」

觀音擺弄著玉淨瓶裡的柳枝，笑意吟吟：「老李你本尊在凌雲渡口得證金仙，卻故意把最後一縷濁念元嬰甩給我，也是有託孤之意吧？趁著我還沒繳還法旨，你想去哪兒投胎，我盡量為你安排。」

李長庚睎起雙眼：「我聽說大唐宗室也姓李，要不，就去那邊當一世皇帝好了。」

「嗐——想想別的，想想別的。」

「嗯，當詩人也不錯。」

「你剛才說要當哪一世皇帝來著？我試試啊。」

「我好歹是仙人的濁念，做個詩人怎麼了？」

「轉世講究平衡。以老李你的條件，想當詩人得先洗掉前世宿慧，再把官運壓低……」

兩人且聊且行。遠處取經隊伍已經收拾好了經文，駕起祥雲喜氣洋洋地朝著東土而去。但見滿天瑞靄、陣陣香風，前方眼見到了長安。李長庚趁觀音一時不察，到底還是朗聲吟出來：

當年清宴樂升平，文武安然顯俊英。
水陸場中僧演法，金鑾殿上主差卿。
關文敕賜唐三藏，經卷原因配五行。
苦煉凶魔種種滅，功成今喜上朝京。

後記

二〇二二年年初，我交了一部大稿。那稿子前後寫了三年，幾十萬字的量，讓我疲憊不堪。

我把稿子交給編輯之後，說不行了，趁著舊債剛了、新坑未挖之際，得歇歇，換一下心情。編輯警惕地說，出版社不報旅遊費用。我說疫情還沒平息呢，誰敢去旅遊。編輯說，買PS5也不能報。我說鵷非梧桐不止，非練實不食，非醴泉不飲，會看得上你這點腐鼠嗎？

編輯沒讀過《莊子》，或者假裝沒讀過，說你到底想怎麼休息？我說我決定調整一下狀態，寫個篇幅比較短的、輕鬆點的、沒有任何要求的、最好是連出版也沒機會的作品。編輯一聽最後一條，轉身走了。

於是就有了《太白金星有點煩》。

最初我並沒打算寫這麼長，預估三四萬字就差不多了。不過創作的樂趣就在於意外，隨著故事展開，角色們會自己活起來，跳出作者的掌控，很多情節不必多想，就這麼自然而然地發生了。我要做的工作，只是敲擊鍵盤，把這些東西從腦子裡召喚出來。每天兩三千字，前後一個多月，結果寫完了回頭一看，好嘛，居然有十來萬字。

也好，盡興了，疲憊一掃而空，這次不虧。

有朋友問我，你是不是原本打算把八十一難從太白金星的視角寫一遍，寫到後來懶了，才把寶象國後頭幾場大戲全部略過去了？這個還真不是，我動筆前，就模模糊糊預感到寶象國會是一個節點，寫完寶象國的事情，故事的重心將會不可避免地發生變化，再如之前那麼一難一難寫過去，會變得很乏味，也不合心意。

當然，這種乘興而寫的東西，神在意前，一氣呵成，固然寫得舒暢，細節不免粗糙。不過寫文這種事，粗糙的澎湃比精緻的理性更加可貴，以後有機會再雕琢一下便是。

吳剛伐桂，就算不留下任何痕跡，也樂在其中。有時候創作亦是如此。

馬伯庸

高寶書版集團
gobooks.com.tw

DN 308
太白金星有點煩

作　　者　馬伯庸
責任編輯　林子鈺
封面設計　黃馨儀
內頁排版　賴姵均
企　　劃　何嘉雯

發 行 人　朱凱蕾
出　　版　英屬維京群島商高寶國際有限公司台灣分公司
　　　　　Global Group Holdings, Ltd.
地　　址　台北市內湖區洲子街88號3樓
網　　址　gobooks.com.tw
電　　話　(02) 27992788
電　　郵　readers@gobooks.com.tw（讀者服務部）
傳　　真　出版部(02) 27990909　行銷部 (02) 27993088
郵政劃撥　19394552
戶　　名　英屬維京群島商高寶國際有限公司台灣分公司
發　　行　英屬維京群島商高寶國際有限公司台灣分公司
法律顧問　永然聯合法律事務所
初版日期　2024年7月

國家圖書館出版品預行編目(CIP)資料

太白金星有點煩/馬伯庸著. -- 初版. -- 臺北市：英屬維京群島商高寶國際有限公司臺灣分公司, 2024.07
冊；　公分

ISBN 978-626-402-005-3(平裝)

857.7　　113007884

GOBOOKS
& SITAK
GROUP©